LIEUTENANT DE MARINE

DU MÊME AUTEUR
CHEZ POCKET

ASPIRANT DE MARINE
LIEUTENANT DE MARINE
SEUL MAÎTRE À BORD
TRÉSOR DE GUERRE

C. S. FORESTER

LIEUTENANT DE MARINE

PHÉBUS

Titre original de l'ouvrage :
Lieutenant Hornblower

Traduit de l'anglais
par Maurice Beerblock

ISBN : 2-266-05293-4

I

Le *Renown*, vaisseau de ligne de Sa Majesté britannique, était au mouillage dans l'Hamoaze quand le lieutenant William Bush se présenta à l'officier de quart, un grand diable dégingandé, les joues creuses, l'œil mélancolique, qui avait l'air d'avoir endossé son uniforme sans y voir clair, et de ne pas l'avoir retapé depuis.

— Enchanté de vous voir à bord, Monsieur, dit l'officier. Je m'appelle Hornblower. Le capitaine est justement à terre et voilà dix minutes que le premier lieutenant est à l'avant avec le bosseman !

— Merci, dit Bush, observant déjà d'un regard circulaire les signes de l'activité qui précède le départ d'un bâtiment de guerre pour un séjour prolongé dans des eaux lointaines.

— Hep, là-bas ! Aux palans d'étai ! Doucement ! Doucement ! Amarrez ! criait Hornblower par-dessus l'épaule de Bush. Ayez l'œil, monsieur Hobbs, sur ce que font vos gars !

— Bien, Monsieur.

La réponse manquait de cordialité.

— Monsieur Hobbs ! Venez à l'arrière !

Un individu bedonnant, la natte grise dans le cou, gagna l'endroit à la coupée où Hornblower se tenait près de Bush. Il leva le nez dans la mesure où le permettait le soleil qui lui tombait dans l'œil, le soleil éclaira un visage où le poil gris poussait sur plusieurs étages de menton.

— Monsieur Hobbs (Hornblower articulait lentement, mais il y avait dans cette lenteur une insistance qui surprit Bush), monsieur Hobbs, la poudre doit être à bord avant la nuit. Et ne prenez donc pas ce ton-là pour répondre aux ordres ! Une autre fois, soyez de bonne humeur ! Comment voulez-vous faire travailler vos hommes si vous n'êtes pas de bonne humeur ? Allez ! Et ouvrez l'œil !

Hornblower parlait, le corps penché en avant, les mains jointes derrière le dos, des mains qui semblaient n'être là que pour faire contrepoids à un menton proéminent. Comparée à l'ardeur de sa voix, son attitude paraissait nonchalante ; mais, pour ardente qu'elle fût, sa parole était comme exprès étouffée, indistincte en dehors du cercle des trois personnes en présence.

— Bien, Monsieur ! fit Hobbs, se tournant pour gagner l'avant.

Bush était en train de se dire que ce Hornblower devait être un chercheur de poux ; mais, leurs regards s'étant croisés, il fut tout étonné de surprendre l'esquisse d'un clin d'œil sur le visage mélancolique ; et il comprit, dans un éclair, que ce farouche lieutenant n'était pas farouche du tout, que la vigueur de son langage n'était qu'une feinte, un peu comme si Hornblower se fût imposé de parler une langue étrangère. D'ailleurs, Hornblower s'expliquait :

— Une fois qu'ils se mettent à bouder, dit-il, il n'y a plus rien à en faire. Ce Hobbs est le pire de tous ! Il fait ici fonction de canonnier. Une mauvaise tête ! Et paresseux comme une loche !

— Je vois ! dit Bush.

La comédie du jeune lieutenant n'était pas moins une forme de duplicité. Celui qui pouvait ainsi feindre la colère, et puis cesser de feindre avec tant de facilité, n'était pas homme à qui l'on pût se fier. Or, par une réaction instinctive, Bush répondit par un même clin d'œil de son œil bleu au signal de l'œil brun de Hornblower.

Bush était, par nature, porté à la franchise, et le clin d'œil l'avait conquis, mais prudent par nature, il entreprit de résister à l'impulsion qui le portait vers le lieutenant. Le long voyage qu'ils avaient devant eux leur donnerait amplement l'occasion de se former, l'un de l'autre, un jugement fondé sur des faits. Bush se sentait déjà l'objet d'un examen plus qu'attentif et vit venir la question que même un homme comme lui pouvait deviner. L'instant d'après, l'événement lui confirma qu'il avait vu juste :

— De quand, votre brevet? lui dit Hornblower.

— Juillet 96!

— Merci.

Le ton formel était peu engageant; Bush dut se forcer pour questionner à son tour :

— De quand, le vôtre?

— Août 97! Vous êtes plus ancien que moi, et aussi plus ancien que Smith, qui est de janvier 97!

— Vous êtes donc le moins ancien?

— C'est incontestable!...

Le ton ne laissait point paraître la déception d'apprendre que le nouveau venu était plus ancien; mais, cette déception, Bush l'imaginait sans peine. Une récente expérience lui avait appris ce que c'est que d'être le lieutenant le moins ancien en grade sur un vaisseau de ligne.

— ... Vous serez troisième, poursuivit Hornblower, Smith quatrième, moi cinquième!

— Troisième? murmura Bush, plus pour lui-même que pour autrui.

Un lieutenant pouvait faire au moins un rêve, même un lieutenant comme Bush, c'est-à-dire un homme entièrement dénué d'imagination. Théoriquement, une promotion était toujours possible. De l'état-chenille de lieutenant, on pouvait atteindre l'état-papillon de capitaine de vaisseau, parfois même sans passer par l'état-chrysalide de capitaine de frégate. Sans doute, les lieutenants étaient promus selon l'occasion; le plus grand nombre avaient des amis à la Cour ou au Parlement, ou bien avaient la chance d'attirer l'attention d'un amiral, et puis de se trouver sous le commandement de ce même amiral au moment où se produisait une vacance. La plupart des capitaines au tableau devaient leur promotion à l'une ou l'autre de ces raisons. Mais il arrivait aussi qu'un lieutenant obtînt de l'avancement grâce à son mérite, tout au moins à une combinaison de mérite et de chance ; parfois même, la chance aveugle suffisait. Si un bâtiment s'était distingué de façon éclatante au cours d'une action historique, le premier lieutenant pouvait être promu ; chose... bizarre, cette promotion était même considérée comme un hommage au capitaine du navire. Ou bien le capitaine venant à être tué au cours de l'action, un succès même modéré pouvait déterminer l'avancement du plus ancien des survivants, et lui donner la place. D'autre part, une action navale brillante, un exploit audacieux à terre pouvaient gagner sa promotion au lieutenant qui les avait commandés, donc au plus ancien. Somme toute, les chances étaient rares ; mais elles existaient. Or, de ces chances rares, la très grande majorité était en faveur du lieutenant le plus ancien en grade, du premier lieutenant ; celles du moins ancien étaient doublement rares ; si bien que chaque fois qu'un lieutenant rêvait d'atteindre le grade de capitaine, la dignité, la sécurité, les parts de prises que ce grade comporte, il se trouvait toujours ramené à la question de son ancienneté. Si la prochaine mission du *Renown* menait Bush en un lieu où d'autres lieutenants ne pouvaient être envoyés à bord par un amiral ayant ses créatures, seules deux existences s'interposaient entre lui et le poste de premier lieutenant avec les avantages que le grade implique. Il était naturel que Bush y songeât ; comme il était tout naturel qu'il n'eût même pas une pensée pour le fait que Hornblower était séparé de cette ambition par quatre existences.

— Quoi qu'il en soit, dit Hornblower, pour nous, ce sera les Antilles (il en parlait avec philosophie), les Antilles et la fièvre jaune (ou récurrente !), les tempêtes, les serpents venimeux, l'eau saumâtre, la chaleur des tropiques, la fièvre putride, et dix fois plus de chances de se battre que dans la Manche !

— C'est ainsi ! dit Bush.

N'ayant, respectivement, que trois et quatre ans d'ancienneté, c'est avec une certaine complaisance que les deux hommes (avec cette confiance des jeunes en leur propre immortalité) pouvaient considérer les dangers du service aux Antilles.

L'aspirant de quart accourut :

— Monsieur, le capitaine arrive !

Hornblower porta vivement sa lunette à l'œil, la mit au point sur une embarcation qui revenait du rivage.

— Courez à l'avant informer M. Buckland ! Seconds maîtres ! Hommes de coupée ! A vos postes !

Le capitaine Sawyer arrivait sur le pont peu après. Il toucha du bout des doigts son chapeau et se mit à regarder tout autour de lui d'un air soupçonneux. Le bâtiment était dans l'état de désordre qu'on peut attendre d'un navire en train de compléter ses approvisionnements avant un départ en campagne. Mais cela suffisait à peine à justifier les regards fuyants que le capitaine promenait de tous les côtés. Debout sur le gaillard, il exhibait un visage planté d'un grand nez d'aigle qui tournait, comme au vent, d'un côté, de l'autre. Tout à coup, il aperçut Bush, qui fit un pas en avant pour se présenter.

— Vous êtes monté à bord en mon absence, je crois ?

— Oui, Monsieur, fit Bush, surpris.

— Qui vous a dit que j'étais à terre ?

— Personne, Monsieur !

— Alors, comment l'avez-vous deviné ?

— Je ne l'ai pas deviné, Monsieur. Je n'ai su que vous étiez à terre que lorsque M. Hornblower me l'a dit !

— M. Hornblower ? Ah ! vous vous connaissiez déjà ?

— Non, Monsieur. Je me suis présenté à lui en montant à bord.

— Pour pouvoir échanger des propos à mon insu, sans doute ?

— Non, Monsieur.

Bush avait failli dire : « Sûr que non ! » Il s'était repris juste à temps. Élevé à la dure, il avait appris à ne pas prononcer de mots inutiles quand il avait affaire avec un de ces officiers supérieurs, toujours portés qu'ils sont à l'espèce de susceptibilité particulière aux hommes de ce rang. Mais, dans le cas présent, la susceptibilité semblait plus injustifiée que d'habitude.

— Apprenez que je ne permets à personne de conspirer derrière mon dos, monsieur... monsieur Bush !

— Bien, capitaine.

Bush rencontrait le regard fixe, scrutateur, dans l'attitude de la plus parfaite innocence; il devait faire effort pour ne pas trahir la surprise qu'il éprouvait. Comme il n'avait rien d'un acteur, il se pouvait que l'effort fût visible.

— La culpabilité, monsieur... monsieur Bush, se lit dans vos yeux! dit Sawyer. Je me souviendrai de ceci!

Il fit demi-tour, s'éloigna, descendit l'échelle. Abandonnant le garde-à-vous, Bush se tourna, surpris, vers Hornblower. Il avait hâte d'interroger le lieutenant sur un comportement aussi bizarre. La question mourut sur ses lèvres quand il vit Hornblower offrir l'image de la plus grande indifférence. Intrigué et un peu choqué, Bush était sur le point de classer Hornblower comme un des courtisans du capitaine, peut-être même comme un sot, quand, du coin de l'œil, il vit la tête du capitaine surgir tout à coup au niveau du pont. Arrivé au pied de l'échelle, Sawyer était remonté pour surprendre ses subordonnés occupés sans doute à médire de lui; et Hornblower en savait plus long que Bush sur les habitudes du capitaine. Bush réussit presque à paraître à l'aise :

— Puis-je avoir deux hommes, dit-il, pour porter mon coffre en bas?

Il espérait que ses paroles ne paraîtraient pas aussi affectées aux oreilles du capitaine qu'elles l'étaient à ses propres oreilles.

— Bien sûr, monsieur Bush, dit Hornblower avec une raideur magnifique. Voulez-vous, monsieur James, vous en occuper?

Le capitaine émit une espèce de grognement et de nouveau disparut sous le pont par l'échelle.

Hornblower fit un nouveau clin d'œil; ce fut tout ce qu'il se permit, même dans cette circonstance particulière, pour signifier qu'à ses yeux aussi l'attitude du capitaine était singulière, anormale, bizarre. Marchant derrière son caisson et gagnant sa cabine, Bush comprit que, sur ce bâtiment, nul ne se hasardait à exprimer son opinion d'une façon précise. Mais quoi? Dans le désordre et dans la hâte, le *Renown* faisait son plein d'approvisionnements et Bush était de l'équipage. Il n'y avait donc rien d'autre à faire qu'à se résigner à son sort. Il fallait remplir jusqu'au bout la mission lointaine, à moins que l'une des suppositions énumérées par Hornblower lui en épargnât un jour le souci...

II

Le *Renown* faisait route cap au sud, ses huniers risés, par vent frais d'ouest, avançant avec peine vers ces latitudes où l'alizé du nordet le ferait courir droit sur sa destination des Antilles. La brise sifflait dans les agrès, mugissait aux oreilles de Bush debout sur le gaillard d'arrière, à tribord, balancé au roulis ; elle envoyait de grosses vagues grises se briser l'une après l'autre sur le flanc du navire. Le bossoir tribord recevait la vague le premier, amorçait lentement une ascension qui soulevait le beaupré vers le ciel ; avant que le tangage eût achevé sa course, le bâtiment se mettait à rouler, à se lever tranquillement par le travers ; le beaupré se soulevait davantage puis, tandis que le navire roulait encore, les bossoirs se dégageaient, se mettaient à glisser le long de l'autre face de la vague, l'écume moussant tout alentour ; le beaupré amorçait à son tour la descente, le bâtiment se relevait de nouveau, pesamment, demeurait un instant horizontal ; puis, tandis qu'il prenait un peu de bande, la mer passant sous sa quille, l'arrière se levait aussi, le reste de la vague passait dessous, ses bossoirs plongeaient, et il achevait son roulis en spirale avec la dignité qu'on peut attendre d'une construction massive portant sur ses ponts cinq cents tonnes d'artillerie. Tangage, roulis, ascension, roulis : c'était rythmé, majestueux, magnifique ; et Bush, balancé sur le pont avec cette aisance que donnent dix années de mer, se serait senti presque heureux, si le fraîchissement du vent n'avait exigé de prendre un autre ris, ce qui, pour se conformer aux ordres permanents du navire, impliquait qu'il fallait informer le capitaine.

Il restait quelques minutes de grâce, pendant lesquelles Bush pouvait se balancer sur le pont, permettre à son esprit d'errer en liberté. Non qu'il fût conscient d'un impérieux besoin de méditation ! Bush eût souri d'une telle idée. Mais les jours avaient passé comme un rêve depuis le moment où, ses ordres étant arrivés, il avait fait ses adieux à sa mère, à ses sœurs (il avait passé trois semaines avec elles, après que le *Conqueror* avait désarmé), s'était hâté de gagner Plymouth, comptant et recomptant l'argent dont il avait besoin pour payer sa chaise de poste. Il avait trouvé le *Renown* en proie à l'agitation qu'entraîne le chargement en vue d'un séjour aux Antilles. Pendant les trente-six heures qui avaient précédé le départ, il avait à peine eu le temps de s'asseoir, sans même parler de dormir. Sa première nuit de vrai repos, il l'avait eue tandis que le navire faisait route péniblement à travers la baie. Mais, depuis qu'il était monté à bord, il avait été tourmenté par l'humeur fantasque d'un capitaine tour à tour follement soupçonneux ou ridiculement indulgent. Bush n'était pas très sensible à l'atmosphère. C'était un homme robuste, philosophiquement préparé à faire son devoir dans n'importe quelle circonstance difficile ; mais il était impossible de ne pas sentir le malaise et presque la peur qui pénétraient toute la vie à bord. Bush se sentait mécontent et préoccupé ; il ignorait que c'était sa façon à lui d'éprouver la gêne et la peur. En trois jours, il avait à peine eu le temps de connaître le caractère de ses collègues : c'est tout juste s'il sentait vaguement que Buckland, le premier lieutenant, était compétent et sérieux ; Roberts, le second, bienveillant et facile à vivre. Hornblower, lui, paraissait actif et intelligent ; Smith, un peu mou. A vrai dire, ces déductions étaient des hypothèses. Les officiers de la grand-chambre (les lieutenants, le maître, le médecin, le commissaire) lui paraissaient secrets, tout au moins portés à se tenir sur une prudente réserve. Tout bien considéré, cette attitude était juste, convenable ; Bush lui-même n'était pas bavard ; mais c'était porter le silence à un degré peut-être excessif que de borner toute conversation à dix paroles d'ordre exclusivement professionnel. Bush eût pu apprendre rapidement bien des choses sur le navire et sur l'équipage si les autres officiers avaient voulu partager avec lui leur expérience, les observations faites pendant l'année qu'ils avaient passée sur le *Renown*; mais, en dehors du clin d'œil de Hornblower quand il s'était montré à bord, nul n'avait communiqué avec lui. S'il avait été porté aux délires de l'imagination, il eût pu se considérer comme un fantôme naviguant en compagnie d'autres fantômes, coupés du monde et coupés les uns des autres, labourant une mer sans fin vers une destination inconnue. En fait, il se bornait à imaginer que la discrétion du carré n'avait d'autre raison que les caprices du capitaine.

Cette idée le ramena brusquement à la notion du vent qui, continuant à fraîchir, rendait nécessaire un autre ris. Prêtant l'oreille à la chanson de la brise dans les agrès, sentant le pont se soulever sous ses pieds, il hochait la tête, plein de regrets. Mais il n'y avait qu'une chose à faire : se résigner.

— Monsieur Wellard, dit-il au volontaire arrêté près de lui, allez donc dire au capitaine que je pense qu'un autre ris est nécessaire!

— Bien, Monsieur.

Quelques secondes, et Wellard remontait sur le pont.

— Monsieur, le capitaine va venir en personne!

— Très bien.

Bush avait évité de rencontrer le regard de Wellard; il ne désirait pas que Wellard vît l'effet que faisait sur lui la nouvelle; il ne voulait pas davantage voir ce que l'expression de Wellard pourrait révéler. D'ailleurs, le capitaine survenait, ses longs cheveux fouettés par le vent, son nez crochu humant l'air comme d'habitude.

— Vous voulez prendre un autre ris, monsieur Bush?

— Oui, Monsieur.

Bush s'attendait à l'une de ces remarques blessantes dont le capitaine était coutumier. Il n'entendit, cette fois, rien de pareil. Agréable surprise, Sawyer paraissait presque cordial.

— Très bien, monsieur Bush. Appelez, s'il vous plaît, les deux bordées!

Les sifflets trillèrent : « Tout le monde sur le pont! Tout le monde! A prendre un ris dans les huniers! »

Les matelots sortirent par grappes de toute part, les officiers surgirent du carré, des cabines, du poste des aspirants; tous se hâtaient, les rôles de manœuvre en poche, pour s'assurer que l'équipage réorganisé était bien partout à son poste. Les ordres éclataient, rebroussés par le vent. Des hommes étaient aux drisses, aux palanquins. Le bâtiment plongeait et roulait, sous un ciel gris, sur une mer grise, si fort qu'un terrien eût pu s'étonner que l'on pût se tenir debout sur le pont, encore bien plus s'aventurer en l'air, dans les cordages.

Au beau milieu de la manœuvre, une voix jeune, et que l'émotion faisait monter à l'aigu, domina soudain l'ordre du capitaine : « Tiens bon! Tiens bon là! »

Il y avait dans ce cri une telle insistance, une sollicitation si pressante que les hommes lui obéirent et, sur-le-champ, cessèrent de tirer.

De sa dunette, le capitaine hurla :

— Qui se permet de révoquer mes ordres?

— Monsieur, c'est moi, Wellard!

Le jeune volontaire s'était tourné face à l'arrière : il avait dû crier pour se faire entendre. De son poste, Bush vit le capitaine avancer jusqu'à la rambarde de la dunette; il vit aussi qu'il tremblait de colère, son grand nez braqué en avant, cherchant la victime.

— Vous regretterez cela, monsieur Wellard! Vous vous en repentirez! Je vous le promets!

Hornblower se porta auprès de Wellard, pâle de mal de mer, comme il n'avait cessé de l'être depuis qu'on était sorti du goulet de Plymouth. Tourné vers Sawyer, il cria :

— Monsieur, il y a une garcette de ris prise dans la poulie au vent!

Ayant changé de place, Bush vit que Hornblower disait vrai. Si les hommes avaient continué à haler sur le palan, il eût pu arriver malheur à la voile.

— Qu'est-ce qui vous prend, Monsieur, cria le capitaine, d'intervenir entre moi et l'homme qui me désobéit? Vous le couvrez? Pourquoi? Vous êtes prié de vous abstenir!

— Monsieur, je suis à mon poste. M. Wellard n'a fait que son devoir !

— Qu'est-ce que c'est ? fit Sawyer. Une conspiration ? Vous êtes de mèche, vous et lui ?

En présence d'une accusation aussi invraisemblable, Hornblower ne pouvait que s'immobiliser et se taire. De pâle qu'il était, son visage était devenu blême. Il y eut un silence. Quand il comprit qu'il n'y aurait pas de réponse, Sawyer rugit :

— M. Wellard est prié de descendre ! Vous aussi, monsieur Hornblower ! Je m'occuperai de vous dans quelques instants ! En bas ! Vous m'entendez ! Je vais vous apprendre, moi, à conspirer !

C'était un ordre, il n'y avait qu'à obéir. Hornblower et Wellard gagnèrent l'arrière, Hornblower s'interdisant d'échanger un coup d'œil avec l'aspirant, de peur qu'une nouvelle accusation ne fût lancée, car le capitaine les observait. Les deux hommes disparurent par l'échelle. A peine furent-ils hors de vue que Sawyer releva son grand nez.

— Envoyez un homme dégager ce palan ! ordonna-t-il, d'une voix aussi normale que le vent le permettait. Du mou ! Donnez du mou !

Deux ris avaient été pris dans les huniers ; les hommes quittèrent les vergues. A la main courante de la dunette le capitaine surveillait la manœuvre.

— Le vent tourne, dit-il, s'adressant à Buckland, aussi calme que s'il ne s'était rien passé. Du monde là-haut ! Envoyez-moi raidir ces galhaubans au niveau de la ralingue d'envergure ! Du monde aux bras du vent ! Le quart arrière, raidir le bras au vent de la grand-vergue ! Tous ensemble ! A la vergue de misaine ! A la grand-vergue ! Amarrez-moi tout ça !

Ordres sensés, ordres raisonnables ; les matelots attendaient que la bordée libre fût renvoyée.

— Second maître ! Faites mes compliments à M. Lomax. Dites-lui qu'il vienne sur le pont !

M. Lomax était le commissaire. Les officiers, sur le gaillard, avaient peine à refréner leur envie d'échanger des regards : il était difficile d'imaginer une raison qui pût justifier la présence du commissaire sur le pont, en un tel moment.

M. Lomax accourut, encore essoufflé :

— Vous m'avez appelé, Monsieur?

— Oui, monsieur Lomax. Les hommes ont rentré le bras au vent de la grand-vergue!

— Oui, Monsieur!

— Nous allons maintenant l'épisser!

— Monsieur?

— Êtes-vous sourd? Nous allons épisser le bras! Un petit verre de rhum à tous ces matelots! Et à chacun des mousses!

— Monsieur?

— Vous ne m'avez pas entendu? J'ai dit : un verre de rhum! Faudra-t-il que je donne deux fois des ordres? Un verre de rhum à chaque matelot! Vous avez cinq minutes, monsieur Lomax, pas une seconde de plus!

Sawyer avait tiré sa montre et, farouche, la regardait.

— Bien, Monsieur, dit Lomax.

C'était tout ce qu'il pouvait dire. Il n'en resta pas moins encore une seconde à dévisager, d'abord le capitaine, puis les hommes de quart; le grand nez se tourna vers lui, les sourcils broussailleux de Sawyer parurent se froncer. Lomax, alors, pivota sur place et s'enfuit. Si l'ordre inimaginable devait vraiment être exécuté, cinq minutes étaient peu pour réunir l'équipe, ouvrir la cale au vin, monter les rations d'alcool.

L'échange de propos pouvait à peine avoir été perçu par plus de cinq ou six personnes; les matelots n'en furent pas moins informés presque sur-le-champ; tous se regardaient, incrédules, certains avec un sourire que Bush avait une furieuse envie de faire cesser. Le capitaine était nerveux :

— Second maître! Courez dire à M. Lomax que deux minutes sont passées! Monsieur Buckland! Tout le monde à l'arrière, s'il vous plaît!

Les matelots vinrent se masser sur le pont milieu, et il se peut que seul son esprit surmené donnât à Bush l'impression que leur allure était insouciante et molle. Le capitaine s'avança jusqu'à la rambarde du gaillard, le visage rayonnant d'un sourire qui contrastait étrangement avec l'air menaçant qu'il avait eu l'instant plus tôt.

— Je sais, les gars, de quel côté se trouve la loyauté!

cria-t-il. J'ai déjà constaté cela, je le constate encore. Je connais votre loyauté ! J'assiste sans cesse à vos durs travaux. J'ai tout vu, car je vois tout, tout ce qui se passe à mon bord ! Tout, vous dis-je ! Les traîtres auront le châtiment qu'ils méritent, les cœurs loyaux seront récompensés. Un : hourra ! Poussez un hourra !

Le hourra fut poussé, sans enthousiasme par les uns, par d'autres avec une exubérance exagérée. Lomax parut au grand panneau, flanqué de quatre matelots qui portaient un quartaut de deux gallons de rhum.

— Juste à temps, monsieur Lomax ! Il vous en aurait coûté chaud, si vous aviez eu du retard ! Veillez à ce que la distribution se fasse sans ces déloyautés qui ont cours... sur certains bâtiments ! Monsieur Booth, s'il vous plaît, venez à l'arrière !

Le gros bosseman accourut sur ses petites jambes.

— J'espère que vous avez votre rotin ?

— Oui, Monsieur.

Booth exhibait sa longue canne à monture d'argent, cerclée, tous les cinq centimètres, d'un nœud formant saillie. Les plus paresseux, parmi l'équipage, la connaissaient bien, cette canne ! Et pas seulement les paresseux ! Quand il était nerveux, M. Booth était susceptible de frapper tous ceux qui se trouvaient à sa portée.

— Choisissez, monsieur Booth, les deux plus robustes gaillards parmi vos seconds. Nous allons rendre la justice !

Sawyer n'était, maintenant, ni rayonnant, ni menaçant. Un sourire entrouvrait ses lèvres épaisses, un sourire qui peut-être ne signifiait rien, car on ne le retrouvait pas dans ses yeux.

— Suivez-moi !

De nouveau, il abandonna le pont à Bush qui, désormais, eut tout loisir de contempler le désordre que l'étrange caprice du capitaine infligeait à la discipline.

L'alcool ayant été distribué et bu, Bush put renvoyer le quart de dessous et remettre au travail sur le pont les hommes de quart, cinglant de mots amers leur bouderie ou leur indifférence. Bush ne tirait aucun plaisir à se sentir soulevé par la mer, à observer le roulis en tire-bouchon du bâtiment, la ruée des vagues qui accouraient de l'Atlantique, l'orientation des voiles, la manœuvre de la barre. Il ignorait que l'on pût trouver du plaisir à s'emplir les yeux de choses aussi quotidiennes ; il sentait que quelque chose était arrivé, qui venait de déranger le train de sa vie.

Booth et ses aides reparurent, ayant fait leur office. Puis Wellard parut à son tour.

— A vos ordres, Monsieur, dit-il.

Il était blême, raide, douloureux et crispé ; Bush, qui le regardait attentivement, vit que ses larmes étaient près de couler. Il marchait comme un automate, sans presque fléchir les genoux ; l'orgueil sans doute l'aidait à tenir la tête très droite et les épaules en arrière ; mais il y avait une autre raison pour que Wellard ne pût fléchir les reins...

— Très bien, monsieur Wellard ! dit Bush.

Il pensait aux nœuds de la canne de jonc. Lui aussi, il avait connu souvent l'injustice. Ce n'étaient pas les jeunes seulement, les adultes eux-mêmes étaient parfois fouettés sans raison. Bush avait toujours approuvé jusque-là, se disant que, dans un monde injuste par essence, le contact avec l'injustice faisait partie de la formation de chacun. Quand les jeunes étaient battus, les adultes échangeaient des sourires, tous d'accord sur ce point que les coups étaient bons, et pour tout le monde. Depuis l'origine de l'histoire, les mousses avaient toujours été battus ; c'eût été pour toute la marine une mauvaise nouvelle si l'on avait appris que des mousses cesseraient un jour d'être frappés. Pourtant, Bush se sentait fâché pour Wellard.

Heureusement, il y avait quelque chose à faire, et à faire sans tarder, quelque chose qui convenait exactement à l'état dans lequel se trouvait Wellard.

— Les sabliers, monsieur Wellard, dit-il, ont besoin d'être contrôlés l'un par l'autre !

D'un signe de tête, il avait désigné l'habitacle.

— ... Mettez en marche le sablier minute. Quand on le tournera, au coup de cloche, vous le confronterez avec la demi-heure !

— Bien, Monsieur.

— A chaque minute, marquez un trait de craie sur l'ardoise, si vous ne voulez pas vous tromper !

— Bien, Monsieur.

Distraire Wellard de ses soucis sans faire appel à un effort physique était une bonne idée. Regarder le sable couler du sablier, le retourner vivement, inscrire, se remettre à observer, voilà qui distrairait le jeune homme. Être occupé l'apaiserait; Bush avait d'ailleurs de bonnes raisons de douter de l'exactitude du sablier demi-heure. Vérifier les sabliers l'un par l'autre serait utile.

Raide, Wellard alla vers l'habitacle, se préparant à commencer ses observations quand le capitaine reparut, son grand nez pointant d'un côté, de l'autre.

Son humeur avait de nouveau changé; son agitation s'était calmée. Il était comme un homme qui vient de bien dîner. Ainsi que le commandait l'étiquette, Bush s'écarta du côté au vent de la dunette tandis que Sawyer l'arpentait à pas lents, réglant ses pas, du fait d'une longue habitude, sur le tangage du navire. Wellard était occupé à ses sabliers, la cloche venait de piquer sept coups, le sablier demi-heure d'être retourné. Quand le capitaine fit halte, il inspecta le ciel du côté du vent, sentit la brise lui souffler sur la joue, regarda attentivement le pennon, puis les huniers en l'air, comme pour s'assurer que les vergues étaient correctement brassées. Puis, s'approchant de l'habitacle, il y jeta un coup d'œil, l'air de vérifier le cap. Préoccupations après tout normales.

Conscient de la présence du maître, Wellard tâchait de ne laisser paraître aucune inquiétude. Il retourna le sablier minute, fit un nouveau trait sur l'ardoise.

— M. Wellard est occupé? dit Sawyer.

Sa voix était épaisse, un peu sourde, et non plus crispée par la peur. L'œil au sablier, Wellard ne répondit pas tout de suite, se demandant sans doute ce qui serait le plus correct et le plus sûr. Il finit par dire :

— Oui, Monsieur.

Un marin ne peut guère se tromper en répondant ainsi à un supérieur. Le capitaine répéta, singeant Wellard :

— Oui, Monsieur! Oui, Monsieur! Monsieur Wellard sait maintenant ce qu'il en coûte de conspirer contre son capitaine, contre le chef légal à qui l'autorité a été donnée par un décret de Sa Très Gracieuse Majesté le roi George II ?

Il n'était pas facile de répondre. Les derniers grains de sable coulaient du sablier. Wellard se taisait. Un oui, un non pouvaient être également fatals.

— Monsieur Wellard ne répond pas ? Monsieur Wellard boude ? reprit le capitaine. Peut-être monsieur Wellard songe-t-il à ce qu'il a fait ? « Au bord des eaux de Babylone, nous nous assîmes pour pleurer », dit la Bible ! Mais monsieur Wellard est fier. Il ne s'est pas assis ! A peine a-t-il pleuré ! Monsieur Wellard a même eu grand soin de ne pas s'asseoir ! La partie honteuse de sa personne a payé le prix de sa faute. Coupable d'une offense à l'honneur, un adulte serait fouetté dans le dos. Un jeune homme, un mauvais garçon, un esprit détestable, doit être traité autrement. N'est-ce pas, monsieur Wellard ?

On entendit un « Oui, Monsieur » dans un murmure. Répondre était obligatoire.

— La canne de M. Booth convenait à la circonstance ! Elle a bien rempli son office ! Couché sur un canon, le délinquant a tout loisir de réfléchir à ses méfaits !

Wellard renversait, une fois encore, le sablier. Apparemment satisfait, le capitaine retourna arpenter plusieurs fois le pont, au grand soulagement de Bush. De nouveau, il revint près de l'habitacle, se remit à parler ; le ton était redevenu acide :

— Ainsi donc, vous vouliez conspirer ! Conspirer contre votre capitaine ? Me tourner en ridicule ! Devant les matelots !

— Non, Monsieur, dit Wellard, de nouveau alarmé. Non, Monsieur, pas du tout !

— ... Avec ce petit ours mal léché de Hornblower ! Ce monsieur Hornblower ! Vous complotiez ! Vous vouliez réduire à néant mon autorité, mon autorité légale !

— Non, Monsieur.

— Mes matelots sont seuls, ici, à se montrer fidèles ! Tout le reste conspire contre moi ! Par la ruse, on cherche à miner l'influence que j'ai sur eux, à me rendre ridicule à leurs yeux ! Avouez ! Allons ! Avouez !

— Non, Monsieur ! Je n'ai rien fait de pareil !

Mais Sawyer n'en démordait pas :

— Pourquoi nier? C'est clair, et c'est logique! Qui a engagé exprès cette garcette de ris dans la poulie? Hein? qui?

— Personne, Monsieur. C'est...

— Qui a contremandé mes ordres? Hein? Qui m'a fait honte devant les deux quarts, quand tout l'équipage était sur le pont? Un complot! C'était un complot! Et préparé de longue date! Toutes les apparences y sont!

Les mains derrière le dos, Sawyer restait debout, se balançant, grimaçant un mauvais sourire; le vent agitait les basques de sa vareuse, rabattait ses cheveux sur ses joues; Bush le voyait trembler. De colère, ou de peur?

Wellard retourna de nouveau le sablier, se pencha pour marquer un trait sur l'ardoise.

— Vous vous cachez, Monsieur? Vous me cachez ces yeux où votre culpabilité se lit au grand jour! Vous faites semblant d'être absorbé, pour mieux me tromper! Vous pratiquez l'hypocrisie!

— J'ai donné l'ordre à M. Wellard, dit Bush, de vérifier l'un par l'autre les sabliers!

Il était intervenu à contrecœur; intervenir était moins affligeant qu'assister, muet, à une scène aussi pénible.

Le capitaine le dévisagea comme s'il le voyait pour la première fois.

— C'est vous, monsieur Bush, qui parlez ainsi? Vous vous trompez grossièrement si vous croyez qu'il y a du bon dans ce jeune homme! Ou bien...

Le visage de Sawyer changea de nouveau, exprimant un soupçon, une crainte soudaine :

— ... ou êtes-vous aussi de cette scandaleuse affaire? Mais non! Non! Ce n'est pas possible! Vous n'en êtes pas, monsieur Bush? Non. Non, pas vous! J'ai toujours eu bonne opinion de vous, monsieur Bush! Trop bonne opinion pour croire...

L'expression de frayeur disparut de nouveau, fit place au ton d'une flatterie insinuante :

— L'univers entier ligué contre moi, j'ai toujours cru pouvoir compter sur vous, monsieur Bush!

Tête baissée, il jetait sous ses sourcils des regards inquiets.

— Vous vous réjouissez, j'espère, quand cette jeune incarnation du mal reçoit ce qu'elle mérite. Nous lui arracherons la vérité, toute la vérité !

S'il avait eu plus de présence d'esprit, une élocution plus facile, Bush aurait compris qu'il était possible de tirer avantage de cette nouvelle saute d'humeur. Pour dissiper les craintes de Sawyer il lui eût suffi de se poser en soutien dévoué de son capitaine alarmé, de rire de l'idée folle d'une conspiration. Bush sentait cela, mais il manquait de confiance en soi. Il se contenta de se forcer à sourire :

— Non, non, Monsieur. Il ne sait rien ! M. Wellard ne distinguerait pas un gui d'une sous-barbe !

— Vous croyez ça ? fit Sawyer, incrédule, balancé d'un talon sur l'autre, selon le roulis du navire.

Il paraissait presque vaincu. Mais une nouvelle idée s'offrit soudain à son esprit :

— Ah, monsieur Bush. Vous êtes trop honnête ! J'ai vu cela dès le premier instant ! Vous ne soupçonnez pas à quelle perfidie le monde, ici-bas, peut descendre ! Ce lourdaud a pu vous tromper ! Oui, il vous a trompé !

La voix avait monté jusqu'à l'aigu ; elle finit dans un cri rauque. Wellard avait tourné vers Bush un visage décomposé par la frayeur.

— Oh non, Monsieur ! dit Bush, essayant encore de sourire, mais ce sourire-là évoquait plutôt celui d'une tête de mort.

— J'en ai assez ! rugit le capitaine. Il faut que justice soit faite, que la vérité éclate au grand jour ! Je veux lui arracher l'aveu ! Il le faut ! Quartier-maître ! Courez à l'avant ! Dites à M. Booth de revenir ici, de venir à l'arrière ! Avec ses seconds !

Il se tourna encore, recommença à arpenter le pont à grands pas rageurs, comme pour offrir une soupape à l'étouffement qui montait en lui. Mais, presque tout de suite, il rebroussa chemin, hurlant :

— Je lui arracherai l'aveu ! Ou bien il passera par-dessus bord ! Où est ce bosseman ? Où est-il ?

Bush fit une suprême tentative :

— M. Wellard n'a pas fini, Monsieur, de contrôler les sabliers !

— Eh bien, il ne finira pas !

Le bosseman accourait sur ses petites jambes, ses deux aides allongeant le pas pour le suivre. Sawyer cria :

— Ah ! monsieur Booth !

Son humeur avait de nouveau changé. Un sourire, un sourire sans joie, reparut sur ses lèvres.

— ... Monsieur Booth, prenez-moi ce mécréant ! La justice veut qu'on s'occupe de lui ! Encore dix coups, bien appliqués ! Une dizaine suffira. Il roucoulera comme une colombe !

— Bien, Monsieur !

Pourtant, Booth hésitait.

La scène eût fait un bon tableau : le capitaine, les pans de son habit claquant au vent, M. Booth regardant Bush comme pour le supplier d'intervenir encore, les robustes seconds derrière lui, debout, pareils à des statues ; et, tout au fond, le timonier manœuvrant sa barre, imperturbable, ou bien levant les yeux vers les huniers, le malheureux Wellard, enfin, près de l'habitacle. Et, sur tout cela, le ciel gris, au-dessus d'une mer agitée, immense, jusqu'à l'horizon.

— Emmenez-le dans l'entrepont !

C'était l'inévitable. Derrière l'ordre du capitaine, il y avait l'autorité du Parlement, le poids d'une tradition venue du fond des âges. Les mains de Wellard serraient l'habitacle comme si elles y étaient collées, comme s'il allait falloir le traîner, l'arracher de là par la force. Puis il se résigna ; laissant tomber les bras, il suivit M. Booth ; le capitaine observait la scène et souriait.

Bush accueillit comme une heureuse diversion l'arrivée du quartier-maître qui vint dire :

— Monsieur, il est moins le quart !

— Bien, dit Bush. Sifflez l'autre bordée !

Hornblower parut sur le gaillard :

— Ce n'est pas vous qui me relevez ! lui dit Bush.

— Si, c'est moi ! Ordre du capitaine !

La parole était sans accent. Mais Bush avait l'habitude, maintenant, de l'apparente indifférence des officiers du bord ; il en connaissait la raison. Sa curiosité fut pourtant la plus forte :

— Comment cela ? dit-il.

— Je suis de quart un quart sur deux ! répondit Hornblower, flegmatique. De quart jusqu'à nouvel ordre !

Il fixait des yeux l'horizon, ne laissant rien paraître.

— C'est pas de chance ! fit Bush.

Pendant un instant, il douta. Ne s'était-il pas trop aventuré en offrant une telle expression de sa sympathie ? Personne, heureusement, n'était à portée de voix ; personne n'avait pu l'entendre.

— Et privé d'alcool au carré ! reprit Hornblower. Jusqu'à nouvel ordre ! Du mien, et de celui des autres !

Pour certains officiers, c'eût été châtiment pire que d'être de quart une fois sur deux, c'est-à-dire de garde pendant quatre heures suivies de quatre heures libres, et ainsi sans interruption, de jour comme de nuit. Mais Bush ne connaissait pas encore assez Hornblower pour savoir si la privation d'alcool était pour lui un châtiment. Il allait répéter : « Vraiment, c'est pas de chance ! » quand un cri de douleur lui parvint, dominant la rumeur du vent. L'instant d'après un nouveau cri, plus haut que la première fois.

Imperturbable, Hornblower regardait toujours l'horizon ; et Bush, qui l'observait, prit le parti de faire comme lui, d'ignorer les cris de douleur.

Il répéta :

— C'est pas de chance !

— Ça pourrait être pis ! répondit Hornblower.

III

On était dimanche matin. Ayant attrapé les alizés du nordet, le *Renown* plongeait, à sa meilleure allure, à travers l'Atlantique, ses bonnettes établies des deux bords. Le vent grondait dans ses agrès, le poussait sur sa route, avec de grands sursauts, sa proue soulevant parfois une gerbe d'embruns couronnée d'arcs-en-ciel. Le gréement chantait sa cantate, les sopranos, les ténors des cordages donnant la réplique aux barytons et aux basses des craquements du bois, lorsque le navire tanguait. Cela faisait une grande symphonie. Quelques nuages, d'une blancheur éclatante, émaillaient le ciel bleu, livrant passage à des rayons joyeux, réfléchis sur mille facettes dansantes d'un autre bleu, le bleu roi de la mer.

Le bâtiment offrait aux yeux un exquis objet de beauté, dans un décor non moins exquis ; mais ses bossoirs chamois, les deux rangées de ses canons, donnaient au tableau une couleur particulière : le *Renown* était aussi un magnifique instrument de combat, majestueux, solitaire, maître des vagues qu'il labourait. Sa solitude même faisait éclater sa puissance. Les flottes de ses ennemis murées dans leurs ports d'attache, bloquées par des escadres avides de se mesurer avec elles, le *Renown* pouvait voguer sur la mer en toute confiance ; il n'avait rien à craindre, de personne. Nul forceur sournois de blocus ne pouvait rivaliser avec lui ; nulle part sur les mers une escadre ennemie ne pouvait l'affronter en combat ; jusque sur ses rivages, il pouvait narguer l'adversaire impuissant ; sa masse impressionnante pouvait aller frapper où bon lui semblerait. Peut-être était-il en route aujourd'hui pour aller porter un de ces coups-là, dépêché au-delà des mers sur un ordre des Lords de l'Amirauté.

Rangé sur le pont principal était l'équipage, dont la tâche consistait à maintenir incessamment le pesant édifice à son plus haut point d'efficacité, à réparer les empiétements continuels faits à ses matériaux par la mer, par le mauvais temps, par le simple écoulement des mois et des semaines. Les ponts blancs comme neige, la fraîcheur des peintures, l'ordonnance précise, disciplinée des cordages, des manœuvres et des espars offraient la preuve tangible de la qualité du travail de ces matelots. Quand le moment viendrait pour le *Renown* de fournir l'argument suprême à son droit de souveraineté sur les mers, ce seraient eux encore qui feraient parler les canons. Le *Renown* pouvait être une magnifique machine de bataille, il n'était cela que par la vertu des efforts conjugués des chétifs humains qui le manœuvraient. Eux, comme le *Renown* lui-même, n'étaient que des rouages de la machine plus formidable qu'était la Marine royale. La plupart d'entre eux, instruments de l'ordre et de la discipline vénérables de la marine, étaient contents, dans ce modeste rôle de rouages; contents d'astiquer les ponts, de raidir les agrès, de pointer les canons, de charger au couteau sur les pavois de l'adversaire, et peu soucieux de savoir si les bossoirs du bâtiment pointaient au nord ou au midi, si c'étaient des Français, des Espagnols, des Hollandais qui recevaient la décharge de leur bordée.

C'était aujourd'hui seulement que le capitaine avait appris quelle mission les Lords de l'Amirauté — après consultation du Cabinet — avaient confiée au *Renown*. On n'avait eu jusque-là que la vague notion qu'il faisait route vers les Antilles ; mais en quel point de cet espace, et ce qu'il avait pour mission d'y faire, un seul homme le savait, sur les sept cent quarante qu'abritait le *Renown*.

Ce dimanche matin, tous ces hommes étaient là, sur le pont principal ; non seulement les deux quarts, mais « les désœuvrés » qui n'avaient pas leur place dans les quarts, les matelots de cale, qui besognaient si loin sous la flottaison que, pour certains d'entre eux, il était littéralement vrai qu'ils ne voyaient pas une fois le soleil au cours de la semaine; et le tonnelier et ses aides; et l'armurier et ses seconds; et aussi le voilier, le coq et les stewards; tous revêtus de leurs meilleurs effets, les officiers avec leurs bicornes, leurs sabres, près de leurs sections. Seuls l'officier de quart et son assistant, les quartiers-maîtres à la barre et la douzaine d'hommes nécessaires à la veille et à la gouverne du bâtiment en cas d'alerte ne figuraient pas dans les rangs immobiles, au garde-à-vous.

Dimanche matin. Toutes les têtes étaient nues pour écouter le capitaine. Non pour le service religieux; chapeau bas, ces hommes n'étaient pas là pour adorer le Créateur. Le service religieux avait lieu trois dimanches par mois; ces dimanches-là, il n'y avait pas obligation formelle pour tout le monde d'être présent : une Amirauté tolérante avait même décrété récemment que les catholiques, les juifs, même les dissidents pouvaient être dispensés d'assister aux services. Mais ce dimanche-ci était le quatrième du mois; l'adoration du Créateur était suspendue en faveur d'un rituel plus solennel, exigeant, lui aussi, chemises propres et têtes nues, mais point regards baissés. Chaque homme, aujourd'hui, regardait devant lui; laissant le vent lui ébouriffer les cheveux, il écoutait la lecture de lois aussi générales que les dix commandements, d'un code aussi rigide que le Lévitique. Le quatrième dimanche du mois, il était du devoir du capitaine de lire à l'équipage entier le code de justice militaire, de le lui lire à haute voix, afin que même un illettré ne pût plaider l'ignorance : un capitaine religieux pouvait y adjoindre un bref service religieux; le service du quatrième dimanche était facultatif; la lecture du code était obligatoire.

Le capitaine tourna une page, se mit à déclamer :

— Dix-neuvième article :

« Est puni de mort tout individu au service de la flotte ou faisant partie de l'équipage d'un bâtiment de Sa Majesté britannique coupable d'avoir formé ou tenté de former un complot contre l'autorité du commandant ou contre la sûreté du bâtiment et de même tout individu ayant participé à ce complot ou à cette tentative de complot, s'il a été convaincu de ce crime par une cour martiale.

Debout près de sa section, Bush entendait les mots; il les avait entendus des dizaines de fois; en fait, si souvent que, d'ordinaire, il n'y prêtait qu'une oreille distraite. Le texte des dix-huit articles précédents avait, pour ainsi dire, glissé sur lui sans qu'il en perçût le sens; ce dix-neuvième article, il l'enregistra nettement. Peut-être Sawyer l'avait-il lu avec une insistance particulière. En outre, ayant levé les yeux, Bush avait aperçu Hornblower, pour lors officier de quart, debout à la rambarde du gaillard, et qui écoutait, lui aussi. Ce mot de « mort » avait frappé l'oreille de Bush avec une violence spéciale, un accent aussi fatal, aussi définitif que le bruit d'une pierre qu'on laisse tomber dans un puits. C'était bizarre, attendu que tous les autres articles comportaient la même sanction : la mort pour s'être dérobé au danger, la mort pour avoir dormi étant de faction, la mort...

Le capitaine lisait toujours :

— Est également puni de mort tout individu coupable d'avoir prononcé des paroles jugées séditieuses, ou ayant le caractère d'une mutinerie...

« Tout officier, marin ou militaire embarqué, coupable d'avoir outragé un officier supérieur par paroles, gestes ou menaces...

La mort... La mort... Les mots prenaient pour Bush un sens nouveau, plus plein, plus lourd; et, maintenant que Hornblower le regardait, un serrement bizarre lui crispait l'estomac. Il regarda le capitaine; il lui parut râpé, mal peigné; sa mémoire le reporta vers les événements des derniers jours. Si jamais homme s'était montré incapable de remplir ses devoirs, c'était Sawyer; or ce code de justice qu'il lisait le maintenait dans des pouvoirs illimités.

De nouveau Bush leva les yeux sur Hornblower. Il avait l'impression très nette de savoir à quoi Hornblower lui-même pensait. N'était-il pas étrange d'éprouver de la sympathie pour ce lieutenant, jeune, dégingandé, avec qui il avait eu si peu de rapports?

— Est également puni de mort tout officier, marin ou militaire embarqué sur un bateau de Sa Majesté britannique, et de même tout individu au service de la flotte... (le capitaine en était arrivé au vingt-deuxième article du code) coupable de s'être pris de querelle avec un de ses supérieurs, ou d'avoir refusé d'obéir à un ordre légal.

Bush ne s'était pas rendu compte jusque-là combien le code de justice revenait à tout propos sur ce grave sujet. Il avait accepté la discipline sans en souffrir ; en philosophe, il avait toujours éprouvé que l'on peut s'accommoder de l'injustice et d'une autorité sujette à critique. Il voyait maintenant pour quelle raison ces choses devaient être acceptées. Comme pour confirmer cette notion, pour clore tout débat là-dessus, le capitaine se mit à lire le dernier article du code, celui qui barrait la route à toute échappatoire :

— Tous autres crimes et délits commis par un ou plusieurs individus appartenant à la flotte et qui n'auraient pas été mentionnés dans les articles du présent code de justice...

Bush se rappelait ce dernier article. C'était en s'appuyant sur celui-là qu'un officier pouvait consommer la perte d'un subalterne assez adroit pour échapper aux sanctions prévues par l'un quelconque des autres.

Le capitaine articula très clairement les paroles solennelles ; puis il leva les yeux ; son grand nez tourna comme un canon que l'on fait pivoter, tandis qu'il dévisageait les officiers, l'un après l'autre ; son visage mal rasé avait pris une expression de triomphe vulgaire, comme si la lecture lui avait apporté une protection contre ce qu'il craignait. Il enfla la poitrine, parut se dresser sur la pointe des pieds, grandir soudain au moment de conclure :

— J'ajoute que j'entends que tous ici sachent que les articles du code que je viens de leur lire s'appliquent aux officiers tout autant qu'à n'importe qui.

Ces mots-là, Bush eut peine à croire qu'il venait effectivement de les entendre. Il était inimaginable qu'un capitaine pût parler ainsi devant un équipage. Si jamais discours était subversif, destructeur de toute discipline, c'était bien celui-là ! Mais déjà Sawyer enchaînait, passait aux ordres courants :

— A vous, monsieur Buckland !

— Bien, Monsieur.

Buckland fit un pas en avant, lui-même repris par la routine.

— Couvrez-vous !...

Officiers et marins se recoiffèrent ; la cérémonie avait pris fin.

— Officiers, faites rompre les rangs ! Renvoyez vos sections !

Les musiciens de la fanfare n'attendaient que cela. Le sergent des tambours agita son bâton, les baguettes roulèrent brusquement sur les peaux tendues. Les fifres mêlèrent au roulement leur chanson légère et perçante ; ils jouaient *La Lavandière irlandaise*, morceau brillant et entraînant. L'infanterie de marine porta le mousquet ; Whiting, son capitaine, cria un ordre ; les rangs écarlates se mirent à défiler, à se dérouler au soleil dans l'espace limité du gaillard.

Sawyer suivit des yeux, pendant quelques instants, ce déroulement ordonné, puis sa voix appela :

— Monsieur Buckland !

— Monsieur ?

Afin d'être bien vu de tous et de partout, Sawyer gravit d'abord deux marches de l'échelle, éleva la voix afin que chacun pût l'entendre :

— C'est aujourd'hui dimanche, quartier libre !

— Oui, Monsieur.

— Double ration de rhum pour tous ces braves gens !

— Bien, Monsieur.

Buckland avait fait de son mieux pour que sa voix ne trahît pas la contrariété que le propos faisait naître en lui. Après ceux que l'on venait d'entendre, une telle mesure dépassait toutes les bornes de la raison. Quartier libre signifiait que les hommes pouvaient passer le reste de la journée à ne rien faire. Dans ces conditions, double ration de rhum signifiait presque à coup sûr qu'il y aurait des disputes, ou des bagarres. Déjà Bush voyait le désordre s'amorcer parmi ces matelots trop bien traités par leur capitaine. Si un rapport sévère fait par un officier devait être tenu pour nul et non avenu, maintenir la discipline deviendrait impossible. Les mauvaises têtes, les tire-au-flanc restant impunis, les hommes de bonne volonté rechigneraient. Les plus turbulents cachaient déjà de moins en moins leur arrogance ; ces marins que le capitaine avait appelés des « braves gens » ne savaient que trop bien qu'ils s'étaient mal conduits au cours de la dernière semaine; les bien traiter après cela, c'était se préparer à voir l'indiscipline s'aggraver. Les matelots n'ignoraient pas de quelle façon le capitaine avait traité ses lieutenants, quelles réprimandes, quelles brimades humiliantes leur avaient été infligées. Le proverbe a raison qui dit que « le rôti d'aujourd'hui dans le carré fait demain du ragoût pour l'entrepont ». Autrement dit : « Tout ce qui se passe à l'arrière est bientôt déformé à l'avant. » On ne pouvait s'attendre que les hommes obéissent à des officiers que le capitaine traitait avec mépris. Montant sur le gaillard, Bush avait le front soucieux.

Le capitaine était redescendu dans sa cabine. Buckland et Roberts se tenaient près des caissons à hamacs, absorbés dans une conversation qui paraissait accaparante. Bush s'approcha. Il allait les rejoindre quand il entendit ces paroles de Buckland :

— Dire que ces articles s'appliquent à mes officiers !

— Quartier libre ! Double ration de rhum ! renchérissait Roberts. Tout cela pour « les braves gens » !

Avant de répondre, Buckland jeta autour de lui un coup d'œil furtif. Il était lamentable de voir le premier lieutenant d'un bâtiment de ligne prendre une telle précaution, craindre que ce qu'il pourrait dire ne tombât dans l'une ou l'autre oreille. Hornblower et Wellard étaient loin, pourtant, de l'autre côté de la barre; et le maître était en train de rassembler sur la dunette sa classe de navigation, les aspirants armés de leurs sextants qui se disposaient à prendre la méridienne.

— Je vous dis qu'il est fou ! glissa Buckland, aussi bas que le permettait le souffle de l'alizé du nordet.

— Nous sommes tous du même avis! approuva Roberts.

Bush ne dit rien, trop prudent pour se compromettre à la légère.

— Clive, lui, ne s'engagera pas ! remarqua Buckland. Un benêt, s'il en fut jamais !

Clive était le médecin du bord.

— Lui avez-vous parlé ? demanda Roberts.

— J'ai essayé. Il n'a pas voulu dire un mot. Il a peur !

Une voix, une voix sévère, cria soudain :

— Messieurs, ne bougez pas ! Demeurez où vous êtes !

C'était Sawyer. C'était le capitaine. Il parlait du niveau du pont sur lequel se tenaient les trois officiers ; tous trois sursautèrent.

— Tous les signes de culpabilité ! hurlait la voix. Vous êtes témoins, n'est-ce pas, monsieur Hobbs ?

La claire-voie de la cabine du capitaine était entrouverte. Par l'ouverture, Sawyer les avait observés. On distinguait ses yeux, son nez, car Sawyer était grand ; en se mettant debout sur un tabouret, voire sur un gros livre, il voyait par-dessus l'hiloire.

Raides, les officiers restaient immobiles. Une autre paire d'yeux parut sous la claire-voie : ceux de Hobbs, l'homme qui faisait fonction de canonnier.

— Attendez, Messieurs, que j'aille vous rejoindre ! dit le capitaine, ricanant, et mettant l'accent sur « Messieurs ». Très bien, monsieur Hobbs !

Les deux têtes disparurent. Les officiers eurent à peine le temps d'échanger un coup d'œil. Sawyer surgit en haut de l'échelle et marcha sur eux à grands pas.

— Rassemblement séditieux ! dit-il. Pas d'erreur !

— Non, Monsieur, dit Buckland.

Toute parole qui n'eût pas été un démenti eût équivalu à un aveu ; l'aveu valait accusation du crime et le crime pouvait vous mettre la corde au cou.

— Vous osez me démentir sur mon propre gaillard ? rugit le capitaine. J'avais raison de suspecter mes officiers ! On murmure. On intrigue. On complote. Et ce n'est pas assez ! Il faut encore qu'on me manque de respect. Je veillerai, monsieur Buckland, à ce que vous vous repentiez de ceci !

Buckland protesta :

— Je n'avais, Monsieur, aucune intention de manquer de respect !

— Quoi ? De nouveau un démenti ? En face ! Et vous autres, Messieurs, vous le regardez faire, sans intervenir ! Vous soutenez M. Buckland ! Vous l'encouragez ! J'avais meilleure opinion de vous, monsieur Bush !

Bush crut prudent de ne rien dire.

— Insolence et mutisme, alors? dit Sawyer. Pressés de parler, mais seulement quand on ne vous a pas à l'œil!

Son regard fit le tour du gaillard :

— Vous, monsieur Hornblower? Vous n'avez pas jugé à propos de me signaler ce qui se passait. Drôle d'officier de quart, vraiment! Et, naturellement, M. Wellard en est! Il fallait s'y attendre! Mais vous serez traité comme ces messieurs, monsieur Wellard! Vous ne vous êtes pas méfié. Tant pis pour vous! Dites-vous que, dès maintenant, les embêtements vous attendent, monsieur Wellard! Sans un ami à bord! J'excepte la fille du canonnier, que vous ne tarderez pas à aller baiser de nouveau!

Baiser la fille du canonnier, c'était être couché de force sur le fût d'un canon pour y être frappé par M. Booth ou par ses aides.

Dressé sur le gaillard, l'œil sur le malheureux Wellard, le capitaine défiait ses victimes. Wellard serait rentré dans le pont, s'il l'avait pu.

— ... Plus tard, nous aurons tout le temps de nous occuper de vous, monsieur Wellard! Les lieutenants d'abord. Honneur aux plus hauts grades!

Il les dévisageait. Dans ce regard, la peur alternait étrangement avec le triomphe. Sawyer reprit :

— ... M. Hornblower est déjà de quart une fois sur deux! Vous autres, vous avez profité de cela pour vous livrer à la paresse, et Satan a trouvé le moyen de se servir de votre oisiveté! M. Buckland, lui, n'est jamais de quart! Les grands, les puissants, ils visent plus haut! Ils ont des projets, des projets plus ambitieux!

— Monsieur... voulut dire Buckland.

Il s'arrêta, retint les mots qui allaient suivre. Le mot d'ambition insinuait qu'il intriguait pour obtenir de commander le bâtiment, mais une cour martiale n'eût peut-être pas voulu y voir ce qu'y mettait le capitaine. Après tout, un officier avait toujours le droit de s'attendre à une promotion; le dire ne serait pas tenu pour offensant.

— Monsieur! répéta Sawyer, singeant Buckland et ricanant. Vous avez encore assez de raison pour vous taire. Ce n'est peut-être que de la ruse. Soyez tranquille, vous n'échapperez pas aux conséquences de vos actes. M. Hornblower restera de quart une fois sur deux. Mais ces deux messieurs-là devront se présenter à vous chaque fois qu'un quart sera appelé ! Ils seront vêtus avec soin ! Vous-même serez tout à fait éveillé ! Compris ?

Il y eut un silence. Aucun des trois officiers confondus ne put répondre sur-le-champ.

— Répondez !

— Bien, Monsieur, dit Buckland.

— Bien, Monsieur, dirent Bush et Roberts, le capitaine s'étant tourné vers eux.

— Et pas de faiblesse dans l'exécution de mes ordres ! reprit Sawyer. Je saurai si l'on m'obéit. J'en ai le moyen !

— Bien, Monsieur, dit Buckland.

La sentence les condamnait, lui, Bush et Roberts, à être réveillés, et bien éveillés, toutes les heures, jour et nuit...

IV

Il faisait, là-dessous, noir comme dans un four, absolument noir ; pas la moindre lueur. Au large, sur la mer, la nuit était sans lune ; ici, sous trois ponts, sous le niveau de l'eau, à travers la peau de chêne du bâtiment, on entendait la ruée de l'eau le long du bord, le choc des vagues que le *Renown* chevauchait ; le matériau du navire répondait par des craquements, par des grognements, aux efforts alternés du tangage et du roulis. Descendant l'échelle raide, Bush cherchait à tâtons un appui ; son pied l'ayant trouvé, il atterrit parmi des barils d'eau ; courbé en deux, ramassé sur lui-même, il se fraya, dans l'ombre épaisse, un chemin vers l'arrière. Un rat poussa un cri, courut tout près de lui ; il était normal de trouver des rats dans la cale, et Bush, sans s'émouvoir, poursuivit son chemin.

Devant lui, à travers l'ombre, et malgré les bruits divers du navire, un sifflement léger lui parvint. Il fit halte, siffla aussi. Toutes les précautions étaient nécessaires ; ce qu'il faisait était dangereux. Une voix, enfin, non loin de lui, chuchota son nom. C'était celle de Buckland.

— Oui ?

— Les autres sont là !

Dix minutes plus tôt, aux deux coups piqués du quart de minuit à quatre heures, Bush et Roberts, se conformant aux ordres du capitaine, s'étaient présentés à Buckland dans sa cabine. Un clin d'œil, un geste, quelques mots chuchotés ; rendez-vous avait été pris. Événement inouï, que des lieutenants d'un bâtiment du roi eussent à se conduire ainsi dans la crainte des espions, des gens qui écoutent aux portes. Il l'avait fallu. Puis les trois officiers s'étaient séparés et, par des routes tortueuses, par des échelles différentes, étaient venus ici, où Hornblower, relevé de son quart par Smith, les avait précédés.

— Il ne faudra pas s'attarder, murmura Roberts.

Murmure qui suffisait à trahir sa nervosité. Car il ne pouvait y avoir de doute : une réunion comme celle-ci était séditieuse. Tous ceux qui y auraient pris part risquaient d'être pendus.

— Supposé que nous le déclarions inapte à commander ? murmura Buckland. Ou si on le mettait aux fers ?

— Il faudrait faire vite, en tout cas, agir brutalement ! dit tout bas Hornblower. Car il appellera les hommes à son aide, et les hommes pourraient le suivre ! Et alors...

Il était inutile d'en dire plus long. Ceux qui venaient d'entendre ces paroles se représentaient le tableau ; ils voyaient déjà leurs cadavres à bout de vergue, balancés par le vent.

— Eh bien, pourquoi pas ? dit Buckland. Pourquoi ne pas le mettre aux fers, après tout ?

— Et mettre le cap sur Antigoa ! dit Roberts.

— C'est-à-dire sur la cour martiale ! fit Bush, qui, pour la première fois, venait de réfléchir.

— C'est vrai ! murmura Buckland, songeur.

Ces deux mots reflétaient à la fois plusieurs états d'esprit : réflexion, doute, fureur du désespoir.

— Oui, voilà justement le hic ! murmura Hornblower. Il déposera contre nous, et tout ceci aura un autre son devant un tribunal ! Nous avons été punis : un quart sur deux, pas d'alcool ? soit. Mais ce sont là des choses qui arrivent. Elles ne justifient pas une mutinerie !

— Mais il corrompt les hommes d'équipage !

— Double ration de rhum, quartier libre ? Même cela semblera naturel à des juges ! Ce n'est pas à nous, officiers du bord, à critiquer les méthodes du capitaine. Voilà ce que la Cour dira !

— On verra ce qu'il est ! On verra son état !

— Il est rusé, pas fou furieux ! Il sait parler, il saura

trouver des raisons! Vous l'avez entendu? Il dira des choses plausibles!

— Mais ne nous a-t-il pas traités avec mépris devant les hommes? N'a-t-il pas mis Hobbs à nous espionner?

— Cela prouvera simplement à quel point la situation lui semblait critique, entouré par nous, criminels! Si nous l'arrêtons, nous serons tenus pour coupables jusqu'au moment où nous aurons prouvé notre innocence. N'importe quel tribunal sera du côté du capitaine, c'est forcé! Se mutiner veut dire : être pendu!

Hornblower formulait ainsi tous les doutes que Bush sentait confusément en lui, mais qu'il avait été incapable d'extérioriser.

— Et Wellard? murmura Roberts. L'avez-vous entendu crier, la dernière fois?

— Wellard n'est qu'un engagé volontaire! Même pas aspirant! Pas d'amis! Pas de famille! Ce que dira la Cour quand elle saura que le capitaine a fait fouetter plusieurs fois un jeune garçon? Les juges riront! C'est ce que nous ferions nous-mêmes! Si nous ne connaissions les dessous de l'affaire, nous dirions : « C'est bien fait! Ça lui fera du bien! Ça nous a fait du bien, à nous! »

Un silence suivit cette affirmation d'une évidence. La fin seule fut interrompue par une succession de blasphèmes des plus orduriers. Buckland donnait issue à l'excès de son désespoir.

— Il portera des accusations contre nous, murmura Roberts. Et cela dès l'instant où nous aurons rejoint d'autres bâtiments. J'en suis sûr! J'en suis sûr!

— Il y a vingt-deux ans que j'ai mon brevet, dit Buckland. Il me cassera! Vous autres aussi!

Non, il n'y avait aucune chance de s'en tirer, pour des officiers accusés par leur capitaine, devant une cour martiale, de s'être conduits d'une manière contraire à la discipline. Chacun d'eux le savait. Et cela ne faisait qu'aiguiser leur désespoir. Des accusations, portées avec la ruse et la méchanceté dont Sawyer avait déjà fait preuve, ne pouvaient même pas finir en destitution; elles ne pouvaient aboutir qu'à la prison, qu'à la potence.

— Encore dix jours pour Antigoa! reprit Roberts, si ce vent-là reste favorable, et nous sommes faits!

— Mais nous ne savons pas si nous allons à Antigoa! dit Hornblower. Ce n'est qu'une supposition. Ce voyage pourrait durer des semaines, des mois!

— Dieu nous vienne en aide! dit Buckland.

Un bruit léger, venu de la cale à l'arrière, différent des craquements connus, les fit sursauter : Bush avait serré ses gros poings velus. Mais c'était une fausse alerte! Une voix qui les hélait tout bas vint les rassurer :

— Monsieur Buckland! Monsieur Hornblower! Monsieur!

— Mais, bon sang, c'est Wellard! fit Roberts.

On entendait Wellard approcher à tâtons, buter dans l'ombre sur des obstacles :

— Monsieur! Le capitaine! Il vient!

— Crédieu!

— De quel côté? fit Hornblower.

— Par la timonerie! Je suis passé par l'infirmerie! Il disait à Hobbs...

Hornblower lui coupa la parole :

— Vous trois, à l'avant! ordonna-t-il. Et une fois sur le pont, dispersez-vous! Vite!

Personne ne prit le temps de se dire que Hornblower donnait des ordres à des officiers plus anciens que lui. Chaque seconde comptait; c'était une question de vie ou de mort; il ne fallait perdre de temps ni en hésitations, ni en protestations ridicules; chacun l'avait senti dès que Hornblower avait parlé.

Comme les autres, Bush plongea dans l'ombre, vers l'avant, trébuchant, s'écorchant les genoux contre des arêtes. Déjà séparé d'eux dans sa fuite éperdue, il entendit Hornblower souffler :

— Venez, Wellard!

La soute aux câbles... L'échelle... puis la sécurité de la batterie basse. Après l'obscurité opaque de la cale, il faisait à peu près assez clair ici pour qu'on pût y voir. Buckland et Roberts continuaient tout droit, montaient vers le pont principal; Bush tourna pour gagner l'arrière. Le quart en bas était depuis assez longtemps couché pour être profondément endormi; aux bruits du bâtiment s'ajoutaient ici les ronflements sonores des dormeurs; les rangées de hamacs se balançaient selon le roulis, dans un ensemble si parfait qu'ils semblaient des masses solides.

Au ras du sol, sous les dormeurs, une lumière parut, se rapprocha. C'était celle d'une lanterne sourde, dans laquelle une mèche-mesure de commissaire était allumée. Celui qui la portait, c'était Hobbs, Hobbs qui faisait fonction de canonnier. Deux matelots le suivaient. Il y eut un échange de regards au moment où Bush croisa la patrouille. Un geste trahit la tentation de Hobbs de demander à Bush ce qu'il faisait là ; mais un homme faisant fonction d'officier breveté, même ayant la faveur du capitaine, ne pouvait se permettre de poser une telle question à un lieutenant. Le visage de Hobbs était crispé. De toute évidence, il se hâtait de barrer les issues de la cale et il était furieux de voir que Bush, déjà, lui avait échappé. Les deux matelots semblaient intrigués par ces démarches singulières se déroulant pendant la nuit. Hobbs, donc, laissa passer son supérieur. Bush le quitta sans plus le regarder. N'était-il pas bizarre qu'il se sentît soudain si confiant ?

Il prit le parti de gagner sa cabine ; ce serait bientôt la fin du quart ; il aurait à se présenter de nouveau à Buckland. L'homme envoyé par l'officier de quart pour le réveiller le trouverait couché. Or, comme il poursuivait sa route, atteignait le grand mât, il tomba au milieu d'une scène dont il eût été de son devoir de tenir compte s'il avait été innocent. Le poste des soldats était en branle-bas. Ayant quitté leurs hamacs, les hommes s'équipaient à la hâte. Ceux qui avaient déjà enfilé chemise et culotte passaient leurs baudriers, comme s'ils se préparaient à se battre. Bush ne pouvait pousser plus loin sans s'informer. Il le fit d'une voix qu'il s'efforçait de rendre naturelle.

— Sais pas, Monsieur ! dit le soldat à qui il s'était adressé. On nous a dit de nous armer : mousquet, armes portatives, cartouches à balle !

Un sergent regardait par le rideau qui séparait du reste du pont le poste des sous-officiers :

— Monsieur, dit-il, ce sont les ordres du capitaine !

Puis, rugissant à l'adresse de ses hommes :

— Allons ! Grouillez-vous !

— Où donc est-il, le capitaine? demanda Bush avec toute l'innocence qu'il était capable de feindre.

— Quelque part à l'arrière, Monsieur! Il a envoyé chercher la garde en même temps qu'on nous a dit de nous armer!

Quatre soldats et un caporal fournissaient les factionnaires qui gardaient, nuit et jour, la cabine du capitaine. Un ordre suffisait pour armer la garde et fournir à Sawyer un noyau d'hommes armés et prêts à l'action.

— Très bien sergent! dit Bush, s'efforçant de paraître intrigué et de se hâter vers l'arrière.

Mais il savait désormais ce que c'était que la peur. Il eût préféré faire n'importe quoi, plutôt que de marcher à la rencontre de ce qui l'attendait. Whiting, le capitaine d'infanterie, parut, somnolent, pas rasé, bouclant son ceinturon, ceignant son épée sur sa chemise.

— Que diable?... fit-il quand il vit Bush.

— Ne me demandez pas ce qui se passe! dit Bush, s'efforçant de garder un air naturel.

Son imagination, plutôt nulle à l'état normal, était en plein travail. Il en arrivait à se représenter, dans ce calme trompeur d'une cour martiale, le ministère public demandant à Whiting : « M. Bush avait-il l'air d'être lui-même? » Il était affreusement nécessaire que Whiting pût répondre : « Oui. » Bush réussissait même à imaginer le contact d'une corde lui éraflant le cou. Or, un instant après, simuler la surprise ou feindre l'ignorance ne fut plus nécessaire. Ses réactions furent authentiques. Un cri venait de monter, dominant tous les bruits :

— Le médecin! Appelez le médecin! Vite!

Wellard surgit, pâle, très pâle :

— Appelez le docteur! Vite! Le docteur Clive!

— Quelqu'un de blessé? dit Bush.

— Monsieur, c'est pour le capitaine!

Wellard avait l'air affolé, perdu. Hornblower parut derrière lui. Lui aussi était pâle, respirait avec peine, mais restait très maître de lui. Le coup d'œil qu'il jetait alentour, à la pâle clarté des lanternes, glissa sur Bush, le dépassa, comme s'il ne l'avait pas reconnu.

— Trouvez le docteur Clive! cria-t-il à un aspirant, qui, du poste, regardait la scène.

Puis, à un autre :

— Vous, là-bas ! Courez vite ! Trouvez le premier lieutenant ! Dites-lui de descendre ! Tout de suite !

Son regard rencontra Whiting, s'arrêta sur l'avant, où des soldats prenaient leurs mousquets dans les râteliers.

— ... Pourquoi vos hommes sont-ils en armes, capitaine Whiting ?

— Ordre du capitaine !

— Faites-les mettre en rang, mais je ne crois pas qu'il y ait urgence !

Alors seulement Hornblower se tourna vers Bush :

— Oh ! monsieur Bush ! Voulez-vous prendre le quart, puisque vous êtes là ? J'ai fait appeler le premier lieutenant. Le capitaine est blessé. Grièvement blessé, je crois !

— Que lui est-il arrivé ?

— Il est tombé. Tombé dans l'écoutille !

La lumière était faible. Hornblower regardait Bush droit dans les yeux ; Bush n'y put lire aucun message.

L'arrière de la batterie basse était maintenant encombré. L'information précise de Hornblower, la première qui eût été apportée, souleva une émotion qui se traduisit par une rumeur. C'était justement la rumeur révélatrice d'indiscipline qui éveillait tant la colère de Bush. Peut-être fut-ce une bonne chose qu'elle amenât chez lui une réaction.

— Silence, là-bas ! rugit-il. Faites ce que vous avez à faire et taisez-vous !

Il promenait les yeux sur la foule agitée. Le silence se fit.

— Avec votre permission, je vais redescendre, dit Hornblower. Il faut que je veille à ce qui se passe.

— Très bien, Monsieur.

Phrase stéréotypée et qui avait été prononcée mille fois. Mais elle n'avait pas, cette fois, l'air d'être naturelle.

— Monsieur Wellard, accompagnez-moi ! dit Hornblower.

Il se tourna et s'éloigna.

Trois personnes parurent : Buckland, blême, les traits tirés, Roberts à son côté, et le médecin Clive, en pantalon et corps de chemise, encore somnolent, sortant de sa cabine. Tous sursautèrent à la vue des soldats formés en ligne sur le pont encombré, les canons des mousquets brillant à la clarté des lanternes. Hornblower s'était retourné ; il aperçut Buckland :

— Pourriez-vous venir tout de suite ? dit-il.

Buckland suivit.

— Pour l'amour de Dieu, implora Clive, dites-moi ce qui se passe !

— Le capitaine est blessé ! répondit Hornblower. Venez vite ! Vous aurez besoin de lumière.

— Le capitaine ?

Clive ouvrait de grands yeux, enfin réveillé :

— Où est-il ? Vous, donnez-moi cette lanterne ! Mes infirmiers ? Où sont mes infirmiers ? Hep, là-bas ! courez réveiller mes aides ! Leurs hamacs sont à l'infirmerie !

Ce fut un cortège d'une demi-douzaine de personnes qui descendit avec des lanternes : les quatre lieutenants, Clive et Wellard. Debout au sommet de l'échelle, Bush jeta un coup d'œil sur Buckland, dont le visage était ravagé par l'anxiété. Buckland eût préféré cent fois marcher sur un pont criblé de balles, la mitraille éclatant tout autour de lui. A son tour, il eut pour Bush un regard qui interrogeait ; mais, Clive étant à portée de l'entendre, Bush n'osa dire un mot. D'ailleurs, que savait-il ? Rien de plus que Buckland. Il n'y avait aucun moyen de savoir ce qui les attendait tous au pied de l'échelle. L'arrestation ? La perte de leur réputation ? Le déshonneur ? La mort ?

La clarté d'une lanterne révéla, près de la claire-voie, la tunique écarlate et les baudriers blancs d'un soldat portant les chevrons de caporal.

— Rien de neuf ? demanda Hornblower.

— Non, Monsieur. Rien.

— Le capitaine est inanimé, dit Hornblower à Clive, montrant la claire-voie. Il est gardé par deux soldats.

Clive introduisit péniblement son gros corps dans l'échelle et descendit. Hornblower se tourna vers le caporal :

— Dites au premier lieutenant tout ce que vous savez !

Raide, le caporal se mit au garde-à-vous. Dévisagé par quatre lieutenants, il se sentait troublé, nerveux. Un vague sentiment, né de son expérience du service, lui disait que, lorsqu'il y a du vilain pour les gradés, un caporal, même innocent, a bien des chances de se trouver plus ou moins compromis. Il se tenait très droit, s'efforçant de ne rencontrer le regard de personne.

— Parle ! lui dit Buckland, avec un peu d'humeur.

Il était nerveux, lui aussi ; cela s'expliquait.

— Monsieur, j'étais de garde. Au demi-quart, j'ai relevé la sentinelle à la porte du capitaine...

— Et alors ?

— Alors... je suis retourné me coucher !

— Le diable t'emporte ! dit Roberts. Raconte ce qui s'est passé !

— Monsieur, j'ai été réveillé par un des gradés. Je crois que c'est un canonnier...

— Monsieur Hobbs ?

— Oui, c'est ça, M. Hobbs. Il m'a dit : « Ordre du capitaine ! Aux armes ! » J'ai fait lever la garde. Et voilà que le capitaine me suivait, avec Wade, la sentinelle que j'avais postée. Il tenait un pistolet dans chaque main !

— Qui ça ? Wade ?

— Non. Le capitaine.

— Et quel air avait-il ? demanda Hornblower.

— Eh bien, Monsieur...

Le caporal ne voulait pas critiquer l'attitude d'un capitaine.

— Parle donc !

— Monsieur, le capitaine a dit... il a dit : « Suivez-moi ! » Puis il a dit à l'autre, au canonnier : « Faites vot' devoir, monsieur Hobbs ! » Ça fait que M. Hobbs est parti d'un côté. Nous, on est descendus ici, avec le capitaine. « Il y a de la mutinerie dans l'air ! qu'il a fait, le capitaine. Une saloperie de mutinerie ! Il faut prendre les mutins sur le fait ! », qu'il a dit.

La tête du médecin parut par l'écoutille ; il demandait une autre lanterne.

— Comment va le capitaine ? s'enquit Buckland.

— Commotion cérébrale ! Et quelques fractures !

— C'est grave ?

— Je ne sais pas encore. Où sont mes infirmiers ? Ah ! vous voilà, Coleman ! Apportez vite des éclisses, des pansements ! Et une civière, une toile, des sangles ! Courez ! Vous, Pierce, descendez ici, avec moi ! Vous m'aiderez !

Les deux aides n'avaient fait qu'une apparition.

— Continuez, caporal ! dit Buckland.

— Je sais plus ce que je disais, Monsieur.

— Tu disais que le capitaine vous avait amenés en bas !

— Oui, Monsieur. Il avait toujours ses pistolets. Alors il a envoyé un soldat à l'avant. « Faites fermer toutes les issues », qu'il a dit. Et puis il a dit : « Vous, caporal, emmenez ces deux hommes ! Cherchez partout ! » Et il criait, il criait... comme je ne sais quoi ! Toujours avec ses pistolets !

Tout en parlant, le caporal regardait Buckland, l'air inquiet.

— Dis-nous la vérité, lui intima Buckland. Rien que la vérité !

Le fait que le capitaine fût sans connaissance, peut-être gravement blessé, avait un peu rassuré le caporal, comme il avait, d'ailleurs, un peu rassuré Bush.

— Ça fait, Monsieur, que j'ai pris les soldats avec moi, j'ai descendu l'échelle. J'allais devant, avec la lanterne, vu que j'avais pas aucun mousquet. Nous avons descendu parmi les caisses qui sont là. Le capitaine criait, d'en haut, par l'écoutille : « Faites vite. Ne les laissez pas échapper ! » Nous avons grimpé à l'avant, en enjambant les provisions !

A mesure qu'il approchait du point culminant de son récit, le caporal hésitait davantage. Cherchait-il à produire un effet ? Ce devait être plutôt la peur d'être mêlé à des événements qui, malgré son innocence, pouvaient lui faire tort.

— Et puis ? dit Buckland. Qu'est-il arrivé ?

— Eh ben, Monsieur...

Coleman reparut, les bras chargés de différents objets et d'une planche légère de six pieds, qu'il portait sur l'épaule. Il regarda Buckland pour demander le passage, reçut un signe de tête d'acquiescement, déposa sur le pont la planche, la toile, les sangles, tout le reste, et disparut dans la descente.

Buckland revint au caporal :

— Alors ?

— Monsieur, je ne sais pas ce qui est arrivé !

— Dis-nous ce que tu sais !

— Monsieur, j'ai entendu un cri. Et puis un grand bruit. J'avais pas fait dix pas. J'ai fait demi-tour avec ma lanterne.

— Et qu'as-tu vu ?

— Monsieur, le capitaine était tombé ; il était au pied de l'échelle. Comme s'il était mort. Par l'écoutille, qu'il était tombé !

— Et qu'as-tu fait ?

— Monsieur, j'ai essayé de le retourner. Sa figure était pleine de sang. Il était comme mort. J'ai cru qu'il était mort. Mais il n'était pas mort. J'ai tâté son cœur : il battait !

— Et puis ?

— Monsieur, je ne savais pas ce qu'il fallait faire. Je ne savais pas qu'on était réuni ici !

— Mais enfin, pour finir, qu'as-tu fait ?

— Monsieur, j'ai laissé mes deux hommes près du capitaine et je suis monté donner l'alarme. Je ne savais pas à qui me fier pour ça !

La scène n'était pas dépourvue d'ironie : un caporal craignait d'être réprimandé, ne sachant s'il aurait dû envoyer un messager ou venir lui-même, tandis que les quatre officiers qui le dévisageaient étaient en danger d'être pendus !

— Eh bien ?

— Monsieur, alors, j'ai vu M. Hornblower...

La voix du caporal trahissait le soulagement qu'il avait dû éprouver à rencontrer quelqu'un qui allait le débarrasser d'une terrible corvée.

— ... Il était avec le jeune monsieur... Wellard, je crois qu'il s'appelle. M. Hornblower m'a dit de monter la garde ici.

— Il semble que tu as fait tout ce qu'il fallait faire, dit Buckland.

— Merci, Monsieur ! Merci bien !

Coleman remontait. Après un coup d'œil à Buckland pour demander la permission de le déranger, il passa les objets restés sur le pont à quelqu'un qui était demeuré sous l'écoutille. Puis il redescendit.

Bush regardait le caporal. Maintenant qu'il avait conté son histoire, le premier témoin du drame restait encore embarrassé.

— Avez-vous, lui demanda Hornblower, une idée de la façon dont le capitaine a pu tomber ?

— Non, Monsieur. Non, aucune idée !

Hornblower jeta un regard sur ses collègues, un seul regard. Les paroles du caporal et le coup d'œil lui-même étaient amplement rassurants.

— Vous dites qu'il était nerveux, agité ? Allons, parlez !

— Eh bien !... Monsieur, oui. Il était excité. Il criait après nous, Monsieur. Je suppose qu'il a dû se pencher trop fort, et il y a eu du tangage. Son pied a dû se prendre dans l'hiloire. Il sera tombé la tête en avant !

— Oui, dit Hornblower. C'est ce qui dû arriver !

Clive surgit, montant l'échelle, l'air important :

— Je vais le sortir par ici ! dit-il.

Glissant la main dans l'ouverture de sa chemise, il en tira un pistolet :

— J'ai trouvé ceci près de lui !

— Confiez-le-moi ! dit Buckland.

— Il doit y en avoir un autre en bas, d'après ce qu'on vient de nous dire, fit Roberts, parlant pour la première fois.

Il parlait haut. Trop haut. L'émotion l'avait d'abord écrasé, et son attitude avait pu paraître suspecte à qui aurait eu des raisons de le soupçonner. Bush sentit au cœur un nouveau souci.

— Je le ferai chercher, après que nous aurons remonté le capitaine ! dit Clive.

Il se pencha par-dessus le panneau, cria :

— Montez !

Coleman parut le premier, tenant deux sangles ; derrière lui, un soldat, l'air embarrassé, agrippait d'une main l'échelle, l'autre soutenant un fardeau qu'on ne voyait pas.

— Doucement ! Doucement ! dit Clive.

Coleman et le soldat soulevèrent l'un des bouts de la planche : lié sur la civière, emmailloté dans des pansements comme une momie, le corps de Sawyer était allongé. C'était le meilleur moyen pour faire escalader l'échelle à un homme atteint de fractures. Le second aide du médecin venait ensuite, portant l'autre bout du brancard. Les lieutenants se précipitèrent, prêtèrent la main, tandis que le fardeau franchissait l'hiloire. A la clarté des lanternes, Bush eut le temps d'apercevoir le visage de Sawyer, qui dépassait un peu la toile. Visage muet, sans expression ; du moins ce qu'on pouvait en voir, car le pansement masquait entièrement le nez et l'un des yeux. L'une des tempes portait encore les traces de sang que le médecin n'avait pas complètement fait disparaître.

— Portez-le dans sa cabine ! dit Buckland.

C'était un ordre. La minute était grave. Le capitaine étant frappé d'incapacité, il appartenait au premier lieutenant de prendre le commandement ; commandant du *Renown*, Buckland pouvait même donner des ordres quant à la façon de traiter son capitaine. Mais, pour être grave, l'initiative n'en était pas moins chose couramment faite. Vingt fois déjà auparavant, en l'absence du capitaine, Buckland avait assumé temporairement le commandement du navire. La même routine avait guidé sa conduite envers ses officiers plus jeunes, alors qu'il ignorait quel sort terrible pouvait l'attendre dans l'avenir immédiat.

Pourtant, Bush, qui le regardait, voyait que Buckland était ému. Cette émotion, on pouvait l'attribuer à la réaction naturelle d'un officier en présence de la responsabilité qui pesait brusquement sur lui dans des circonstances exceptionnelles. Un témoin qui n'eût pas eu la moindre connaissance des faits antérieurs eût pu conclure dans ce sens. Mais Bush, le cœur encore saisi de crainte, et se demandant éperdument ce que ferait le capitaine quand il reviendrait à lui, voyait clairement que Buckland partageait les mêmes craintes, que la pensée des fers, d'une cour martiale, de la corde et du bourreau lui enlevait beaucoup d'assurance. Or, de ce que ferait Buckland, la vie, et, en tout cas, l'avenir de tous les officiers du bord pouvaient dépendre.

— Je vous demande pardon, Monsieur, dit Hornblower.

Buckland fit « Oui ? ». Puis, au prix d'un effort :

— Oui, monsieur Hornblower ?

— Pourrais-je noter par écrit la déclaration que vient de nous faire ce caporal, pendant que les faits sont encore clairement présents à sa mémoire ?

— Certainement.

— Merci, Monsieur !

Il n'y avait rien à tirer de l'expression de Hornblower, rien que le respectueux souci du devoir. Il se tourna vers le caporal :

— Quand tu auras mis ton homme à son poste, tu viendras me rendre compte, tu entends ?

— Bien, Monsieur.

Le médecin et son équipe avaient emmené Sawyer ; pourtant, Buckland ne faisait pas mine de s'éloigner. Il demeurait comme paralysé.

— Il y a l'histoire du second pistolet, Monsieur ! dit Hornblower, respectueux comme toujours.

— Ah, oui !

Buckland cherchait autour de lui.

— Wellard est là, Monsieur !

— C'est cela. Wellard s'en occupera !

— Monsieur Wellard, dit Hornblower, descendez avec une lanterne. Voyez si vous pouvez retrouver l'autre pistolet. Vous l'apporterez au premier lieutenant. Sur le gaillard !

— Bien, Monsieur.

Wellard n'avait pas quitté des yeux Hornblower ; il s'était presque entièrement ressaisi. Il ramassa la lanterne, descendit l'échelle.

Le mot « gaillard » et ce qu'avait dit Hornblower parurent pénétrer enfin dans l'esprit de Buckland. Il se mit à marcher ; les autres lui emboîtèrent le pas. Dans la batterie basse, le capitaine Whiting salua le nouveau commandant :

— Y a-t-il des ordres, Monsieur ?

La nouvelle de l'incapacité du capitaine et du commandement de Buckland avait couru comme une traînée de poudre. Le cerveau engourdi de Buckland mit une seconde à enregistrer la question.

— Non ! dit-il, à la fin.

Puis, au bout d'un instant :

— ... Faites rompre les rangs !

Sur le gaillard, un alizé plutôt frais soufflait de tribord ; le *Renown* galopait sur une mer féerique ; par-dessus les têtes, les pyramides des grandes voiles montaient à la rencontre d'innombrables étoiles ; dans le mouvement harmonieux du navire, la tête des mâts décrivait au ciel de grands cercles. A bâbord, une demi-lune venait de sortir de la mer, miraculeusement suspendue par-dessus l'horizon, reflétée en une longue traînée d'argent qui venait jusqu'au bâtiment. Les silhouettes des hommes se découpaient en noir sur le fond des planches du pont bien briquées.

Smith était officier de quart. Il vint à eux dès qu'ils parurent. Il y avait maintenant une demi-heure qu'il arpentait fiévreusement le gaillard, attentif aux bruits, aux rumeurs, mais sans pouvoir quitter son poste. Il se hâta de questionner :

— Qu'est-il arrivé, Monsieur ?

Il n'avait pas été dans le secret de la réunion dans la cale (il avait d'ailleurs été moins brimé par le capitaine), mais il n'avait pu ignorer le mécontentement qui régnait ; et il devait savoir que Sawyer était fou. Or Buckland n'était pas disposé à répondre ; sa réponse n'était pas prête. Ce fut Hornblower qui parla, après un silence :

— Le capitaine, dit-il, est tombé dans la cale !

La voix était neutre.

— ... On vient de le porter à sa cabine. Il était sans connaissance !

— Tombé dans la cale ? dit Smith, effaré. Comment a-t-il pu faire ?

De la même voix neutre, Hornblower répondit :

— Il cherchait après des mutins.

— Je vois, dit Smith. Mais...

Il se tut brusquement. La voix de Hornblower avait dû l'avertir que le sujet était délicat ; que, s'il poussait plus avant son enquête, la question de la santé mentale de Sawyer ne pouvait manquer d'être soulevée ; Smith devrait parler, émettre une opinion. Il préféra s'abstenir et ne pas poser de nouvelles questions. Le quartier-maître, d'ailleurs, s'adressait à lui :

— La fin du quart dans une heure, Monsieur !

— Bon, fit Smith, machinalement.

— Monsieur, dit Hornblower, il est temps que j'enregistre la déposition du caporal. Je prends le quart dans une heure !

Si Buckland était commandant, c'était à lui qu'il appartenait de rapporter l'ordre imbécile d'un quart sur deux, l'obligation pour Bush et Roberts de se présenter à Hornblower toutes les heures, jour et nuit. Il y eut un silence embarrassé. Nul ne savait pendant combien de temps le capitaine serait sans connaissance, ni quel serait son état lorsqu'il reviendrait à lui. Wellard accourut :

— Voici l'autre, Monsieur, dit-il, tendant à Buckland le second pistolet de Sawyer.

Buckland le prit, retira le premier de sa poche et demeura, les armes dans les mains, ne sachant qu'en faire.

— Vous en débarrasserai-je, Monsieur ? dit Hornblower en les lui prenant. Wellard pourrait m'aider à recueillir la déposition du soldat. Puis-je l'emmener avec moi ?

— Oui.

Hornblower se tournait déjà pour descendre. Buckland le rappela :

— Monsieur Hornblower !

— Monsieur ?

Buckland hésitait :

— Rien, dit-il.

Arrêté en haut de l'échelle, Hornblower reprit :

— Monsieur, je vous demande pardon, mais, à votre place, je prendrais un peu de repos ! Vous avez eu une nuit fatigante !

Bush trouvait l'idée excellente. Non qu'il se souciât le moins du monde de la fatigue de Buckland, mais parce que, si Buckland allait se reposer, il ne risquerait pas de se trahir, et de trahir ses associés avec lui, par des discours irréfléchis. C'était sans doute à cela que Hornblower avait dû penser. Il regrettait que Hornblower les laissât seuls, et il avait l'impression que Buckland éprouvait le même regret. Car Hornblower avait un esprit bien équilibré ; il pensait vite, quel que fût le danger qui le menaçait. Depuis l'alerte, c'était son exemple qui avait donné à leur conduite à tous l'apparence du naturel. Peut-être Hornblower connaissait-il un secret que les autres ignoraient encore. Peut-être en savait-il plus qu'eux sur les circonstances dans lesquelles le capitaine en était venu à choir dans la cale (la chose intriguait Bush et même l'inquiétait). Mais Hornblower n'en avait rien laissé paraître.

— Quand ce sacré toubib va-t-il venir nous renseigner ? dit soudain Buckland, ne s'adressant à personne.

— Pourquoi ne pas aller vous reposer, Monsieur, jusqu'à ce qu'il vienne ?

— Oui, vous avez raison. J'y vais.

Buckland hésita un instant avant de poursuivre. Enfin, il prit un parti :

— ... Messieurs, vous ferez bien de continuer à vous présenter à moi toutes les heures, comme le capitaine vous en a donné l'ordre !

— Bien, Monsieur, dirent Bush et Roberts.

Cela signifiait, Bush s'en rendit compte, que Buckland ne saisirait pas l'occasion. Il fallait, quand Sawyer reviendrait à lui, qu'il apprît que ses ordres avaient été suivis. Bush, donc, restait inquiet, et même anxieux, tandis qu'il descendait tenter de prendre sous le pont une demi-heure de repos avant de se présenter à Buckland. Il ne pouvait, d'ailleurs, espérer dormir ; à travers la mince cloison qui séparait sa cabine de la suivante, c'était un murmure incessant de voix. Hornblower prenait par écrit la déposition du caporal.

V

On servait le petit déjeuner au carré. Le repas était plus silencieux, moins gai que d'habitude. Après avoir salué rituellement les autres convives, le maître, le commissaire et le capitaine d'infanterie s'étaient assis pour manger, sans rien dire. Comme tout le monde à bord, ils avaient appris que le capitaine reprenait connaissance.

Par les hublots, dans la muraille, deux longs rais de soleil éclairaient la pièce encombrée, glissant tantôt d'un côté, tantôt de l'autre, selon le mouvement du navire. L'agréable fraîcheur des alizés de nordet entrait par la porte qu'on avait exprès maintenue ouverte. Le café était chaud ; le biscuit, qui n'était à bord que depuis trois semaines, ne pouvait avoir séjourné dans les dépôts plus d'un mois ou deux avant le départ, car on n'y trouvait que rarement un charançon. Le cuisinier avait très intelligemment tiré parti du beau temps pour frire les restes du petit salé de la veille avec quelques-uns des oignons qui restaient encore (la provision s'épuisait). Un petit déjeuner d'émincés frits de porc salé avec des oignons, du café chaud, de bons biscuits, un peu d'air frais, du soleil, du beau temps, il y aurait eu de quoi faire du carré un lieu agréable. Or ici ne régnaient que souci, malaise, appréhensions.

Bush regardait Hornblower assis de l'autre côté de la table, les traits tirés, pâle, l'air las. Il y avait beaucoup de choses que Bush eût désiré lui dire ; elles devaient rester inexprimées, du moins pour le moment, c'est-à-dire aussi longtemps que la folie du capitaine plongeait dans le mutisme le bâtiment pourtant tout baigné de soleil.

Buckland parut, suivi du médecin. Presque tous se levèrent dans l'attente de nouvelles fraîches.

— Il a repris connaissance, dit Buckland, se tournant vers Clive pour l'inviter à développer cette déclaration.

— Il est faible, très faible ! ajouta Clive.

Bush regarda Hornblower, espérant qu'il poserait les questions que lui-même eût voulu poser. Le visage de Hornblower était fermé ; son regard, fixé sur Clive, fouillait celui du médecin, mais il se taisait. Ce fut Lomax, le commissaire, qui, finalement, demanda :

— A-t-il encore sa raison ?

— Ma foi..., dit Clive, jetant à Buckland un coup d'œil furtif.

Il était clair que la dernière chose que le médecin eût envie de faire, c'était de s'engager formellement sur le sujet de la raison du capitaine. Il crut s'en tirer en disant :

— Il est trop faible, en ce moment, pour disposer de tous ses moyens...

Lomax était trop curieux, trop entêté aussi, pour se laisser décourager.

— Dites-nous, Monsieur. Cette commotion cérébrale, quels effets a-t-elle produits ?

— La boîte crânienne est indemne, répondit Clive, mais le cuir chevelu est sérieusement déchiré. En outre, le nez est brisé, et, de même, la clavicule et quelques côtes. Le capitaine a dû tomber la tête en avant. C'était fatal, s'il a buté sur la hiloire.

— Mais, bon Dieu, s'exclama Lomax, comment a-t-il fait ?

— Il ne me l'a pas dit ! Je pense qu'il ne doit pas s'en souvenir.

— Il a donc aussi perdu la mémoire ?

— C'est chose courante, dans son cas, poursuivit le médecin. On pourrait presque dire symptomatique. Après une commotion grave, le malade souffre généralement d'une amnésie complète. La mémoire lui fait défaut de tous les faits antérieurs de plusieurs heures à la blessure !

Bush lança un nouveau coup d'œil à Hornblower, dont le visage restait inchangé. Il essayait de suivre son exemple, s'efforçant de ne trahir aucune émotion, laissant les autres poser les questions. C'étaient là pourtant de très grandes, de très heureuses nouvelles, sur lesquelles, au gré de Bush, on n'eût pu trop longuement s'étendre.

— Où pense-t-il qu'il est? insistait Lomax.

— Il sait qu'il est sur le *Renown*, fit Clive, prudent.

Ce fut au tour de Buckland de se tourner vers le médecin. Buckland avait l'air ravagé; il n'était pas rasé, et il était las; mais il avait vu son capitaine dans sa cabine, il était donc un peu plus disposé à pousser le problème jusqu'à sa solution.

— A votre avis, dit-il, le capitaine est-il en état de remplir ses devoirs?

— Eh bien..., fit Clive.

— Oui? Non?

— Provisoirement, peut-être que non!

Réponse non satisfaisante. Buckland semblait avoir épuisé, à l'obtenir de Clive, toute sa volonté. Hornblower leva un visage de bois et, regardant Clive en plein dans les yeux :

— Vous voulez dire, demanda-t-il, qu'il est présentement inapte à commander ce bâtiment?

Un léger murmure d'approbation se fit entendre. Tous les officiers étaient d'accord avec Hornblower pour désirer une déclaration formelle et précise. Clive regardait tous ces visages, il les vit décidés. Pour finir, il dut s'incliner.

— Pour le moment, oui! fit-il.

— Nous savons maintenant à quoi nous en tenir, dit Lomax.

On sentait dans sa voix la satisfaction qu'il éprouvait d'être soutenu par toutes les personnes présentes, à l'exception de Clive et de Buckland.

Priver un capitaine de son commandement était chose grave; il s'agissait d'une décision violente et, par certains côtés, terrible. Le roi et le Parlement s'étaient entendus pour donner au capitaine Sawyer le commandement du *Renown*. Ignorer leur décision avait une vague couleur de trahison ; tout homme mêlé, même de loin, à l'opération risquait de porter pour le reste de ses jours la déplaisante réputation d'insubordination, voire de rébellion. Même le plus jeune des seconds maîtres, s'il venait à postuler un jour un nouvel emploi, pouvait se voir rappeler qu'il naviguait sur le *Renown* quand Sawyer avait été évincé de son commandement ; il risquait de voir rejeter sa candidature. Dans une affaire qui, en butte à une stricte interprétation, ne pourrait jamais être considérée comme tout à fait régulière, il fallait que la décision revêtît l'apparence de la plus indiscutable légalité.

— J'ai ici la déclaration du caporal Greenwood, dit Hornblower. Elle est signée, puisqu'elle porte ses empreintes digitales, et elle est attestée par M. Wellard et par moi-même.

— Merci, dit Buckland, prenant le papier.

Il avait d'abord paru hésiter, comme si le document eût été un pétard qui pouvait lui éclater dans la main à l'improviste. Mais peut-être Bush avait-il été seul à remarquer l'hésitation. A peine quelques heures plus tôt, Buckland fuyait le châtiment, en compagnie des autres lieutenants, au péril de sa vie ; il rampait dans les entrailles du *Renown*, tremblant d'y être surpris ; les noms de Wellard, de Greenwood, qui lui rappelaient ces moments, blessaient son oreille. Comme un diable, surgi à la seule mention de son nom, Wellard parut à la porte du carré.

— Monsieur, dit-il, M. Roberts m'envoie vous demander des ordres !

Roberts était de quart. Il devait trépigner d'inquiétude à se demander ce qui se passait sous les ponts.

Buckland ne savait que répondre.

— Les deux quarts sont sur le pont, Monsieur, dit Hornblower avec une grande déférence.

Buckland le regarda, l'air de l'interroger. Hornblower reprit :

— ... Vous pourriez peut-être, Monsieur, annoncer la nouvelle aux hommes.

Suggestion faite, sans qu'on lui eût rien demandé, à un officier qui lui était supérieur en grade, Hornblower s'exposait à une rebuffade. Mais son maintien ne trahissait qu'un profond respect, rien que le vif désir d'épargner des ennuis à son supérieur.

— Merci, dit Buckland.

On pouvait lire sur son visage quel combat se livrait en lui ; il hésitait à s'engager à fond. Comme s'il n'était pas déjà engagé, il hésitait devant la perspective d'adresser la parole à tout l'équipage assemblé, bien qu'il se rendît compte qu'il était opportun, urgent de le faire. Des bruits devaient courir par l'entrepont, où les matelots, déjà intrigués par l'étrange comportement de Sawyer, à coup sûr s'inquiétaient davantage devant l'incertitude qui prévalait. Une déclaration précise devait leur être faite ; mais, plus pressante la nécessité, plus grande la responsabilité qu'assumait Buckland. Et Buckland, de toute évidence, balançait entre deux terribles contraintes.

— Parlerez-vous à tous les hommes, Monsieur ? insistait doucement Hornblower.

Buckland soudain se décida :

— Oui, dit-il.

— Bien, monsieur Wellard ! dit Hornblower.

Bush surprit le regard que Hornblower jetait à Wellard pendant qu'il parlait. Il y avait dans ce regard une intention, une intention qui pouvait paraître inadmissible dans le cas d'un officier subalterne demandant à un autre de se hâter d'agir avant qu'un officier plus ancien en grade changeât d'avis. C'est ainsi qu'un témoin non initié eût interprété ce regard ; mais, pour Bush, chez qui la fatigue et le souci doublaient la clairvoyance, il avait une signification différente. Wellard aussi était pâle, soucieux, fatigué ; le regard de Hornblower était destiné à le rassurer. Il était possible aussi qu'il signifiât que certain secret restait bien gardé...

— Bien, Monsieur, dit Wellard.

Il s'éloigna. Les sifflets trillèrent par le bâtiment.

— Tout le monde ! rugissaient les seconds maîtres. Tout le monde derrière le grand mât. Tout le monde !

Buckland monta donc sur le pont, visiblement nerveux ; mais, ainsi acculé à l'épreuve, il s'acquitta relativement bien de sa tâche. D'une voix dure, sans nuances, il déclara aux matelots assemblés que l'accident dont leur capitaine avait été victime, et dont ils avaient dû entendre parler, le rendait momentanément inapte à exercer son commandement :

— Nous continuerons tous à faire notre devoir, ajouta-t-il, parcourant du regard le parterre des visages levés vers lui.

Bush repéra au sein de la foule la tête grise, le visage bouffi de Hobbs, favori de Sawyer et son indicateur. Les choses se passeraient désormais différemment pour M. Hobbs, du moins aussi longtemps que durerait l'incapacité de Sawyer. Bush regardait le canonnier, se demandant ce qu'il savait, ce qu'il devinait, sur quoi il serait prêt à prêter serment devant une cour martiale; dans le gros visage du vieillard, Bush essayait de lire l'avenir; mais deviner n'était pas possible; la clairvoyance nécessaire lui manquait.

Quand l'assemblée sur le pont se fut disloquée, il y eut un peu d'affairement, au moment où les quarts reprenaient leur service, et où ceux qui étaient libres redescendaient dans les entreponts. Au sein de cette rumeur, de ce désordre relatif, on pouvait trouver un peu d'isolement, de liberté, d'abri contre l'indiscrétion.

Près des bittes d'artimon, Bush arrêta Hornblower et lui posa la question qui, depuis plusieurs heures, lui brûlait les lèvres, la question dont tant de choses dépendraient un jour.

— Monsieur, comment la chose est-elle arrivée ?

Les seconds maîtres beuglaient des ordres; les hommes se hâtaient, couraient çà et là; partout, c'était la confusion ordonnée d'une masse d'éléments s'acquittant de leurs tâches. Hornblower et Bush étaient face à face, isolés, le soleil éclairait le visage fermé que le plus jeune offrait à celui qui l'interrogeait.

— Comment telle chose est arrivée, monsieur Bush ?

— Eh bien... comment le capitaine a-t-il pu choir dans l'écoutille ?

Le dernier mot à peine prononcé, Bush jeta un coup d'œil par-dessus son épaule, comme saisi de peur. Quelqu'un avait pu entendre; de telles paroles ne sentaient-elles pas la corde suiffée ? Quand Bush se fut ressaisi, le visage de Hornblower était neutre.

— Il a dû perdre l'équilibre, dit-il tranquillement.

Il regardait Bush dans les yeux ; puis, soudain :

— ... Voulez-vous m'excuser, Monsieur, j'ai des choses à faire !...

Plus tard dans la journée, chacun des officiers du carré fut introduit auprès du capitaine, afin qu'il pût voir de ses yeux l'épave qui était là couchée. Bush aperçut un homme livide et sans force, gisant dans la pénombre, le visage presque masqué par les pansements, les doigts d'une main remuant à peine, l'autre main en écharpe.

— Il est sous l'influence d'une préparation opiacée, expliquait le médecin. J'ai dû lui en administrer une dose massive afin de pouvoir réduire la fracture du nez.

— Il doit être tombé de toute sa hauteur ! dit brusquement Lomax. Car c'était un gaillard solide !

— Oui, les fractures étaient nombreuses, confirma Clive. Nombreuses aussi les esquilles que j'ai dû retirer !

Le lendemain matin, on entendit des cris dans la cabine du capitaine. Cris de terreur, cris de douleur. Un peu plus tard, Clive et ses aides montèrent sur le pont, en sueur et l'air soucieux. Sur-le-champ, le médecin alla faire à Buckland un rapport qui se voulait confidentiel ; mais tout le monde à bord avait entendu les cris ; ceux qui les avaient entendus en avaient parlé autour d'eux. Pressés de questions par les autres officiers dans le poste, les infirmiers n'observèrent pas la discrétion que leur chef avait eue au carré.

On sut que le malheureux Sawyer avait incontestablement perdu la raison. Quand Clive avait tenté d'examiner la fracture du nez, le blessé avait été saisi de frayeur à un degré inimaginable ; il s'était débattu, avec la force propre aux aliénés ; craignant que sa violence ne compromît la soudure des autres os, le médecin avait dû l'emmailloter dans une toile comme dans une camisole de force, ne laissant libre que le bras gauche. Une dose de laudanum et une abondante saignée avaient fini par réduire Sawyer à l'insensibilité. Lorsque Bush le revit, plus tard dans la journée, il avait repris connaissance, offrant l'aspect pitoyable d'un homme recroquevillé de peur chaque fois qu'il apercevait un visage ; épouvanté, il se croyait persécuté par des fantômes, ou bien il pleurait. C'était une chose terrible que de voir ce gaillard naguère robuste sangloter comme un petit enfant, se lamenter, exposer ses soucis, ou bien chercher à cacher son visage, afin de ne rien voir d'un univers qui, pour son esprit tourmenté, ne lui était plus qu'ennemi.

Dans le carré, Clive pontifiait :

— Il arrive souvent, disait-il (plus la maladie paraissait devoir être longue, plus librement Clive croyait pouvoir en discuter), il arrive souvent qu'une blessure, une chute, des fractures ou de graves brûlures déséquilibrent complètement un cerveau déjà d'avance un peu instable.

— Un peu instable? s'exclama Lomax. C'est vraiment trop peu dire! Oui ou non, a-t-il armé soudain l'infanterie, pendant le quart de minuit à quatre, pour arrêter des mutins dans la cale? Demandez à M. Hornblower, ici présent, à M. Bush, ici présent, s'ils trouvent que le capitaine était « un peu instable »! A Hornblower, il a fait prendre un quart sur deux! Bush, Roberts, Buckland lui-même devaient se tirer du plumard toutes les heures, jour et nuit! Un peu instable! Il était fou! Alors, déjà, il était fou, fou à lier!

Les langues se déliaient, à bord du *Renown*, maintenant que l'on ne craignait plus que les propos fussent rapportés au capitaine.

— On va pouvoir en faire de nouveau des marins, de ces matelots! disait Carberry, le maître, avec une satisfaction que tout le carré partageait.

La manœuvre des voiles, la manœuvre aux pièces, la discipline retrouvée, les travaux fatigants, tout concourait à aider à reprendre en main un équipage qui avait commencé à se désintégrer. Buckland se montrait enchanté. On faisait aujourd'hui ce qu'il avait eu envie de faire depuis qu'ils avaient quitté l'Eddystone[1]. L'entraînement de l'équipage l'aidait à se distraire de ses autres soucis. Car il demeurait obsédé. Une responsabilité nouvelle était née, dont le carré pouvait librement discuter, du moins quand Buckland était absent. (Car Buckland était déjà confiné dans la solitude qui entoure

1. Phare puissant sur la côte anglaise de Cornouailles, face à l'Atlantique. *(N.d.T.)*

le capitaine d'un bâtiment de guerre.) Cette responsabilité, elle incombait à Buckland seul. Le carré observait son nouveau capitaine, le regardait se débattre aux prises avec elle, un peu comme il eût observé un match de boxe sur un ring; il y avait même des paris engagés quant à la façon dont le match se terminerait, c'est-à-dire sur le point de savoir si, oui ou non, Buckland franchirait le pas suprême qui le proclamerait commandant du *Renown*, et qui déclarerait Sawyer officiellement incurable.

Les papiers du capitaine étaient enfermés à clef dans son bureau. Parmi ces papiers, se trouvaient les ordres secrets qu'il tenait des Lords de l'Amirauté. Jusque-là, pas d'autres yeux que ceux de Sawyer n'avaient vu ces ordres; pas une âme à bord n'avait même le moyen de formuler une hypothèse quant à leur contenu. Il se pouvait que ce ne fussent que des ordres banals, par exemple commandant au *Renown* de rejoindre l'escadre de l'amiral Bickerton; il se pouvait aussi qu'ils révélassent quelque secret diplomatique, d'importance vitale, un secret de l'espèce que l'on ne peut confier à un simple lieutenant.

Deux solutions s'offraient à Buckland : il pouvait garder le cap sur Antigoa, où il déléguerait ses responsabilités à celui qui, là-bas, serait l'officier le plus ancien en grade; un capitaine promu depuis peu pourrait monter à bord du *Renown*, lire les ordres et remplir sur le bâtiment la mission qui lui était assignée. L'autre solution, c'était que Buckland lût les ordres sans plus attendre. Ils pouvaient comporter des missions d'une extrême urgence. Antigoa était un atterrissage commode pour des bâtiments venant d'Angleterre; mais, du point de vue des opérations militaires, le mouillage, situé sous le vent de la plupart des points d'importance stratégique, y était beaucoup moins favorable.

Si Buckland emmenait le *Renown* à Antigoa, et qu'il eût ensuite à revenir sur ses pas, il pourrait se faire taper sur les doigts par l'Amirauté; s'il lisait les ordres secrets, il pourrait être blâmé pour avoir montré trop de confiance en soi. Tout le carré devinait la situation difficile dans laquelle il se débattait. Pris séparément, tout en se demandant quel parti Buckland finirait par prendre, chaque officier se félicitait de n'être pas personnellement à sa place.

Bush et Hornblower se tenaient l'un près de l'autre, sur la dunette, jambes largement écartées, tous deux bien d'aplomb sur un pont qui se soulevait, regardant l'horizon dans leurs sextants. A travers le verre noirci, Bush voyait l'image du soleil, que le miroir réfléchissait. Avec beaucoup de peine, il déplaça le bras pour abaisser l'image, l'amener de plus en plus près de l'horizon. Le tangage du bâtiment sur les longues lames de houle le gênait, mais il s'entêtait. Enfin, l'image du soleil était juste sur l'horizon, il bloqua le sextant. Ensuite, il put lire, noter l'angle. Faisant une concession à ce qu'il tenait pour un préjugé, il voulut suivre l'exemple de Hornblower, observer aussi l'altitude du point opposé de l'horizon. Il pivota sur place, prit de nouveau la hauteur ; et, tout en enregistrant sa lecture, il essayait de se rappeler ce qu'il fallait faire de la différence entre les deux lectures, de l'erreur de collimation et de la dépression. S'étant tourné, il vit que Hornblower avait déjà terminé et restait debout à l'attendre.

— C'est la plus grande hauteur que j'aie jamais mesurée, dit Hornblower. Jamais été aussi loin vers le sud ! Qu'avez-vous trouvé ?

Ils comparèrent leurs lectures.

— C'est assez exact, dit Hornblower. Trouvez-vous que c'est difficile ?

— Oh, je peux viser le soleil, dit Bush. Pas de difficulté là-dedans ! Ce qui me gêne, ce sont les calculs, ces corrections, ces sacrées corrections !

Hornblower leva les sourcils. Il avait l'habitude de faire, tous les jours, à l'heure de midi, ses observations, ses calculs, pour ne pas se rouiller. Il savait le mal, mécaniquement parlant, que l'on a à faire des observations exactes sur un navire en mouvement, mais (bien qu'il en eût vu maint exemple) il avait de la peine à croire qu'un homme, quel qu'il fût, pouvait trouver vraiment difficiles les calculs subséquents. Pour lui, ces calculs étaient si simples que, lorsque Bush lui avait demandé s'il pouvait se joindre à lui, faire le point à midi, pour se perfectionner, il avait tenu pour certain que ce qui gênait Bush, c'était uniquement le maniement du sextant.

Il eut la politesse de dissimuler sa surprise.

— C'est pourtant facile, dit-il, oubliant presque d'ajouter : « Monsieur. »

Un bon officier ne fait pas étalage de sa supériorité devant un plus ancien en grade. Aussi pesa-t-il soigneusement la suite de ses propos.

— Si vous vouliez descendre avec moi, dit-il, vous pourriez confronter vos calculs et les miens.

Bush écouta patiemment les explications. Dans la bouche de Hornblower, le problème était singulièrement clair; c'était grâce à une rapide révision de la dernière heure que Bush avait pu passer son examen de lieutenant; la manœuvre, et non la navigation, l'avait fait recevoir, mais Bush savait, au prix d'expériences amères, que tout lui paraîtrait de nouveau compliqué dès le lendemain.

— Nous pouvons maintenant goupiller le point, dit Hornblower, penché sur la carte.

Bush observait le jeu des doigts habiles sur les parallèles de la carte. Hornblower avait de longues mains osseuses, presque de belles mains; c'était un vrai spectacle de les voir se livrer à un travail auquel elles étaient si souverainement habiles. Les doigts puissants prenaient le crayon, traçaient une ligne.

— Voilà le point d'intersection, disait Hornblower. Nous pouvons maintenant vérifier le point estimé.

Bush lui-même pouvait suivre les simples opérations nécessaires pour tracer la route estimée depuis la veille à midi. Le crayon fit sur la carte une croix minuscule.

— Nous sommes encore déhalés au sud, vous voyez! dit Hornblower. Pas encore assez loin à l'est pour que le Gulf Stream nous pousse au nord!

— Ne disiez-vous pas que vous n'aviez jamais navigué dans ces eaux-ci? dit Bush.

— Si.

— Alors... comment?... Oui. Naturellement. Vous avez étudié! C'est juste.

Bush trouvait étrange qu'un homme pût savoir d'avance, prévoir et envisager des conditions jusque-là encore ignorées, de même qu'il était étrange pour Hornblower qu'un homme pût se trouver embarrassé par les mathématiques.

— En tout cas, nous sommes là ! dit Hornblower, montrant un point, sur la carte, avec son crayon.

Bush approuvait, hochait la tête. Et tous deux regardaient, ayant la même pensée.

— Que croyez-vous qu'il fera, notre numéro un ? finit par dire Bush.

Buckland avait beau commander légalement le *Renown*, il était trop tôt pour parler de lui comme du capitaine. Le capitaine, c'était toujours la marionnette larmoyante emmaillotée de toile, sur sa couchette.

— Pourrais pas dire ! répondit Hornblower. Pourtant, il faut qu'il se décide. C'est maintenant, ou bien jamais ! Vous voyez : à partir d'aujourd'hui, nous perdons chaque jour du terrain sous le vent !

— A sa place, que feriez-vous ?

Bush était curieux de savoir ce que pensait ce lieutenant, moins ancien que lui, mais qui s'était toujours montré à la fois si plein de ressources et si réservé dans ses propos.

— Moi ? Je lirais les ordres ! affirma Hornblower sans hésiter. Je préférerais avoir des ennuis pour avoir fait quelque chose que pour n'avoir rien fait du tout !

— Je me demande, moi, dit Bush, ce que je ferais !

Car, enfin, une initiative précise pouvait donner lieu à une accusation en cour martiale beaucoup plus sûrement qu'une absence de décision. Bush se disait cela, mais il n'avait pas l'aisance de parole qui lui eût permis d'exprimer sa pensée avec facilité.

— Ces ordres pourraient nous détacher, poursuivait Hornblower, nous prescrire une mission indépendante. Vous parlez d'une veine pour Buckland !

— C'est vrai !

L'émotion de Hornblower était évidente. Si jamais un homme avait désiré un commandement autonome et l'occasion de se distinguer qui en serait la conséquence, c'était bien lui. Et Bush se demandait vaguement : « Suis-je moi-même tellement désireux d'avoir un jour la responsabilité du commandement d'un bâtiment de ligne dans des parages difficiles? » Il dévisageait Hornblower avec un intérêt dont il savait qu'il allait sans cesse grandissant. Hornblower était toujours prêt à prendre le parti le plus téméraire; il préférait toujours l'action à l'inaction; il était aussi compétent en théorie qu'en pratique. Bush avait eu maintes fois l'occasion de le constater : Hornblower était un savant, mais aussi un homme d'action, plein d'ardeur, de courage, et cependant prudent. Bush se rappelait, par exemple, avec quel tact Hornblower avait agi pendant les jours critiques qui avaient suivi l'accident, avec quelle adresse il avait manœuvré Buckland.

Et puis... et puis... Quelle était donc la vérité sur l'accident du capitaine? Bush cherchait à deviner ce que pensait Hornblower là-dessus. Il n'avait pas conscience de rapprocher de l'accident des mots comme « mobile » et « coïncidence »; il n'avait pas cette sorte de perspicacité, mais son esprit errait sur la route obscure d'un raisonnement qui eût pu être signalisé par ces deux mots-là. Il désirait beaucoup poser de nouveau la question, mais n'eût-ce pas été courir au-devant d'une rebuffade, même la mériter? Hornblower avait pris position, une position très nette; Bush était presque sûr qu'il ne l'abandonnerait jamais, ni par indiscrétion, ni dans un mouvement d'impatience. Il considérait ce visage ardent, presque émacié, ces longs doigts qui tambourinaient sur la carte. Il n'était ni loyal, ni juste, ni logique qu'il éprouvât pour Hornblower une admiration quelconque, même seulement du respect. Hornblower n'était pas seulement d'un an son cadet (cela n'avait pas d'importance), mais encore il était moins ancien que lui comme lieutenant. Les dates sur leurs brevets respectifs, voilà ce qui comptait : selon la tradition de la marine, il eût dû être impossible d'éprouver du respect pour un officier moins ancien que soi; toute autre attitude était monstrueuse; on eût même pu y flairer cette saveur suspecte des théories égalitaires françaises que l'Angleterre était en train de combattre. Le sentiment qu'il pourrait être contaminé par l'idée révolutionnaire causait à Bush un vrai malaise; et pourtant, tandis qu'il était là, s'agitant, tourmenté, sur son siège, il ne pouvait complètement l'écarter.

Hornblower se leva :

— Je vais arranger tout cela ! dit-il. Quand les hommes auront dîné, je ferai faire l'exercice aux servants des pièces de la batterie basse. Ensuite, je suis du premier petit quart !

VI

Les canons du pont inférieur amarrés, les servants montèrent sur le pont, couverts de sueur. Maintenant que le *Renown* était si loin au sud, par 30° de latitude nord, la batterie basse, même avec ses sabords ouverts pour l'exercice, avait été comme une étuve. Mettre les pièces au recul, puis en batterie, était besogne peu faite pour se rafraîchir ; Hornblower avait exigé un travail ininterrompu ; les cent quatre-vingts bonshommes avaient eu des heures pénibles, alors que, sur le pont supérieur, le soleil, tempéré par un vent frais, entretenait la bonne humeur et les plaisanteries faciles du reste de l'équipage, occupé à des tâches moins pénibles, en attendant que son tour vînt, à lui aussi, de souffrir.

Les servants s'essuyaient le front, échangeaient des propos aussi libres, aussi grossiers que les cailloux du sol d'où ils étaient issus. Un officier ne pouvait que se réjouir du spectacle de cet entrain, de la bonne humeur revenue. Au cours des trois journées écoulées depuis le changement de commandement, l'atmosphère, à bord du *Renown*, avait changé du tout au tout, dans le sens le plus favorable. La suspicion, le malaise, la peur avaient disparu ; après une courte bouderie, les hommes s'étaient aperçus que l'exercice et un travail régulier étaient, au fond, et stimulants, et agréables.

Hornblower vint à l'arrière, couvert de sueur lui aussi, toucha le bord de son chapeau pour saluer Roberts qui, de quart, bavardait avec Bush à l'entrée de la dunette.

La question qu'il posa était si imprévue que Roberts et Bush le dévisageaient, tout surpris.

— Mais... et le pont, Monsieur? fit Roberts.

— Le pont? Un homme aura vite fait, ensuite, de le fauberder!

S'épongeant le visage, Hornblower regardait la mer, au loin, la mer toute bleue. Le témoin le plus étourdi eût pu voir qu'il la regardait comme on regarde ce qu'on désire.

— ... Encore un quart d'heure, dit-il encore, avant de vous relever. J'ai le temps!

— Bien, Monsieur.

— Merci, dit Hornblower, touchant le bord de son chapeau.

Souriants, mais intrigués, Roberts et Bush se regardaient, puis regardaient Hornblower crier des ordres :

— Chef du pont milieu! Ho! Chef du pont milieu!

— Monsieur?

— Installez la pompe à laver le pont! Tout de suite!

— Installer la pompe, Monsieur?

— Oui. Quatre bonshommes aux poignées, un au tuyau! Dépêchez-vous! Je reviens dans deux minutes!

— Bon, voilà!

Après un coup d'œil au lieutenant qui s'éloignait, le chef du pont milieu se décida. Hornblower n'avait qu'une parole : deux minutes plus tard, en effet, il reparaissait, mais tout nu, à l'exception d'une serviette sommairement nouée autour du corps. Voilà qui était singulier. Tourné vers ceux qui tenaient les poignées, Hornblower leur cria :

— Pompez maintenant!

Un peu interdits, ils obéirent, appuyèrent de toutes leurs forces : En haut! En bas! Et clic! Et clic! Celui qui tenait le tuyau le sentit se gonfler dans ses mains. Par-dessus le bord, l'eau de mer montait vers la pompe. L'instant d'après, le flot jaillit.

— Sur moi! Sur moi! cria Hornblower, jetant sa serviette, campé tout nu dans le soleil.

L'homme hésitait.

— Sur moi! Allons!

L'homme se décida, dirigea le jet sur le lieutenant.

Hornblower pivotait sur place, offrait un flanc, puis l'autre ; l'eau rejaillissait en éclaboussures. Une troupe hilare se massait pour observer le curieux spectacle.

— Pompez, espèce de moules ! criait Hornblower.

Les pompeurs poussaient de tout leur poids sur les poignées, riaient de toutes leurs dents, avec un tel entrain que, par instants, les bras de la pompe les soulevaient, leurs pieds quittaient le sol. L'eau jaillissait avec force sur Hornblower, épanoui.

Buckland était resté à l'arrière, accoudé au couronnement, perdu dans ses pensées, les yeux fixés sur le sillage. Le cliquetis de la pompe attira son attention ; il alla vers l'avant pour regarder la scène.

— Ce Hornblower a de drôles d'idées ! dit-il.

Mais il souriait, d'un sourire d'ailleurs émouvant, car son visage n'avait pas cessé d'accuser l'inquiétude qui le dévorait.

— Il a l'air de bien s'amuser ! dit Bush.

Après tout, un tel bain n'était peut-être pas tellement désagréable, quelque nuisible qu'il pût être pour la santé.

— Ça suffit ! cria soudain Hornblower. Cessez de pomper !

La pompe s'arrêta ; le jet mollit, ne fut plus qu'un filet, cessa de couler.

— Chef du pont milieu, faites ranger la pompe ! Qu'on fauberde le pont !

— Bien, Monsieur.

Ramassant sa serviette, Hornblower s'éloigna. Ayant levé les yeux, il aperçut le groupe d'officiers, leur sourit, d'un sourire qui révélait son optimisme et son plaisir.

— Je ne sais si un tel spectacle est très bon pour la discipline, dit Roberts.

Puis, dans une lueur de compréhension tardive :

— Après tout, c'est peut-être très bien !

— Je le crois, dit Buckland. Espérons qu'il ne se sera pas fait de mal à contrarier ainsi la transpiration !

— Il n'avait pas l'air malade, Monsieur ! dit Bush.

Le sourire de Hornblower semblait survivre à son départ. Dans la mémoire de Bush, il se mêlait au souvenir de cette ardeur que Hornblower avait montrée quand ils avaient envisagé ce que Buckland ferait pour sortir du dilemme où il était enfermé.

— Moins le quart, Monsieur! vint dire le quartier-maître à Roberts.

— Très bien.

L'eau répandue sur le pont avait presque séché; une vapeur montait du bois mouillé. A quatre heures après midi, le soleil était encore chaud.

— Appelez le quart! dit Roberts.

Hornblower accourut d'en bas, sa lunette à la main. Il avait dû se rhabiller avec cette hâte ordonnée qui caractérisait tous ses gestes. Il toucha le bord de son chapeau à l'intention des officiers, se présenta à Roberts pour le relever.

— Vous sentez-vous mieux, après votre bain? dit Buckland.

— Oui, Monsieur. Beaucoup mieux. Merci.

Bush considérait les deux hommes, l'air soucieux du plus âgé, le calme du cinquième lieutenant. Le visage du nouveau capitaine trahissait pathétiquement son regret de n'être plus comme son cadet. Bush était en train de s'instruire sur les hommes; il ne serait jamais capable de résumer en un système le résultat de ses observations; l'idée même de systématiser ne lui viendrait jamais; mais il n'avait pas besoin de cela pour s'instruire; rejoignant son expérience, ses observations nourrissaient son instinct, servaient à orienter son jugement, même s'il était trop sûr de lui pour en apprécier la valeur philosophique. Pour lui, les officiers de marine (car, du reste de l'humanité, en tout cas des terriens, il savait peu de chose) se diviseraient désormais en actifs et en passifs, les uns avides de responsabilités, d'action, les autres, qui se bornaient à attendre que l'événement les forçât à agir. Jusque-là, Bush n'avait eu que la notion élémentaire de divisions en capables et en maladroits, en intelligents et en benêts, la dernière catégorie étant identique à l'autre, à peu de chose près. Il y avait les officiers sur lesquels on pouvait compter pour agir vite et efficacement dans les circonstances critiques, ceux sur qui l'on ne pouvait jamais faire fond; là, la ligne de démarcation n'était pas tout à fait comme la précédente. Enfin, il y avait les officiers qui avaient de la discrétion et ceux qui n'en avaient aucune; les patients, les intolérants; ceux qui avaient les nerfs solides, ceux qui les avaient faibles. Dans certains cas, les opinions de Bush se heurtaient à ses préjugés. Par exemple, il pouvait manifester du soupçon envers ceux qui avaient des idées originales et se montraient impatients d'agir; c'est qu'en l'absence de certaines autres qualités désirables ces avantages-là pouvaient être gênants. La différence la plus frappante que Bush eût éprouvée au cours de dix années de guerre ininterrompue était celle qu'il établissait entre ceux qui étaient des conducteurs d'hommes et ceux qui étaient nés pour être conduits; mais, là encore, il s'agissait d'une différence dont il n'était qu'obscurément conscient, qu'il était incapable de formuler en paroles, surtout pas avec les mots sobres et précis dont il est fait usage ici. La différence ne lui en était pas moins très sensible.

Pour un peu confuse qu'elle fût, elle n'en était pas moins présente à son esprit tandis qu'il regardait Buckland et Hornblower s'entretenir ensemble sur le gaillard. Le quart de midi à quatre heures était terminé, le premier petit quart commencé, Hornblower était de service. C'était le moment traditionnel de détente. La grande chaleur était tombée. Les hommes se massaient volontiers à l'avant pour regarder les dauphins bondir et plonger autour des bossoirs; les officiers, qui, l'après-midi, avaient somnolé dans leurs cabines, montaient sur le pont prendre l'air, arpentaient le gaillard par groupes, absorbés dans des conversations.

Un bâtiment de guerre armé pour le service actif est l'endroit le plus encombré de la terre, plus encombré que le trottoir le plus fréquenté de Seven Dials[1]. Mais une longue et dure expérience avait enseigné aux marins l'art de vivre dans ces conditions difficiles. A l'avant, des matelots se contaient des histoires, d'autres s'amusaient à se bousculer; des solitaires occupaient un mètre carré du pont et, assis, les jambes croisées, entourés d'outils, de matériaux divers, sculptaient un os, brodaient, taillaient des bouts de bois, faisaient des maquettes de

1. Rue du centre de Londres, entre New Oxford Street et Drury Lane. *(N.d.T.)*

navires, oublieux du tumulte qui régnait autour d'eux. De même, à l'arrière, sur un gaillard à peine moins encombré, les officiers flânaient et bavardaient, évitant d'instinct ceux qui gardaient le silence.

La tradition voulait que ces groupes divers laissassent le côté sous le vent du gaillard à Buckland, quand le capitaine était sur le pont. Buckland semblait s'y attarder aujourd'hui plus longtemps que d'habitude. Il paraissait absorbé dans sa conversation avec Hornblower, qui déambulait près de lui, le long des caronades, faisant tour à tour huit pas en avant, huit pas en arrière. Il y avait longtemps que les matelots avaient découvert que, lorsque le terrain arpenté se limitait à cet espace, la conversation n'avait pas besoin d'être interrompue par des volte-face trop fréquentes. Au bout des huit pas, les deux officiers pivotaient, tournaient le dos au bordage, se faisaient face une seconde et poursuivaient leur entretien, sans s'interrompre, les mains jointes derrière le dos, reste de l'habitude qu'ils avaient prise, aspirants, de ne pas fourrer les mains dans leurs poches.

Buckland et Hornblower arpentaient le gaillard ainsi. Les autres leur jetaient des regards curieux ; car, même par ce soir doré, la mer d'un bleu d'émail ondulant au loin, le soleil s'enfonçant à tribord, promesse d'un couchant magnifique, tous songeaient au pitoyable insensé couché dans sa cabine, sous leurs pieds, presque immobilisé par sa camisole de force. Il appartenait à Buckland de décider de ce qu'il ferait de lui.

Les deux hommes allaient et venaient, Hornblower aussi déférent que toujours, Buckland paraissant poser des questions. Certaines réponses devaient lui sembler bien inattendues, car on le voyait parfois s'immobiliser au milieu d'une volte-face, dévisager son interlocuteur, comme s'il répétait la question, tandis que Hornblower, respectueux, mais ferme, avait l'air du monsieur qui entend défendre son point de vue.

C'était peut-être un heureux hasard qui avait poussé Hornblower à prendre son bain sur le pont ; l'incident avait fourni un excellent point de départ à l'entretien.

Sans quitter des yeux les deux promeneurs, Smith se tourna vers Bush :

— Conseil de guerre ?

— Peu probable ! dit Bush.

Un premier lieutenant ne demanderait pas conseil, ne solliciterait même pas l'opinion d'un officier tellement moins ancien que lui. Et pourtant tout était possible, au cours d'une conversation où divers sujets seraient abordés.

— Ne me dites pas qu'ils discutent de l'émancipation catholique ! leur dit Lomax.

Il était vraisemblable (Bush y pensait avec un peu de honte) qu'ils parlaient d'autre chose, par exemple de la façon dont le capitaine avait pu tomber dans l'écoutille. Chaque fois que cette question lui traversait l'esprit, Bush ne savait pourquoi il regardait autour de lui, cherchant des yeux Wellard. Pour l'instant, Wellard s'amusait à chahuter dans les agrès avec les aspirants et les seconds maîtres, absolument comme s'il était sans peur et sans reproche. Non, ce ne pouvait pas être de cela que parlaient Buckland et Hornblower. Leurs attitudes semblaient évoquer un débat sur des questions de théorie plutôt que sur des faits concrets.

— En tout cas, ils ont dû régler leur affaire ! dit Smith.

Enfin, Hornblower toucha le bord de son chapeau ; Buckland se tourna pour descendre. Les regards s'attachaient maintenant au seul Hornblower resté sur le pont. S'apercevant qu'on le regardait, il vint à eux :

— Affaires d'État ? demanda Lomax, posant la question qui était sur toutes les lèvres.

Hornblower rencontra le regard du curieux sans rien laisser paraître. Il sourit et fit :

— Non.

Smith intervint :

— La discussion paraissait importante !

— Cela dépend de ce qu'on appelle important !

Hornblower souriait encore, mais ce sourire n'apportait aucune révélation, rien qui pût trahir sa pensée. Insister davantage eût été indiscret. Hornblower et Buckland avaient pu parler d'affaires privées.

— Descendez des hamacs, vous autres ! hurla Hornblower.

Pourtant, les aspirants n'enfreignaient nullement les

consignes. Mais l'occasion était propice pour changer de conversation.

On entendit la cloche piquer trois coups doubles (le premier petit quart était presque terminé) quand la sentinelle de garde aux mèches cria :

— Monsieur Roberts ! On appelle M. Roberts !

Roberts se détacha du groupe.

— Qui m'appelle ? dit-il, bien que, le capitaine étant malade, il ne pût y avoir qu'un seul homme à bord en mesure d'appeler le second lieutenant.

— Monsieur, c'est M. Buckland ! M. Buckland fait appeler M. Roberts.

— Bon, voilà ! dit Roberts, se hâtant de descendre l'échelle.

Les autres échangèrent des regards. L'instant de la décision était-il arrivé ? Ou ne s'agissait-il que d'affaires courantes ? Hornblower profita de la diversion pour s'écarter et reprendre sa promenade du côté au vent, le cou tendu comme pour équilibrer le poids des mains, jointes derrière le dos. Bush lui trouva l'air fatigué.

Un nouveau cri partit d'en bas, répété par la sentinelle en faction près de l'écoutille.

— Monsieur Clive ! On demande M. Clive ! M. Buckland demande qu'on appelle M. Clive !

— Oh ! fit Lomax, regardant le médecin se hâter vers l'échelle.

— Il est sûrement arrivé quelque chose ! dit Carberry, le maître.

Les minutes passaient. Ni le second lieutenant, ni le médecin ne réapparaissaient. Portant sous le bras la lunette, signe de son emploi temporaire, Smith toucha son chapeau, salua Hornblower, qu'il venait relever, le second petit quart ayant été appelé. A l'est, le ciel commençait à s'éteindre ; par-dessus la hanche tribord, le soleil s'enfonçait dans l'eau, offrant un splendide étalage de rouge et d'or ; entre le *Renown* et le couchant, la mer était scintillante et dorée ; près du bord, elle était comme drapée de pourpre. Un poisson volant rompit la surface de l'eau, la rasa un instant, puis disparut, laissant à la surface un sillon éphémère, cannelure figée dans de l'émail.

— Regardez ça! fit Hornblower.

— Quoi? Un poisson volant! dit Bush, indifférent.

— Encore un! Encore un!

Hornblower se penchait pour mieux voir.

— Vous en verrez beaucoup avant la fin de ce voyage! dit Bush.

— C'est le tout premier que je vois!

Jeu bizarre des émotions sur le visage de Hornblower. Pendant un instant, il avait reflété le plus vif intérêt; l'instant d'après, on n'y lisait plus qu'une calme indifférence. C'était comme une main que l'on voit, tour à tour nue, et puis gantée. Son service à la mer, si varié qu'il eût pu être jusque-là, s'était borné aux eaux européennes. Années d'une activité dangereuse, à bord d'une frégate, sur les côtes de France et d'Espagne, suivies de deux ans dans la Manche, sur le *Renown*. Il avait ardemment espéré les spectacles nouveaux qui s'offriraient à lui dans les eaux tropicales; mais, puisqu'il parlait à un homme pour qui ces choses n'étaient pas nouvelles, à un homme qui ne manifestait aucune émotion à la vue du premier poisson volant du voyage, il ne se laisserait pas surpasser en flegme et en sang-froid. Si les merveilles de la mer ne causaient à Bush aucune émotion, ce n'est pas chez lui, Hornblower, qu'elles susciteraient un étonnement puéril qu'il était capable de dissimuler. Lui qui se tenait pour un vétéran, il n'allait pas se montrer pareil à un novice.

Bush leva les yeux. Roberts et Clive remontaient l'escalier des cabines. La nuit allait venir. Des officiers s'avancèrent, venant du gaillard, pour écouter ce que dirait le médecin. Lomax parla le premier :

— Eh bien, Monsieur?

— Eh bien, c'est fait! répondit Roberts.

— Quoi? Les ordres secrets? Il les a lus? dit Smith.

— Oui. Pour autant que je sache.

— Oh!

Il y eut un silence. Mais quelqu'un ne put se retenir de poser la question inutile.

— Que disent-ils?

— Ordres secrets! fit Roberts avec un peu d'emphase.

Emphase appelée à compenser son ignorance? Ou bien Roberts prenait-il conscience de sa dignité de second?

— ... M. Buckland m'eût-il mis dans la confidence que je ne pourrais vous le dire!

— Dame! fit Carberry.

— Et le capitaine, que fait-il? demanda Lomax.

— Le pauvre! dit le médecin.

Toute l'attention s'étant portée sur sa personne, le médecin crut devoir être plus loquace :

— ... Nous eussions été deux ennemis qu'il n'eût pas agi autrement! Il aurait fallu le voir se cacher sous les draps, tremblant de peur, quand nous sommes entrés! Terreurs morbides, qui ne font que croître et embellir!

Clive s'attendait qu'on l'interrogeât davantage. Aucune question ne lui étant posée, il n'en poursuivit pas moins :

— ... Nous avons dû chercher la clef de son bureau. On aurait cru que nous venions pour lui couper la gorge. Il pleurait, suppliait, voulait se cacher, se cacher de nous. Le malheureux souffre de tous les maux du monde; il est en proie aux terreurs de l'enfer.

Lomax n'écoutait plus des propos qu'il trouvait inutiles :

— Mais la clef? dit-il. La clef? Vous l'avez trouvée?

— Oui. Nous avons ouvert le bureau!

— Et alors?

— M. Buckland y a trouvé les ordres. Ils étaient dans l'enveloppe en toile habituelle, avec le cachet de l'Amirauté. Déjà ouverte.

— Naturellement! dit Lomax. Et maintenant?

— Et maintenant, dit Clive, savourant d'avance la déception qu'il allait provoquer, maintenant, il doit être en train de les lire!

— Bref, nous sommes Gros-Jean comme devant!

Le silence qui suivit montrait le désappointement de tous.

— Ben quoi? fit Carberry. On est en guerre depuis 93, depuis presque dix ans! Espérez-vous savoir tout ce qui vous attend? Aujourd'hui les Antilles, demain Halifax! Des ordres! Nous obéissons à des ordres! La barre dessous, toute! Et laissez porter! Tout son saoul de raisins, tout son saoul de champagne à bord d'un vaisseau amiral capturé! Pourquoi s'en faire? Qu'il pleuve, qu'il vente, ne touchons-nous pas nos quatre shillings tous les jours?...

Il fut interrompu. Quelqu'un criait d'en bas :

— Monsieur Carberry! Monsieur Buckland! On demande Carberry!

— Ben vrai! fit Carberry.

— C'est le moment de les gagner, vos quatre shillings! lui cria Lomax.

Le propos s'adressait au dos de Carberry, déjà en train de disparaître.

— Je parie qu'on va changer de cap! dit Smith. Ma solde d'une semaine qu'on va changer de cap!

— Pas preneur! fit Roberts.

L'hypothèse était, en effet, la plus probable, Carberry étant l'officier chargé de la navigation.

Il faisait déjà presque nuit, en tout cas assez sombre pour qu'on ne distinguât plus que très vaguement ceux qui parlaient; mais une lueur rouge demeurait visible sur l'horizon, et même une traînée rougeâtre près du bâtiment, sur l'eau noire. Les lampes de l'habitacle avaient été allumées; les plus brillantes des étoiles scintillaient dans le ciel assombri; par suite des mouvements du navire, les têtes des mâts semblaient les balayer au-dessus de leurs têtes.

La cloche tinta sans que le groupe parût vouloir se disperser. L'intérêt, au contraire, ne fit que croître, car Buckland et Carberry venaient de reparaître, montant l'échelle. On se rangea pour leur livrer passage.

— Officier de quart! dit Buckland.

— Monsieur! fit Smith, sortant de l'ombre et avançant d'un pas.

— Nous allons changer de route! De deux quarts! Gouvernez sud-ouest!

— Bien, Monsieur; route au sud-ouest! Monsieur Abbott, les hommes aux bras!

Le *Renown* évolua jusqu'à son nouveau cap, ses voiles prenant maintenant le vent à moins d'un quart de sa hanche bâbord. Carberry se dirigea vers l'habitacle et regarda dedans, pour s'assurer que le timonier obéissait exactement aux ordres.

— Raidissez le bras de misaine ! Encore ! cria Smith. Tiens bon !

Le brouhaha du changement de route s'éteignit.

— Route au sud-ouest, Monsieur ! dit Smith.

— Très bien, monsieur Smith ! fit Buckland.

— Pardon, Monsieur, dit Roberts, se payant d'audace, d'autant plus qu'il parlait du sein de l'ombre. Pouvez-vous nous dire quelle est notre mission ?

— C'est encore un secret, monsieur Roberts !

— Bien, Monsieur.

— Mais, notre destination, je puis vous la dire. M. Carberry la connaît déjà !... Nous faisons route sur Saint-Domingue ! La baie Écossaise de Saint-Domingue !

Il y eut un silence. L'information pénétrait lentement les esprits.

— Saint-Domingue ? fit quelqu'un, songeur.

— C'est l'Hispaniola de Christophe Colomb, dit Carberry.

— Haïti, dit à son tour Hornblower.

— Saint-Domingue, Haïti, Hispaniola ! dit Carberry. Trois noms pour la même île !

— Haïti ! s'exclama Roberts, comme si le nom réveillait en lui quelque chose. N'est-ce pas là que les Noirs se sont révoltés ?

— C'est bien cela ! dit Buckland.

On voyait que Buckland s'était efforcé de parler sur un ton qui révélât aussi peu que possible sa pensée. Peut-être parce que, du point de vue diplomatique, la situation des Anglais à l'égard des Noirs était difficile.

Mais ce pouvait être aussi parce que la peur du capitaine fou restait toujours vivante à bord du *Renown*.

VII

Debout sur le gaillard, sa lunette à l'œil, le lieutenant Buckland, commandant provisoire du *Renown* de Sa Majesté britannique, soixante-quatorze canons, regardait défiler les collines basses de Saint-Domingue. Le bâtiment roulait d'une manière pénible, bizarre; la longue houle de l'Atlantique, poussée par l'alizé du nordet, passant sous sa quille, le soulevait, tandis qu'il était là, en panne, exposé aux dernières bouffées de la brise de terre. Elle avait soufflé sans arrêt depuis minuit, mais commençait à se calmer, maintenant qu'un soleil ardent s'était remis à chauffer l'île. Le *Renown* se vautrait littéralement dans l'eau, noyant les sabords du pont inférieur, d'abord d'un côté, puis de l'autre : car, pour faible qu'il fût, le vent soufflait dans le sens de la houle. Son perroquet de fougue masqué, il s'inclinait profondément d'un côté, au point que les bragues criaient sous l'effort et qu'il était bien difficile de rester debout sur la pente du pont; il demeurait ainsi pendant quelques secondes pénibles, puis, lentement, se relevait; mais, au lieu de s'immobiliser ne fût-ce qu'un instant, une fois debout, son pont redevenu horizontal, il repartait, avec des crissements de poulies, des cliquetis d'apparaux, pour un plongeon qui donnait le malaise, jusqu'à ce qu'il fût incliné dans le sens opposé, les bragues craquant de nouveau, les hommes glissant, dérapant, s'accrochant à tout; et il restait là, comme couché, sans réaction, jusqu'à ce que la houle eût fini de passer sous sa quille. Après quoi, tout recommençait.

— Pour l'amour de Dieu, dit Hornblower, cramponné à un cabillot de la lisse d'artimon pour ne pas glisser jusque dans les dalots, ce sacré *Renown* va-t-il se décider à prendre un parti ?

Quelque chose, dans le regard fixe de Hornblower, poussa Bush à l'observer plus attentivement.

— Mal de mer ? fit-il, haussant les sourcils.

— Comment ne pas être malade ? Un roulis pareil !

Bush, à qui son estomac de fer n'avait jamais donné de souci, savait que d'autres, moins chanceux, souffraient du mal de mer même après des semaines, surtout quand ils étaient soumis à des mouvements inusités. Ce roulis funèbre ne ressemblait en rien à la libre action du *Renown* quand il était sous toute sa toile.

— Sans doute Buckland veut-il voir comment se présente la terre, dit-il, s'efforçant de réconforter Hornblower.

— A-t-il vraiment besoin d'en voir davantage ? Les couleurs de l'Espagne flottent, tout là-haut, sur le fort ! Pas une âme à terre qui ne sache maintenant qu'un bâtiment de ligne rôde dans ces parages ! Les Espagnols n'ont pas besoin d'être très forts pour deviner que nous ne sommes ici, ni en croisière, ni pour prendre part à des régates ! Ils ont tout le temps de se préparer à nous recevoir !

— Que vouliez-vous qu'il fît ?

— Il aurait pu profiter, la nuit, de la brise de mer pour s'approcher de la côte, avoir des équipes prêtes à débarquer au petit jour. On aurait pris la place d'assaut avant qu'elle ait eu le temps de dire : « Ouf ! Oh là ! »

Exclamation sans aucun rapport avec ce qu'il venait de dire. Elle lui avait été arrachée par une convulsion de son estomac. En dépit du hâle, une couleur verdâtre transparaissait à travers la peau de ses joues.

— Pas de chance ! fit Bush.

En dépit du roulis, Buckland gardait sa lunette braquée sur la côte. On était devant la baie Écossaise, que les cartes espagnoles appellent « Bahia de Escocesa ». A l'ouest, on apercevait une plage en pente douce, où les grosses lames de houle allaient s'étaler et mourir en une mousse d'un blanc crémeux ; mais, à l'est, la côte offrait une rangée de falaises dressées, les pieds dans l'eau bleue, et boisées ; là, les vagues éclataient en nappes d'embruns qui jaillissaient à l'assaut des murailles avant de retomber en poussière. Sur dix ou douze lieues de longueur, ces falaises couraient, bordant la mer, presque d'est en ouest, formant une presqu'île et finissant à la pointe de Samana. Si l'on se fiait aux cartes, la presqu'île n'avait pas plus de quatre lieues de largeur.

De l'autre côté de la pointe, c'était la baie de Samana, ouvrant sur le canal de Mona ; elle offrait un mouillage des plus favorables aux corsaires et aux petits bâtiments de guerre qui pouvaient venir y jeter l'ancre, sous la protection du fort. De cet abri très sûr, ils étaient prêts à fondre sur les convois des Antilles au moment où ils embouquaient le canal. Le *Renown* avait l'ordre de nettoyer ce repaire de pillards avant de se porter sous le vent à la Jamaïque.

Tout le monde à bord avait deviné de quelle mission le bâtiment était chargé ; mais, placé devant le problème, Buckland ne savait pas encore comment il s'y prendrait pour le résoudre. Son indécision était visible ; elle éclatait aux regards curieux de ceux qui passaient sur le pont.

Le grand hunier claqua soudain comme un coup de tonnerre, et le bâtiment se mit à venir lentement debout à la lame. La brise de mer s'apaisait ; les alizés, qui soufflent éternellement sur l'Atlantique, reprenaient leur pouvoir. Buckland ferma sa lunette, comme soulagé. Il y avait là, du moins, une excuse pour différer le moment d'agir.

— Monsieur Roberts !

— Monsieur ?

— Maintenez-le bâbord amures ! Bon plein !

— Bien, Monsieur !

Le quart de l'arrière accourut aux bras d'artimon ; le *Renown* arriva lentement. Peu à peu, les huniers prirent le vent ; le bâtiment commença à gîter, en même temps qu'il prenait de la vitesse. Son bossoir bâbord rencontra la première lame, s'y jeta hardiment, faisant éclater des gerbes d'embruns. Les agrès au vent se mirent à chanter une chanson plus joyeuse, à laquelle se mêlait le bruit de la coque dans l'eau. Le *Renown* redevenait une chose vivante; il cessait de rouler dans les creux comme un cadavre. Les alizés rugissaient, le harcelaient; il progressait, ondulant, s'élevant à la lame et plongeant, comme à plaisir, laissant derrière lui sur l'eau bleue un sillage de crème tandis que la mer rugissait sous l'avant.

— Ça va-t-il mieux? demanda Bush à Hornblower.

— En un certain sens, oui!

Hornblower regardait au loin les collines de Saint-Dominique.

— ... Je préférerais, dit-il, nous voir passer à l'action, plutôt que de nous sauver pour mieux réfléchir!

— Quel matamore! fit Bush.

— Moi? Pas du tout, et même au contraire! Mais je voudrais... Après tout, je voudrais sans doute trop de choses!

Il était des gens qu'il ne fallait pas trop chercher à comprendre, se disait Bush, philosophe.

Il était heureux de se sentir baigné de soleil, maintenant que la chaleur était tempérée par le vent. Si l'avenir réservait des dangers, des combats, il pouvait se borner à l'attendre avec tranquillité, à se féliciter de n'avoir pas, du moins, la responsabilité de Buckland, chargé de conduire au feu un bâtiment de ligne et les sept cent vingt hommes qu'il portait. La perspective de se battre avait du moins un avantage : elle détournait l'esprit du fait affreux que, sous le pont que l'on foulait, un capitaine était enfermé, qui avait perdu la raison.

Pendant le dîner, au carré, Hornblower lui parut nerveux. Buckland venait d'annoncer son intention de prendre le taureau par les cornes; il avait décidé de doubler la pointe le lendemain matin, de forcer le passage et de remonter dans la baie. Il ne faudrait pas beaucoup de bordées du *Renown* pour détruire ceux qui mouillaient là, corsaires ou non. Bush approuvait le plan de toutes ses forces. Balayer les pirates, incendier, couler, c'était la première besogne. Ensuite il serait temps de décider quoi faire, en admettant qu'il y eût autre chose à faire. A la conférence réunie au carré, quand Buckland avait demandé si l'un des officiers avait une question à poser, Smith l'avait interrogé sur l'état des marées; Carberry l'avait renseigné; Roberts avait voulu savoir comment se présentait la côte sud de la baie Écossaise; tout au bout de la table, Hornblower avait gardé le silence, se bornant à dévisager l'un après l'autre ceux qui parlaient.

Pendant les petits quarts, Hornblower avait arpenté le pont, seul, l'air de réfléchir; Bush avait remarqué que les doigts, par instant, derrière le dos rond, se serraient convulsivement. Même il lui arriva de se demander si le jeune officier, dont il avait toujours cru pouvoir admirer l'énergie, « manquait par hasard de courage physique », formule qui n'était pas de lui : il l'avait entendu utiliser par il ne savait qui, il y avait bien des années. Il préférait user de ces mots-là que de se dire ouvertement qu'il soupçonnait Hornblower d'être lâche. Bush n'eût pas accepté d'avoir affaire avec un lâche.

Soudain, au milieu de la matinée du lendemain, les sifflets trillèrent sur les ponts; les tambours de l'infanterie de marine battirent; on alertait les hommes.

— Branle-bas de combat! Branle-bas de combat!

Bush descendit à la batterie basse, son poste en cas d'alerte. Tout ce pont-là était sous son commandement, et de même les dix-sept pièces de vingt-quatre livres de la batterie tribord, tandis que, placé sous ses ordres, Hornblower commandait les canons à bâbord. Les servants rabattaient déjà les panneaux, écartaient les obstacles.

Des hommes de l'équipe du médecin parurent sur le pont, portant, liée sur une planche, une forme humaine emmaillotée de toile. Malgré l'espèce de camisole de force, malgré les sangles, Sawyer cherchait à se débattre et pleurait pitoyablement; on le portait en lieu sûr, dans la soute aux câbles, sa cabine devant être mise en état pour la bataille. Quelques matelots voulurent s'apitoyer; Bush eut vite fait de les rappeler à l'ordre. Il s'agissait de déclarer dans un temps record que la batterie était en état de tirer.

Hornblower parut, toucha le bord de son chapeau et se mit à diriger le travail aux pièces. La plus grande partie de l'entrepont était dans la pénombre, car le soleil qui pénétrait par les panneaux n'éclairait guère les recoins, peints en rouge sombre. Une demi-douzaine de mousses, chacun portant un seau, répandirent du sable par tout le pont; Bush les surveillait attentivement, car les servants dépendaient de ce sable pour garder, quoi qu'il advînt, le pied ferme. Les seaux près de chaque canon étaient pleins d'eau; ils servaient à double fin : à mouiller les fauberts à nettoyer les pièces et à lutter contre un éventuel commencement d'incendie. Autour du grand mât, d'autres seaux d'eau étaient rangés; de chaque bord, dans les baquets, charbonnaient les mèches à combustion lente, à quoi les chefs de pièces pouvaient, le cas échéant, rallumer leur boutefeu. Du feu, de l'eau.

Les sentinelles vinrent se ranger dans la batterie, en veste écarlate et baudrier blanc, le sommet de leurs shakos frôlant les barrots au-dessus de leurs têtes. Le caporal Greenwood posta un factionnaire, baïonnette au canon et le mousquet chargé, à chaque écoutille, avec ordre de veiller à ce qu'aucun homme ne cherchât, sans y être autorisé, à s'abriter sous la flottaison. M. Hobbs, l'homme qui faisait fonction d'artilleur, fit une courte apparition, gagnant la soute aux projectiles avec ses seconds; tous portaient des chaussons de lisière, pour éviter qu'une étincelle ne mît le feu à la poudre qui peut se trouver répandue au cours de l'action.

Bientôt les mousses se mirent à monter les charges pour les canons. Les bragues furent décapelées; les servants se plantèrent près des palans, attendant l'ordre d'ouvrir les sabords, de mettre en batterie. Bush avait l'œil à tout. Les chefs de pièces étaient à leurs postes, dix hommes à chaque canon à tribord, cinq à chaque canon à bâbord, chiffres maximum et minimum pour des vingt-quatre livres. Quelle que fût la batterie qui entrât en action, Bush devait veiller à ce que chaque canon fût convenablement armé. Si les deux bords devaient, à un moment donné, opérer ensemble, c'était à lui à répartir, à remplacer les hommes, au cas où il y aurait des blessés, ou les pièces qui seraient hors d'usage. Seconds maîtres et officiers brevetés vinrent lui dire que leurs sections étaient prêtes. Bush se tourna vers l'aspirant chargé de porter les messages.

— Monsieur Abbott, allez dire que la batterie basse

est prête à tirer. Demandez si les canons doivent être mis en batterie!

— Bien, Monsieur.

Un moment plus tôt, le bâtiment retentissait de bruits confus. A présent, dans cet entrepont, tout était silence. On n'entendait que le craquement des membrures; le *Renown* se levait et s'enfonçait dans l'eau. Les jambes écartées, Bush corrigeait instinctivement le roulis. Le jeune Abbott reparut, dégringolant l'échelle :

— Les compliments de M. Buckland, Monsieur. Il dit de ne pas mettre encore en batterie!

— Très bien.

Plus loin vers l'arrière, à la hauteur des chevilles des palans d'affût, Hornblower avait tourné la tête pour entendre ce que disait Abbott; il reprit sa position, jambes écartées; Bush le vit mettre une main dans l'autre, derrière le dos, et serrer avec force. Dans le geste de ses épaules, dans la façon dont il tenait la tête, il y avait une raideur qui devait signifier quelque chose. Mais quoi? Désir d'agir, ou le contraire? Un chef de pièce lui parla; Bush le vit se tourner pour répondre. Même dans la pénombre de l'entrepont, Bush voyait que le visage était crispé, le sourire forcé, quand par hasard il souriait. Et Bush se disait, avec toute la charité dont il était capable : « Les hommes ont souvent cet air-là à l'approche de la bataille! »

Le navire faisait maintenant route en silence. Bush lui-même dressait l'oreille pour tâcher de deviner ce qui se passait sur le pont, au-dessus de sa tête, pour tirer quelque déduction de l'état des choses. Par l'écoutille ouverte, il surprit le propos d'un matelot qui disait :

— Pas de fond, Monsieur! Pas de fond, avec cette sonde!

Un sondeur était donc à son poste? On se rapprochait donc de la terre? Tous ceux qui avaient entendu conclurent dans le même sens, firent part de leur déduction à leur voisin.

— Silence là-bas! lança Bush.

Il y eut un autre cri du sondeur. Un ordre fut jeté. Sur-le-champ, l'entrepont s'emplit de vacarme. Les pièces du pont principal étaient mises en batterie. Dans l'espace clos, par-dessous, le vacarme était multiplié, répercuté par les barrots ; les roues faisaient un bruit de tonnerre. Tous les regards étaient tournés vers Bush, dans l'attente des ordres ; il n'en avait reçu aucun. Enfin un aspirant dégringola l'échelle :

— M. Buckland vous présente ses compliments, Monsieur, et vous prie de mettre en batterie !

La voix était rauque. L'homme avait crié son message avant même d'avoir mis le pied sur le pont. Tout le monde avait entendu. Une rumeur s'éleva, devint générale ; les plus émus se portèrent vers les sabords.

— Repos ! hurla Bush.

Tout mouvement cessa.

— Ouvrez les sabords !

Le jour entra par les embrasures ; des rectangles de soleil balayèrent le pont par bâbord, s'allongeant, se rétrécissant selon le mouvement du navire.

— En batterie !

Les sabords ouverts, le bruit fut comme assourdi. Les servants s'accrochèrent aux palans, les affûts roulèrent, les gueules des pièces émergèrent. Bush alla jusqu'au canon le plus proche, se pencha dehors pour regarder les collines vertes de l'île, à la limite de portée. Les falaises les plus proches n'étaient pas tellement abruptes ; le sol à leurs pieds était hérissé de fourrés.

— Aux bras ! Virez lof pour lof !

C'était la voix de Roberts, là-haut, sur le gaillard. Sous les pieds de Bush, le pont devint horizontal ; les collines au loin parurent virer. Les vergues tournèrent, faisant craquer les mâts. Était-on en train de doubler la pointe Samana ? Le navire, en tout cas, remuait beaucoup plus que pour un simple changement de route. Il n'était pas seulement horizontal, il avançait maintenant en eau calme, il était dans la baie même.

Bush s'accroupit, s'assit sur ses talons, près de la bouche d'une des pièces, et regarda. Il apercevait la rive sud de la presqu'île qui, de ce côté-là, offrait un flanc presque aussi raide que vers la mer. Là-haut, sur la crête, le drapeau espagnol flottait sur un fort.

Très ému, l'aspirant redescendait l'échelle, agile comme un écureuil.

— Monsieur ! Monsieur ! Voulez-vous essayer de tirer sur les batteries dès que vos pièces seront à portée ?

D'un coup d'œil, Bush le cloua sur place :

— Ordre de qui ?

— De mon... M. Buckland, Monsieur !

— Alors, dites-le ! Bon ! Mes respects à M. Buckland. Dites-lui qu'il se passera quelque temps avant que mes pièces soient à portée !

— Bien, Monsieur.

Une petite fumée monta du fort ; mais ce n'était pas une explosion de poudre. Bush se rendit compte, avec ce qui ressemblait à un frisson, que ce devait être la fumée d'un de ces fourneaux qui servent à chauffer les boulets. Sans doute le fort n'allait-il pas tarder à leur tirer dessus à boulets rouges, et Bush ne voyait aucune riposte possible. Jamais il ne pourrait pointer ses canons assez en hauteur pour atteindre ce fort, tandis que, de sa position sur la crête, le fort pouvait atteindre le *Renown* comme il voulait. Bush se raidit, marcha jusqu'à bâbord, gagnant l'endroit où, dans une attitude identique, Hornblower cherchait, lui aussi, à regarder par un sabord.

— Il y a là-bas une pointe de terre, dit Hornblower. Voyez-vous les hauts-fonds ? Le chenal doit les contourner. Or il y a, sur cette pointe, une batterie ! Regardez la fumée ! Ils chauffent des boulets !

— C'est probable !

En somme, ils allaient bientôt se trouver exposés à des feux croisés. Bush n'avait qu'un espoir : c'est qu'ils n'y resteraient pas exposés longtemps. Il entendait crier des ordres sur le pont. Les mâts craquèrent ; les vergues viraient de nouveau ; Buckland faisait doubler la pointe au *Renown*.

Le second maître des pièces tribord avant vint dire :

— Monsieur, le fort a ouvert le feu !

— Très bien, monsieur Purvis.

Bush traversa le pont, regarda dehors :

— ... Savez-vous, dit-il, où le coup est tombé ?

— Non, Monsieur.

Puis ce fut le tour de Hornblower :

— Monsieur, ils tirent aussi de ce côté-ci !

— Très bien.

Au même instant, Bush vit le fort cracher une fumée blanche. Cette fois, c'était bien un coup de canon. A cinquante mètres du *Renown*, sur une ligne allant du fort à son œil, une gerbe d'eau jaillit de la surface dorée; quelque chose entra dans la muraille, juste au-dessus de la tête de Bush. Un ricochet sur l'eau avait renvoyé le boulet. Il s'était logé quelque part, dans l'épaisseur des dix-huit pouces de chêne du flanc de la frégate ! Presque tout de suite après, ce fut toute une salve de coups au but. Les Espagnols avaient bien visé.

— A peine si je pourrais atteindre la batterie de ce côté-ci ! dit Hornblower.

— Essayez !

Buckland parut, en personne, les interpellant par l'écoutille :

— Ne pouvez-vous tirer, monsieur Bush ?

— Encore un instant, Monsieur !

Hornblower se tenait près du vingt-quatre livres qui occupait le centre. Le chef de pièce glissa son anspect sous le chariot, appuya de toutes ses forces. A chaque palan, deux hommes tiraient avec lui, au commandement, pour pointer. La cale dégagée, le canon atteignit son plus grand angle de pointage. Le chef de pièce fit glisser le tablier de fer, découvrit la lumière, s'assura que le trou était garni de poudre et, au cri de « Dégagez ! » y jeta le boutefeu. La détonation ébranla l'espace confiné ; chassée en arrière, un peu de fumée rentra par le sabord.

— Trop bas, Monsieur, dit Hornblower, debout près du sabord voisin. Quand les pièces seront plus chaudes, elles toucheront !

— Alors, continuez !

— Première division, ouvrez le feu ! cria Hornblower.

Les quatre pièces de tête crachèrent presque ensemble.

— Seconde division !

Bush sentit le pont se soulever par la décharge et le recul. Le bruit était assourdissant. Une autre bouffée de fumée rentra par le sabord ; son odeur prenait à la gorge.

— Essayez encore, les gars ! cria Hornblower. Chefs de pièces, attention ! Visez bien !

Un craquement terrible éclata près de Bush. Quelque

chose le frôla en sifflant, alla s'écraser dans un barrot du pont, non loin de sa tête. Le projectile était entré par un sabord ouvert ; deux hommes avaient été atteints ; l'un gisait, immobile ; l'autre, par terre, se tordait de douleur.

Bush allait donner l'ordre de s'occuper d'eux ; son attention dut se porter ailleurs. Dans le barrot, près de sa tête, un trou profond s'était ouvert et, du fond de ce trou, montait une spirale de fumée. Un boulet rouge avait heurté une culasse et éclaté. L'un des éclats, sans doute le plus gros, s'était enfoncé dans le bois, qui déjà brûlait.

— Les seaux d'eau ! rugit Bush. Par ici ! Par ici !

Dix livres de métal rouge enfoncé dans des barrots secs pouvaient, en quelques secondes, déclencher un bel incendie. Au-dessus des têtes, on entendait des pieds nus courir, traîner une machine. Tout de suite après, ce fut le clic-clac des pistons des pompes. Le feu avait donc éclaté aussi sur le pont principal ? A bâbord, les pièces de Hornblower tonnaient ; les roues grondaient sur les planches. C'était grand branle-bas partout ; l'enfer était déchaîné ; c'était vraiment une fumée d'enfer qui tourbillonnait dans l'entrepont autour de Bush.

Puis, de nouveau, les mâts craquèrent ; les vergues devaient tourner de nouveau. A force de voiles, il fallait remonter le chenal tortueux. Bush regarda par un sabord ; le fort était encore hors de portée. Il n'y avait aucune raison de gaspiller des munitions. Mais, sous ses pieds, il eut une sensation bizarre. Aucun doute, le pont offrait une pente légère ; et cette pente avait une raideur étrange, permanente.

Hornblower s'était tourné vers lui, désignant le plancher, donnant corps à l'affreuse pensée. Le *Renown* était immobile ; le *Renown* était échoué ! Il avait dû s'enfoncer peu à peu dans la vase, si lentement qu'il avait perdu sa vitesse sans qu'on eût perçu la moindre secousse. Pour que la pente du pont fût perceptible, l'avant devait être sérieusement engagé.

Les coups continuaient à pleuvoir sur le bâtiment. Des piquets d'incendie couraient pour s'efforcer de parer au danger. Échoué voulait dire être peu à peu mis en pièces par ce maudit fort espagnol; à moins que les boulets rouges ne missent le *Renown* en feu, auquel cas on allait rôtir vivant sur ce banc de boue.

Hornblower, près de Bush, regardait sa montre.

— La marée monte, dit-il. Encore une heure avant la haute mer! Mais je crains que nous ne soyons mal engagés!

Bush ne put que jurer, vomir tous les mots orduriers de son répertoire, seul moyen de se soulager, de calmer l'excès de son émotion.

— Monsieur Duff! cria Hornblower, tourné vers les servants groupés autour d'une pièce, épongez convenablement! Avez-vous envie de vous faire arracher les mains quand vous chargerez?

Puis, revenant à Bush, qui, tout de suite, avait retrouvé son sang-froid, il vit que Bush allait parler.

— Une heure, dites-vous, avant la haute mer?

— Oui, Monsieur. D'après les calculs de Carberry!

— Eh bien, que Dieu nous vienne en aide!

— Mes pièces atteignent tout juste la batterie de la presqu'île. Si mes embrasures restent libres, je réduirai leur tir, si je ne puis les faire taire!

Un autre craquement déchira l'air. Un nouveau coup avait porté. Un autre suivit, presque aussitôt.

— Oui. Mais celle qui est de l'autre côté du chenal est hors de portée! dit Bush, aussi maître de lui que si rien ne s'était passé.

— Oui.

Les mousses couraient à travers le tumulte, apportant la poudre. L'aspirant chargé des messages se fraya un chemin :

— Monsieur Bush! Voulez-vous, s'il vous plaît, vous présenter à M. Buckland? Nous sommes échoués, Monsieur, et sous le feu!

— Bon! dit Bush. Restez là! Prenez ma place!

— Bien, Monsieur.

Sur le gaillard, le soleil était aveuglant; tête nue, accoudé à la main courante, Buckland s'efforçait de se composer un visage. Un nuage de vapeur et des crachements d'eau signalaient qu'on était en train de noyer le fer rouge logé dans le barrot; plusieurs cadavres étaient déjà couchés dans les dalots, et on emmenait des blessés. Un boulet, ou les éclats qu'il avait projetés, devait avoir tué l'homme de barre. C'était pour cela que le *Renown* s'était trouvé sans direction pendant quelques instants. Voilà pourquoi il s'était échoué !

— Il faut se haler sur une ancre à jet ! dit Buckland.

— Bien, Monsieur.

Sortir une ancre et se haler avec le cabestan pour arracher de force le *Renown* à la vase, voilà ce qu'il fallait faire sous le feu !

Bush regarda autour de lui pour confronter ce qu'il voyait d'ici avec ce qu'il avait pu observer de la batterie basse. Le *Renown* était envasé par l'avant ; il fallait le haler par-derrière. Au même instant, un hurlement passa au-dessus de la tête de Bush, tout près de lui ; Bush dut se faire violence pour ne pas faire un saut de côté.

— Il faudra sortir un câble par un des sabords de l'arrière ! dit Buckland.

— Bien, Monsieur.

— Roberts emmènera l'ancre dans la chaloupe !

— Bien, Monsieur.

Le fait que Buckland avait oublié de dire « Monsieur » montrait assez dans quel désarroi il était, et l'état critique des circonstances. Bush ajouta :

— Je prendrai les hommes de mes pièces, Monsieur.

— Bien.

L'heure était venue où les effets de la discipline et de l'entraînement allaient apparaître ; le *Renown* avait la chance d'avoir un équipage composé, pour plus de moitié, d'hommes amarinés, exercés pendant le blocus de Brest, tandis qu'il n'avait eu, à Plymouth, que des matelots fournis par la « presse ». Ce qui n'avait été qu'un exercice quand le *Renown* faisait partie de la flotte de la Manche était ici l'opération dont allait dépendre le sort du bâtiment. Bush, donc, rassembla ses servants ; on se mit à haler un câble, à le faire sortir, à l'arrière, par un sabord, tandis qu'au-dessus de leurs têtes les hommes de Roberts affalaient la chaloupe.

En bas, sous les ponts, la chaleur était pire qu'en haut, où pourtant le soleil tapait dur. La fumée des pièces s'accumulait sous les barrots. Son chapeau à la main,

Hornblower essuyait un visage ruisselant de sueur. Il fit un signe de tête approbateur quand Bush parut : Bush n'avait pas besoin d'expliquer dans quelle tâche il était engagé. Tandis que les canons tonnaient toujours, que la fumée montait ou refoulait, que les mousses couraient avec leurs charges de poudre, que les piquets d'incendie s'affairaient avec leurs seaux d'eau, les matelots de Bush s'occupaient à sortir le câble, dont les cent brasses devaient peser plus de deux mille kilos. Il s'agissait d'avoir la tête claire ; un tel câble est peu maniable ; mais Bush était à son affaire quand un travail exigeait l'attention d'un seul, impliquait l'accomplissement d'une tâche unique. Le câble finit par venir, entier, sur le pont, tandis que le cotre se plaçait sous l'arrière du *Renown* pour en recevoir l'un des bouts. Bush put s'offrir le luxe de regarder le gros serpent de chanvre glisser et descendre par le sabord. La chaloupe entra dans son champ de vision, portant, énorme, l'ancre à jet qui se balançait à l'arrière. Ce n'était pas une petite affaire que d'embarquer cela ; Bush fut bien soulagé quand ce fut fait.

Le second canot portait la croupière venant de l'écubier. Roberts commandait ; Bush l'entendit héler le cotre ; les trois embarcations s'éloignèrent. Presque aussitôt, une gerbe d'eau jaillit soudain au milieu d'elles. L'une ou l'autre, sinon les deux batteries espagnoles, avait changé d'objectif. Un impact sur la chaloupe eût été un désastre ; sur l'un des cotres, le coup eût causé beaucoup de retard.

— Pardon, Monsieur, fit une voix près de Bush, celle de Hornblower.

Bush cessa de regarder l'eau :

— Oui ?

— On pourrait déplacer des pièces, les enlever de l'avant pour les transporter à l'arrière. Le déplacement du poids pourrait être utile.

— En effet, dit Bush. En effet ! Mais mieux vaudrait demander la permission à Buckland ! Voulez-vous le lui demander de ma part ?

Les vingt-quatre livres de l'entrepont pesaient chacun plus de deux tonnes ; le transfert de plusieurs pièces de l'avant à l'arrière serait d'un secours évident pour arracher l'avant du banc de vase.

Bush jeta par le sabord un nouveau coup d'œil. Il vit que l'aspirant du premier cotre s'assurait que le câble était bien dans l'axe du navire. Une flexion du câble par rapport à la direction du cabestan causerait une perte de puissance. Chaloupe et cotre se rapprochaient, se préparant à jeter l'ancre, quand l'eau, tout autour d'eux, parut bouillir. Une nouvelle salve était partie du rivage ; la direction des ricochets montrait que c'était le fort, cette fois, qui tirait sur eux. Il tirait même bien, vu la longue portée. Un éclair de soleil alluma le fer d'une hache dans la chambre de la chaloupe ; Dieu merci, l'ancre accrochée à la potence arrière descendait.

Les pièces de Hornblower tiraient toujours, et le recul faisait trembler le bâtiment. Un nouveau boulet éclata en l'air ; l'autre batterie n'avait donc pas cessé de viser le *Renown* échoué ; elle mettait d'autres coups au but pendant que l'on s'occupait à traîner à l'arrière les vingt-quatre livres de tribord. Besogne délicate, exécutée à coups d'anspect glissé sous les entretoises des affûts. Les roues criaient ; les pièces étaient lourdes. Bush entrevit tout cela, puis se hâta de monter sur le pont principal pour se rendre compte de ce qui advenait au cabestan.

Surveillés par Smith et par M. Booth, les hommes prenaient place aux barres ; les servants des pièces du pont principal étaient venus les aider. Nus jusqu'à la ceinture, ils crachaient dans leurs mains, s'assuraient un point d'appui sûr. Il était inutile de leur exposer combien la situation était grave ; nul besoin du rotin noueux de M. Booth.

— Tirez, les gars ! criait Buckland, debout sur le gaillard.

— Mettez-en un coup ! hurlait M. Booth.

Les hommes poussaient de tout leur poids, le cabestan tournait, les linguets cliquetant très vite, car le mou du câble venait d'abord. Manœuvrant les pinces, les mousses avaient peine à suivre le mouvement du tournevire. Mais bientôt le cliquetis ralentit ; le câble se tendait. Les bittes craquèrent. Clic ! Et clic ! Le câble était neuf ; il était normal qu'il s'allongeât d'abord un peu.

Soudain, le hurlement d'un autre boulet déchira l'air.

Quel fatal destin l'avait fait justement choir ici? Fracas terrible, déchirant, hommes jetés à terre. Morts ou blessés? Le coup avait porté en plein dans la masse humaine autour du cabestan. Le sang coulait, rouge au soleil; dans toutes les directions, des matelots fuyaient le spectacle des restes ensanglantés qui jonchaient le pont.

Smith hurlait :

— A vos postes! Enlevez-moi ces corps! Un homme ici, à cette barre! Un autre ici! Poussez! Poussez!

Mais, à déchirer tant de chair humaine, le boulet n'avait pas épuisé son élan; poursuivant sa course, il avait détruit la flasque d'un affût; puis était allé se loger dans la muraille du navire. Le sang ne l'avait ni éteint, ni refroidi; dans l'instant même, une fumée s'éleva de l'endroit où il restait logé. Bush saisit un seau d'eau et en lança le contenu sur le boulet brûlant; de la vapeur s'en éleva, mêlée à la fumée; un seau d'eau ne pouvait apaiser l'ardeur de vingt-quatre livres de fer incandescent. Une équipe d'incendie accourut pour finir d'éteindre.

Les morts et les blessés avaient été traînés à l'écart, les autres s'étaient remis aux barres.

— Poussez! criait M. Booth.

Mais le cabestan tournait de plus en plus lentement. Le moment vint où il ne bougea presque plus; le tambour avait beau craquer.

— Poussez! Poussez!

Encore un « clic » puis, longtemps après, comme à contrecœur, un autre! Puis plus rien! Impitoyable, le soleil tapait sur les dos tendus; les pieds calleux s'accrochaient aux tasseaux, les corps se jetaient, rageurs, sur les barres. Bush redescendit, fit monter d'autres matelots, pour doubler, pour tripler l'effort sur le câble. Dans la pénombre enfumée de la batterie basse, on traînait vers l'arrière le dernier canon de l'avant. Hornblower était revenu surveiller le pointage.

Bush avait posé un pied sur le câble qui, tendu à l'extrême, ressemblait plutôt à un espar en bois, aussi dur et aussi rigide. Sous la semelle de son soulier, il sentirait le moindre mouvement. Un clic retentit encore, répercuté par le bois du navire; de nouveau, le câble bougea. Il était impossible qu'il durcît davantage. Cent cinquante hommes avaient beau se faire éclater le cœur, le cabestan ne bougeait plus. Une des pièces de Hornblower tira. Bush perçut le recul à travers le câble. Les exhortations de Smith et de Booth entraient par les panneaux ; autant de cris perdus.

Hornblower entra, toucha son chapeau :

— Constatez-vous un mouvement, Monsieur, lorsque je tire ?

Tout en parlant, il se tournait, faisait signe à un chef de pièce. Le chef de pièce abaissa l'étoupille, toucha la lumière ; le canon tonna, recula, entouré de fumée, et le pied de Bush sentit le recul.

— Ma foi... peut-être...

En même temps, Bush eut une idée et, à la question qu'il allait poser, il sut d'avance ce que Hornblower répondrait.

— A quoi pensez-vous ? dit-il.

— Je pense qu'en faisant tirer toutes les pièces à la fois cela pourrait vaincre la résistance !

Le *Renown* était posé dans la vase ; la vase le tenait, et le tenait bien ; le câble tendu à l'extrême, on pouvait l'ébranler, le dégager, qui sait ? en faisant donner tous les canons ensemble.

— Cela vaudrait d'être essayé ! dit Bush.

— Très bien, Monsieur. Je vais faire charger mes pièces. Dans trois minutes, nous saurons !

Il se tourna vers sa batterie et, faisant un pavillon de ses mains, cria :

— Cessez le feu !

— Je vais prévenir au cabestan, dit Bush.

Hornblower donnait d'autres ordres :

— Chargez ! Double charge ! Amorcez ! En batterie !

Ce furent les derniers mots que Bush entendit pendant qu'il montait sur le pont principal. Informé de l'idée de Hornblower, Smith fit un signe d'accord, cria :

— Tiens bon virer !

Et les dos, mouillés de sueur, se détendirent.

Il fallait aussi informer Buckland, qui comprit tout de suite. Devant l'échec de sa première entreprise indépendante, son bâtiment était menacé de périr, le malheureux serrait la main courante comme s'il voulait la tordre. Il écoutait encore quand Smith accourut, porteur d'une grave nouvelle :

— M. Roberts est mort!

— Non!

— Si, Monsieur. Un boulet l'a coupé en deux dans la chaloupe!

— Cré bonsoir! fit Bush.

Il faut dire à son honneur qu'il sentit le chagrin que lui causait la mort de Roberts avant de songer que cette mort faisait de lui le premier lieutenant d'un bâtiment de ligne. Mais l'instant n'était pas plus à la peine qu'à l'orgueil.

Le *Renown* était échoué sous le feu. Par l'écoutille, Bush cria :

— Monsieur Hornblower!

— Monsieur?

— Vos pièces sont-elles prêtes?

— Encore une minute!

— Faites pousser vos hommes autant que ça peut! dit Bush à Smith.

Puis, par le panneau :

— Monsieur Hornblower, attendez mes ordres!

— Bien, Monsieur.

Les hommes s'étaient remis au cabestan; les pieds s'accrochaient aux tasseaux du pont.

— Poussez! cria Booth. Tous ensemble!

Autant essayer de renverser les murailles du Temple; les premiers centimètres une fois acquis, le mouvement, malgré l'effort terrible, fut dérisoire.

Bush courut en bas, mit le pied sur le câble, fit signe à Hornblower. Les quinze pièces (deux canons de bâbord avaient été traînés à l'arrière) étaient en batterie et prêtes; les servants n'attendaient qu'un ordre :

— Chefs de pièces, à vos boutefeux! cria Hornblower. Je compte : Un! Deux! Trois! A trois, vous abaissez vos mèches! Vous touchez! Tous ensemble!... Tous prêts?

Les chefs de pièces agitaient leurs mèches pour que le feu fût aussi rouge que possible.

— Un! Deux! Trois!

Presque ensemble, les coups partirent; décharge rugissante. Malgré les différences inévitables entre les quantités de poudre, il ne s'écoula pas une seconde entre la première détonation et la dernière.

Son pied sur le câble, Bush sentit le recul déplacer tout le bâtiment. La fumée emplissait l'entrepont, s'ajoutant à la chaleur étouffante. Bush dut changer son pied de place; le clic du linguet qu'on venait de gagner sur le guindeau, tout le monde l'entendit. D'autres suivirent : « Clic ! Clic ! » Au sein de la fumée, un des hommes poussa un hourra, que d'autres reprirent.

— Silence ! hurla Hornblower.

« Clic ! Clic ! Clic ! » Il y eut encore des murmures. Le bâtiment bougeait. Comme un serpent mortellement blessé, le câble rentrait peu à peu. A tout prix, il fallait maintenir le mouvement. Clic ! Clic ! Clic ! L'intervalle entre les secousses devenait court. Bush lui-même le constatait : le câble rentrait de plus en plus vite.

— Monsieur Hornblower, je vous laisse ici !

Bush bondit vers le pont principal. Les linguets semblaient chanter un air joyeux, tant ils se succédaient à cadence rapide. Le cabestan tournait. Si le bâtiment était libéré, des tâches urgentes attendaient le premier lieutenant.

Il y avait, en effet, bien des choses à faire sur le pont. Des décisions devaient être prises. D'un doigt à son chapeau, Bush salua Buckland.

— Y a-t-il des ordres, Monsieur?

Buckland se tourna vers lui d'un air accablé :

— Nous avons, dit-il, manqué la marée !

On devait être au plein du flot. Si on s'échouait de nouveau, le déséchouage serait beaucoup plus difficile.

Buckland inspectait du regard les rives de la baie, comme pour y trouver une inspiration; les drapeaux rouge et or d'Espagne flottaient par-dessus la fumée qui traînait encore autour des batteries. Aucune inspiration à trouver par là !

— Nous ne pouvons sortir qu'avec la brise de terre, dit-il.

Il restait peu de temps. Buckland savait cela aussi bien que Bush.

Un nouveau boulet atteignit les porte-haubans du grand mât et l'averse d'éclats mitrailla le pont. Peut-être l'appel au piquet d'incendie poussa-t-il Buckland à se décider :

— Virez sur la croupière ! dit-il. Et cap au large !

— Bien, Monsieur, dit Bush.

On fuyait ! Retraite. Voilà ce que l'ordre signifiait. Mais il fallait avoir le courage de faire face à la défaite. L'humiliante décision une fois prise, il restait fort à faire pour tirer le *Renown* du danger auquel il restait exposé et Bush se tourna pour donner ses ordres.

— Tenez bon, là-bas !

Le cliquetis se tut. Le *Renown* flottait maintenant, libre dans les eaux de la baie. Battre en retraite, c'était virer de bord, se retourner dans un espace limité, gagner le large. Par bonheur, les moyens étaient à leur portée : en halant sur la chaîne de bossoir, inutilisée entre l'ancre et l'écubier, le navire pouvait virer court.

— Larguez le tournevire du câble arrière ! Larguez !

Les ordres se succédaient à vive allure ; même accomplie sous un feu de boulets rouges, la manœuvre n'avait rien d'extraordinaire. Encore armées, les embarcations restaient à flot. Au cas où la brise viendrait à manquer, elles remorqueraient le bâtiment hors de la zone dangereuse. Le cabestan se mit à tourner. L'avant vira. Bien que le vent faiblît jusqu'à cesser complètement pour faire place à un calme étouffant, le mouvement était perceptible. Mais comment décrire l'impression de l'échec, l'effet que causait le spectacle de cette artillerie ennemie ? Tandis que le cabestan halait le *Renown*, Bush toucha le bord de son chapeau, salua Buckland.

— Faut-il le faire remorquer, Monsieur, pour sortir de la baie ?

Buckland se tenait près de l'habitacle, son œil atone comme rivé sur le fort espagnol. Ce n'était pas, de toute évidence, lâcheté personnelle, mais le trouble causé en lui par sa défaite, la perspective de l'avenir le rendaient incapable d'une pensée logique. La question de Bush parut le réveiller :

— Oui, dit-il. Faites remorquer !

Bush s'éloigna, content d'avoir à agir, à faire une chose qu'il savait comment exécuter. Il s'agissait de faire penaud avec une autre ancre à bâbord avant, de tirer un autre câble de la soute.

Il héla James qui, depuis la mort de Roberts, commandait les embarcations, lui cria ce qu'on avait décidé, l'appela sous l'avant pour faire descendre l'ancre dans la chaloupe. C'était la partie la plus difficile de l'opération. Puis l'équipage de la chaloupe se pencha sur ses avirons et se mit à haler le *Renown*, l'embarcation déséquilibrée par le poids qu'elle portait, le câble énorme filant de son arrière. Mètre par mètre, au bruit monotone du cabestan, la frégate rampa jusqu'à sa première ancre. Ce câble-là tendu des deux côtés, un signal avertit James (déjà loin) de laisser tomber l'ancre que portait son canot et de revenir vers l'ancre à jet sur le point d'être hissée. Le câble arrière, devenu inutile, fut largué et rentré, l'effort du cabestan transféré d'un câble à l'autre, tandis que les deux cotres recevaient les amarres qui leur serviraient à aider à la remorque ; dans des circonstances aussi urgentes, le moindre concours avait sa valeur.

Sous le pont, Hornblower ramenait à l'avant les pièces traînées à l'arrière ; le grondement des roues, le grincement des anspects, des affûts s'entendaient dans tout le navire, et là-haut le soleil luisait, impitoyable, mollissant la poix des coutures. Mètre par mètre, longueur de câble par longueur de câble, le *Renown* rampait hors de portée des boulets rouges, sur l'eau où la lumière étincelait encore.

Ainsi, en sens inverse, on parcourut toute la baie de Samana ; enfin, on fut à l'abri du tir espagnol. Un peu de repos fut ordonné ; les hommes burent une parcimonieuse demi-pinte d'une eau tiède, puis retournèrent à leur besogne.

Restait à enterrer les morts, à réparer les dégâts, à digérer la réalité de l'échec. Et peut-être à se demander si, bien qu'il fût couché, impuissant, privé de raison, ce n'était pas l'influence maléfique d'un capitaine fou qui venait de se faire sentir.

VIII

Quand la nuit tropicale descendit sur le bâtiment bombardé, quand le *Renown* se retrouva au large, sous peu de toile, sous tout juste ce qu'il fallait pour l'équilibrer, lui permettre de faire route aisément sur les rouleaux de l'Atlantique que les alizés, grossis par la brise de mer, envoyaient battre son avant, Buckland, inquiet, se trouva discutant de la situation avec son nouveau premier lieutenant. Malgré la brise qui soufflait, la petite cabine était une fournaise ; deux lanternes étaient suspendues aux barrots du pont, éclairant la table et la carte, et la chaleur était à peine supportable. Bush sentait la sueur lui mouiller le corps sous son uniforme ; le col raide enserrait son gros cou ; de temps en temps, il y glissait deux doigts, tirait dessus, sans d'ailleurs être soulagé. Rien n'eût été plus simple que d'enlever l'épaisse vareuse et de se dégrafer ; l'idée ne lui en venait même pas. L'incommodité physique était chose que l'on supportait sans se plaindre, dans ce monde semé d'épreuves. L'habitude y aidait, et aussi l'orgueil.

— Vous croyez que nous devrions faire route vers la Jamaïque ? disait Buckland.

— Je n'irai pas jusqu'à conseiller cela, Monsieur, répondait Bush, prudent.

La responsabilité appartenait au seul Buckland ; Bush était agacé de voir le nouveau capitaine chercher à la lui faire partager.

— Que pourrions-nous faire d'autre ? dit encore Buckland. Que suggéreriez-vous ?

Bush se rappelait le plan de campagne que Hornblower avait esquissé devant lui ; mais l'exposer ainsi, *ex abrupto*, lui eût été impossible ; outre qu'il ne l'avait pas encore suffisamment considéré, il ne savait même pas s'il le tenait pour praticable. Il préféra gagner du temps :

— Faire route vers la Jamaïque, Monsieur, ce serait fuir, ce serait s'en aller l'oreille basse !

— Évidemment ! Évidemment ! dit Buckland, esquissant un geste d'impuissance. Et il y a ce capitaine...

— Oui, dit Bush. Il y a ce capitaine.

Si le *Renown* pouvait arriver devant l'amiral à Kingston après un succès, l'enquête sur les événements passés avait des chances de n'être pas trop poussée ; s'il arrivait clopin-clopant, infirme, démembré, battu, il était beaucoup plus probable que l'on chercherait les raisons pour lesquelles Sawyer avait été évincé, interné, pour lesquelles Buckland avait lu les ordres secrets, pris sur lui d'attaquer Samana par la baie.

— Le jeune Hornblower m'a dit la même chose, reprit Buckland avec un peu d'humeur. Je voudrais ne l'avoir jamais écouté !

— Que lui aviez-vous demandé, Monsieur ?

— Je ne me souviens pas de lui avoir demandé quelque chose. Un soir, nous bavardions sur le gaillard. Il était de quart... et ce blanc-bec m'a dit exactement ce que vous venez de me dire. Je ne me rappelle pas comment la chose était venue, je sais seulement qu'il était question d'Antigoa et que Hornblower disait qu'il y aurait avantage à remporter un succès avant d'affronter l'enquête sur le cas de Sawyer. A son avis, ma seule chance était là. Il avait peut-être raison. Mais, à l'entendre, j'allais être nommé capitaine le lendemain ! Or, à présent...

Le geste de Buckland en disait long sur les chances qu'il avait désormais d'être jamais fait capitaine. Bush pensait au rapport que Buckland devrait rédiger, un rapport où il serait fait mention de neuf tués, de vingt blessés ; d'une attaque honteusement repoussée ; de ce que Samana restait pour les corsaires un refuge aussi sûr qu'il avait été à aucun moment. Bush était bien aise de n'être pas à la place de Buckland ; il ne se rendait pas moins compte qu'il était en danger d'être impliqué lui-même dans l'affaire. N'était-il pas aujourd'hui premier lieutenant, donc l'un des officiers qui avaient au moins approuvé l'éviction de Sawyer ? Oui, il faudrait une vraie victoire pour l'investir avec quelque mérite aux yeux des grands chefs.

— Cré bon Dieu ! fit Buckland, prenant pathétiquement sa propre défense, nous avons fait ce que nous avons pu ! N'importe qui risquait de s'échouer dans ce sacré chenal ! Est-ce notre faute si le timonier a été tué ? Personne n'aurait pu remonter la baie sous les feux croisés du fort et de la côte !

— Hornblower, Monsieur, suggérait un débarquement du côté de la mer... dans la baie Écossaise...

Bush ne s'était aventuré qu'avec prudence.

— Encore Hornblower !

— Je crois, Monsieur, que c'est à cela qu'il avait pensé dès le début. Un débarquement, et une attaque par surprise !

Sans doute était-ce parce que la tentative avait échoué ? Bush voyait clairement à présent quelle folie avait amené un bâtiment en bois en un point où des boulets rouges pouvaient l'atteindre.

— Vous-même, demanda Buckland, qu'est-ce que vous en pensez ?

— Ma foi, Monsieur...

Bush n'était pas assez sûr de ce qu'il pensait pour pouvoir le formuler avec une clarté suffisante. Mais, si l'on avait échoué une fois, pourquoi ne pas risquer d'échouer deux fois ? Autant être pendu pour un mouton que pour un agneau ! Bush était un homme résolu, il était contraire à sa nature de céder devant les difficultés ; l'idée de battre lâchement en retraite après une rebuffade l'irritait. La difficulté, c'était d'imaginer un plan de campagne qui pût corriger l'échec précédent. Tout cela, il essayait de le dire à Buckland, si désireux de convaincre qu'il se laissa aller à parler avec moins de prudence, à dire ce qu'il avait retenu et compris.

— Oui. Je vois ! dit Buckland.

A la clarté des lampes balancées, le jeu des ombres accusait le combat qui se livrait dans l'esprit du nouveau capitaine. Brusquement, il se décida :

— Eh bien ! écoutons-le, lança-t-il. Voyons ce qu'il a à nous dire.

— Monsieur, Smith est de quart et Hornblower sera de petit quart. Il doit s'être couché en attendant qu'on l'appelle.

Buckland était aussi las que quiconque à bord, même plus las que la plupart. La pensée que Hornblower était étendu à l'aise dans son cadre, alors que ses supérieurs étaient debout, rongeant leur frein, le poussa à prendre un parti qui le décida à agir sur l'heure, au lieu d'attendre au lendemain.

— Faites-le appeler ! dit-il.

Hornblower arriva avec une célérité méritoire, ébouriffé, et vêtu à la diable, faute de temps. Son regard fit le tour de la cabine. Pourquoi cette convocation devant ses supérieurs ?

— Qu'est-ce que c'est que ce plan dont j'ai entendu parler ? dit Buckland à brûle-pourpoint. Vous auriez suggéré d'attaquer le fort, de le prendre d'assaut, monsieur Hornblower ?

Hornblower ne répondit pas tout de suite ; il reconsidérait son projet à la lumière de la situation nouvelle. Bush se disait qu'il était à peine loyal d'obliger Hornblower à exposer son plan, maintenant qu'on avait perdu l'avantage de la surprise. Mais Bush voyait aussi que Hornblower réfléchissait.

— J'ai pensé, en effet, Monsieur, qu'un débarquement pourrait avoir des chances, dit-il soudain. Mais c'était lorsque les Espagnols ignoraient encore qu'un bâtiment de ligne était dans leurs parages !

— Vous êtes maintenant d'un autre avis ?

Le ton de Buckland évoquait un mélange où la satisfaction le disputait à la déception. Sans doute était-il soulagé de n'avoir pas à prendre de décisions nouvelles, déçu aussi de ne pouvoir compter sur un moyen commode de remporter un succès.

Mais Hornblower avait eu le temps d'ordonner ses idées, de considérer le temps, d'estimer les distances.

— Je pense, Monsieur, qu'on pourrait encore tenter quelque chose, pourvu qu'on s'y décidât tout de suite !

Il faisait nuit, l'équipage était fatigué. Buckland était surpris que l'on pût suggérer d'agir ainsi sur l'heure :

— Tout de suite? Vous ne voulez pas dire : dès ce soir?

— Ce soir serait, en effet, le meilleur moment, Monsieur. Les Espagnols nous ont vus partir l'oreille basse... Ce qu'ils ont vu de nous, en dernière minute, c'est un bâtiment qui sortait de la baie à grand-peine au coucher du soleil. Vous imaginez bien, Monsieur, qu'ils doivent être très fiers d'eux-mêmes. Une attaque brusquée, demain à l'aube, et d'un autre côté, est la dernière chose à laquelle ils doivent s'attendre!

A Bush, cela semblait le langage même du bon sens. Un murmure approbateur lui échappa.

— Et... cette attaque, comment la mèneriez-vous? dit Buckland.

Hornblower avait mis de l'ordre dans son programme. Toute trace de fatigue avait disparu; son visage était éclairé par l'enthousiasme.

— Le vent, Monsieur, est favorable pour la baie Écossaise. Nous pourrions être là en moins de deux heures, donc avant minuit. D'ici là, le corps de débarquement pourrait être prêt à l'action : une centaine de matelots, de soldats de marine. La baie a une plage qui convient à l'opération. Nous l'avons aperçue hier. En deçà des collines de la presqu'île, la zone côtière est peut-être marécageuse, mais nous pourrions débarquer de l'autre côté. J'ai noté l'endroit en passant.

— Et alors?

Hornblower dut s'imposer d'admettre qu'un homme pût ne pas pouvoir poursuivre tout seul, et conclure. Il poursuivit :

— ... Notre corps de débarquement peut sans difficulté atteindre la crête. Il ne saurait s'égarer : la mer est d'un côté, la baie de Samana de l'autre. Nous pourrions avancer vers le fort, le long de cette crête, et, à l'aube, prendre le fort d'assaut. A cause des marais, des falaises, les Espagnols ne doivent pas surveiller très attentivement ce côté-là de l'île.

— Vous présentez cela comme une opération relativement facile, monsieur Hornblower. Vous croyez que cent quatre-vingts hommes...?

— Je crois, Monsieur, que cela suffirait.

— Qu'est-ce qui vous fait croire?...

— Monsieur, ce sont six pièces qui, du fort, ont tiré sur nous! Cela suppose, tout au plus, quatre-vingt-dix hommes, et plus probablement soixante. En comptant les porteurs de munitions, ceux qui chauffaient les boulets dans les fourneaux, mettons : cent cinquante en tout; peut-être même cent seulement!

— Pourquoi ne disposeraient-ils que de cela?

— Monsieur, ils n'ont rien à craindre de ce côté de l'île. Qu'ils fassent bonne garde contre les Noirs, peut-être contre les Français, contre les Anglais de la Jamaïque, c'est certain. Mais les Noirs ne peuvent être tentés de les attaquer à travers les marais. C'est donc au sud de la baie que se trouve pour eux le danger. Tous les hommes capables de porter un mousquet doivent être de ce côté-là! C'est d'ailleurs par là que se trouvent les villes, là que ce fameux Toussaint, celui qui s'appelle Louverture ou je ne sais quoi, doit les menacer!

Les derniers mots de ce discours paraissaient n'être qu'une habile arrière-pensée; Hornblower se retenait visiblement d'insister. Bush vit à quel point une allusion aux Noirs et aux Français mettait Buckland mal à l'aise. Les ordres secrets devaient comporter des instructions relatives aux complications de la situation politique à Saint-Domingue, où les esclaves révoltés, les Français et les Espagnols, nominalement alliés (quelle que pût être leur attitude ailleurs dans le monde), prétendaient tous à la souveraineté de l'île.

— Laissons les Noirs et les Français de côté, dit Buckland, confirmant ainsi les soupçons de Bush.

— Oui, Monsieur. Mais les Espagnols, eux, raisonnent autrement, répliqua Hornblower, pas du tout décontenancé. Ils ont plus peur des Noirs que de nous, surtout pour l'instant!

— Vous pensez donc qu'une telle attaque peut réussir? demanda Buckland, faisant un effort pour changer de sujet.

— Je crois que oui, Monsieur. Mais, à mon avis, le temps presse!

Buckland dévisageait ses deux officiers; il voyait combien son indécision leur était pénible. Bush allait jusqu'à en éprouver pour Buckland de la sympathie. Une seconde rebuffade, peut-être même pis, qui sait? Le corps de débarquement coupé, mis en pièces, ou forcé de capituler, équivaudrait pour Buckland à une catastrophe.

— Le fort une fois entre nos mains, Monsieur, reprenait Hornblower, nous liquidons le nid de corsaires dans la baie. Il faut que plus jamais il ne puisse servir d'abri ou de mouillage.

Buckland fit : « Oui. » Ce succès-là serait le résultat de ses ordres, un résultat acquis, en somme, à très bon compte; de quoi rétablir son crédit...

Les membrures du bâtiment craquaient; le *Renown* escaladait les vagues. Des bouffées de l'alizé entraient dans la cabine, apportant un peu de fraîcheur aux joues en sueur de Buckland.

— Eh bien! fit-il soudain, allons-y! Soit! Risquons votre plan!

Il était évident que le parti lui apparaissait téméraire.

— Très bien, Monsieur, dit Hornblower.

Bush dut se contenir pour ne pas lâcher le mot qui eût révélé sa satisfaction. Hornblower avait parlé d'une voix neutre. Pousser trop ouvertement Buckland à l'action eût pu avoir un effet opposé, l'amener, même en ce moment, à renoncer à la décision qu'il venait de prendre.

Et, même la décision prise, il en était une autre, presque aussi importante, à laquelle il fallait arriver sur-le-champ.

— Mais qui commandera? demanda Buckland.

Question purement gratuite, puisque personne, à l'exception de lui, ne pouvait fournir la réponse.

— ... C'eût été le rôle du pauvre Roberts, s'il vivait encore!

Il se tourna, regarda Bush.

— Monsieur Bush, c'est vous qui prendrez le commandement!

— Bien, Monsieur.

Bush s'était levé. Il resta debout, un peu voûté, à cause des barrots du plafond.

— Et qui voulez-vous avec vous?

Hornblower était resté debout durant tout l'entretien; il faisait maintenant porter le poids de son corps sur un pied, puis sur l'autre.

— Avez-vous encore besoin de moi, Monsieur? dit-il à Buckland.

Bush n'eût pu deviner ce qui se passait en lui; son attitude était celle d'un officier attentif et respectueux. Et Bush pensait à Smith, lieutenant du *Renown*; à Whiting, le capitaine d'infanterie de marine, qui devrait en tout cas prendre part à l'affaire. Des aspirants, des seconds maîtres serviraient d'officiers subalternes. Bush allait être responsable d'une opération qui promettait d'être risquée. Autant que celui de Buckland, c'était son propre crédit qui était en jeu. Qui voulait-il à ses côtés? Ce moment pouvait être un des plus importants de sa carrière. Un autre lieutenant, s'il en demandait un, allait avoir une voix dans la décision qu'il allait falloir prendre.

— Avons-nous encore besoin de M. Hornblower, monsieur Bush?

Hornblower? Hornblower serait un subordonné actif, énergique, susceptible et capable de suggérer une critique, sinon de la formuler explicitement. D'autre part, Bush se disait qu'il lui serait désagréable d'exercer son commandement, ayant près de lui, pour témoin, présent à chacun de ses ordres, un Hornblower. Débat qui ne prenait pas une forme précise; qui était plutôt un conflit entre l'instinct, les préjugés et l'expérience. L'instant d'avant, il décidait qu'il n'avait besoin ni de Hornblower, ni de Smith; mais il venait de voir que Hornblower faisait un effort pour rester impassible et la clairvoyance que peut donner la sympathie lui disait, malgré l'impassibilité de Hornblower, combien le jeune lieutenant désirait se joindre à l'expédition. Les mains étaient au garde-à-vous, mais les longs doigts tapotaient la cuisse, se repliaient, se remettaient à tambouriner. Ce ne fut pas la froide raison qui amena Bush à se décider; ce fut quelque chose de différent, que l'on pouvait appeler bienveillance, mais qui eût pu s'appeler aussi affection. Car Bush s'était pris d'amitié pour ce jeune homme changeant et plein d'entrain; et il ne doutait plus de son courage physique.

— J'aimerais, Monsieur, dit-il, avoir M. Hornblower avec moi.

Il parlait encore, que Hornblower lui adressait déjà un coup d'œil propre à étouffer le regret que Bush eût pu éprouver d'avoir laissé ses sentiments influencer son jugement. Ce regard exprimait un tel soulagement, une telle gratitude que Bush se sentit tout rayonnant de grandeur d'âme, meilleur, d'avoir fait ce qu'il avait fait. Il ne voyait pas ce qu'il y avait d'incongru dans le fait que Hornblower lui fût reconnaissant d'une décision mettant sa vie en danger.

— Très bien, monsieur Bush ! dit Buckland.

Puis, repris par cette indécision qui était le propre de sa nature :

— ... Je vais donc rester avec un seul lieutenant ?

— Carberry pourrait prendre le quart, Monsieur, répondit Bush. Et, parmi les seconds maîtres, plusieurs sont de bons chefs de quart.

— Très bien ! répéta Buckland, presque dans un soupir. Mais on dirait que quelque chose vous préoccupe, monsieur Hornblower ?

— Rien, Monsieur.

— Vous étiez sur le point de parler.

— Rien d'important, Monsieur. Cela pouvait attendre. Je me demandais si nous allions changer de route, mettre sans plus tarder le cap sur la baie Écossaise.

— Eh bien ! je crois que oui...

Buckland savait que les caprices du vent et du temps sont imprévisibles, qu'une action sur mer ne doit donc jamais être différée ; mais il était capable de l'oublier, si on ne l'aiguillonnait pas.

— ... Alors, très bien ! Nous allons venir vent arrière. Quel est le cap ?

L'activité qui accompagne la manœuvre pour faire virer le bâtiment lof pour lof s'étant apaisée, Buckland reprit le chemin de sa cabine, suivi de ses deux officiers. D'un geste las, il se jeta dans son fauteuil et prit un air bizarre, destiné, pensait-il, à camoufler l'inquiétude qui de nouveau le consumait.

— Maintenant que nous avons donné satisfaction à

M. Hornblower, dit-il, voyons ce dont M. Bush a besoin.

La discussion sur le projet d'expédition était entamée. Elle se déroula normalement. On fixa le nombre d'hommes à employer, l'équipement à leur donner, le rendez-vous du lendemain matin. Hornblower se tenait, grave, à l'arrière-plan, pendant que l'on réglait tous ces détails. A la fin, Bush se tourna vers lui :

— Avez-vous quelque suggestion à faire, monsieur Hornblower ?

La politesse, peut-être aussi la politique, lui avait dicté la question.

— Une seule, Monsieur. Nous pourrions prendre avec nous des grappins attachés à des lignes. Cela pourrait servir, s'il y avait des murs à escalader.

— Juste ! fit Bush. Rappelez-vous de vous assurer qu'ils ont été distribués.

— Bien, Monsieur.

— Avez-vous besoin, monsieur Hornblower, d'un porteur de messages ? demanda Buckland.

— Il ne serait pas mauvais d'en avoir un.

— Avez-vous une préférence ?

— J'aimerais bien avoir Wellard, Monsieur, si vous n'y voyez pas d'objection. Wellard a la tête froide, il pense vite.

— Très bien.

A la mention du nom de Wellard, Buckland avait regardé fixement Hornblower ; mais il ne dit rien, pour l'instant.

— Autre chose ? Non ? Et vous, monsieur Bush ? Tout est donc réglé ?

— Oui, Monsieur.

Buckland tambourinait des doigts sur la table. Un changement de cap n'était pas encore un engagement irrévocable ; on ne pouvait en dire autant de l'ordre qui allait suivre. Une fois les hommes réveillés, les armes distribuées, les instructions pour le débarquement données, il serait difficile de se déjuger. Buckland songeait. Une autre tentative pouvait être un nouvel échec, un nouveau désastre. Il n'était pas en son pouvoir de garantir le succès, mais il dépendait encore de lui de prévenir l'échec en se refusant à courir le risque. Il leva le nez, rencontra le regard de ses subordonnés ; ces regards lui parurent impitoyables. Il était trop tard maintenant. Il se trompait quand il pensait pouvoir encore reculer. Il soupira :

— Il ne reste donc qu'à donner les ordres ! dit-il. Voulez-vous, s'il vous plaît, vous en occuper ?

— Bien, Monsieur.

Bush et Hornblower allaient sortir quand Buckland leur posa la question qu'il retenait depuis longtemps. Elle imposait un coq-à-l'âne, même si la curiosité qui l'inspirait n'avait été éveillée que par la mention du nom de Wellard. Mais, plein de l'orgueil d'avoir enfin pris une décision, Buckland se sentait enhardi. L'instant était propice, tout à l'exaltation ; des confidences étaient possibles.

Hornblower allait franchir le seuil.

— A propos, monsieur Hornblower, savez-vous comment le capitaine a pu tomber par l'écoutille ?

Bush vit un masque impassible remplacer sur-le-champ l'ardeur qui transfigurait le lieutenant. La réponse tarda un peu ; une seconde, peut-être deux :

— Je pense, Monsieur, qu'il a dû perdre l'équilibre, dit Hornblower.

Le ton était celui d'un extrême respect.

— ... Vous vous en souvenez, Monsieur, le bâtiment, ce soir-là, était dans une certaine effervescence...

— Sans doute.

La voix de Buckland trahissait sa déception, sa perplexité. Il fixait du regard Hornblower ; il vit qu'il ne glanerait rien.

— Bon. Très bien. Faites ce que vous avez à faire !

— Merci, Monsieur ! dit Hornblower.

IX

Grâce au refroidissement de la terre, la brise de mer s'était calmée. On était à cette heure paisible de la nuit où les pressions sur l'île et sur l'océan s'équilibrent. A quelques milles au large, les alizés pouvaient souffler, comme ils soufflent éternellement ; ici, sur la plage, régnait un calme humide. La longue houle de l'Atlantique se brisait au premier soupçon de hauts-fonds, mais gardait assez de force en réserve, comme un homme naguère vigoureux et ensuite affaibli par la maladie, pour éclater rythmiquement sur le rivage à l'ouest, en nappes d'écume ; ici, où commençait le règne des falaises calcaires de la presqu'île de Samana, il y avait un coin abrité. A l'extrémité orientale de la plage, un cours d'eau avait creusé un large ravin. La mer, le ressac et le rivage même semblaient en feu ; dans cette nuit noire, la phosphorescence de l'eau avait de quoi surprendre ; les vagues en soulevaient des lambeaux qui recouvraient la plage, allumaient des lueurs sur les pelles des avirons des chaloupes du *Renown* qui souquaient vers la terre ; les embarcations semblaient brasser du feu, un feu auquel leur passage insufflait une ardeur nouvelle ; dans leur sillage incandescent, les rames allumaient des rougeurs d'incendie.

Débarquer, entreprendre l'ascension des falaises étaient tâches assez faciles. Les chaloupes enfoncèrent leurs avants dans le sable. Le corps de débarquement n'eut qu'à marcher dans l'eau jusqu'aux cuisses — dans l'eau, c'est-à-dire dans le feu, ses armes, ses boîtes de cartouches tenues en l'air, à bout de bras. Les vétérans eux-mêmes étaient impressionnés par cette intensité de la phosphorescence; excités par le spectacle, les plus jeunes s'étaient mis à bavarder. Un ordre brutal les fit taire.

Bush avait été l'un des premiers à mettre le pied sur le rivage. Tandis que les autres le rejoignaient, il se tenait, tout dépaysé, sur la terre ferme, laissant l'eau ruisseler de son pantalon. Une ombre surgit devant lui, venant de l'endroit où l'autre chaloupe avait atterri.

— Mes hommes ont débarqué, Monsieur!

— Très bien, monsieur Hornblower.

— Je grimpe donc par ce ravin, avec l'avant-garde?

— Oui, c'est cela. Exécutez vos ordres!

Dans la mesure où son habitude du stoïcisme et son tempérament flegmatique lui permettaient de sortir de lui-même, Bush était tendu, exalté. Il eût voulu se jeter dans l'action sans attendre. Le plan minutieusement conçu au cours des entretiens avec Hornblower ne le permettait pas. Force lui était de rester à l'écart pendant que son contingent se groupait et que Hornblower emmenait déjà sa section, donnant ses ordres à mi-voix :

— Tribordais! Suivez-moi de tout près! Que chacun garde le contact avec celui qui le précède! Rappelez-vous que vos mousquets ne sont pas chargés. Inutile de les saisir si nous tombons sur l'ennemi! A l'arme blanche! Si l'un de vous était assez fou pour charger et pour faire feu, il n'y échapperait pas, demain, à la coupée, de quatre douzaines de coups de rotin! Monsieur Woolten!

— Monsieur?

— Faites avancer l'arrière! Et maintenant, les gars, suivez-moi! Partez de la droite!

Le groupe des matelots défila dans l'ombre. A leur tour, les soldats prenaient pied sur la plage, leurs tuniques rouges silhouettées sur la phosphorescence de l'eau, leurs baudriers blancs vaguement visibles, sur deux rangs, côte à côte; les sous-officiers jetaient des ordres à voix basse. Sa main gauche sur la garde de son épée, Bush s'assura, une fois encore, que ses pistolets étaient à sa ceinture, et ses cartouches dans sa poche.

Une ombre se dressa devant lui, celle d'un militaire qui faisait claquer les talons.

— Présents et parés, Monsieur! Prêts à défiler! fit Whiting.

— Alors partons! Monsieur Abbott!

— Monsieur?

— Vous avez vos ordres. Je pars avec le détachement des soldats. Vous nous suivrez!

— Bien, Monsieur.

L'ascension du ravin commença, longue et dure. Le sable, bientôt, fit place à la pierre. Elle offrait une succession de corniches plates; mais, grâce aux pluies tropicales, une végétation vigoureuse avait réussi à pousser dans les crevasses de cette face nord. Il n'y avait de passage possible que dans le lit même du cours d'eau, actuellement à sec. Encore était-il bien hardi de parler de passage; l'itinéraire imposé par le terrain était irrégulier, déchiqueté, coupé de degrés, étroits ou abrupts, sur lesquels Bush lui-même avait peine parfois à se hisser. En quelques minutes, il fut ruisselant de sueur. Néanmoins il grimpait, résolu, entêté. Les soldats le suivaient, butant sur les pierres, leurs bottes se heurtant, leurs armes, leur équipement cliquetant, au point que l'on était en droit de se demander si ce bruit ne s'entendait pas à un kilomètre. Quelqu'un fit un faux pas, poussa un juron.

— Tu peux pas la fermer? lança un caporal.

— Silence! grogna Whiting par-dessus son épaule.

On avançait, et on montait. Par endroits, la végétation était assez haute pour masquer les étoiles au ciel et Bush devait chercher son chemin à tâtons, respirant mal, tout puissamment bâti qu'il était. Des vers luisants se montraient çà et là; il y avait des années que Bush n'avait pas vu de vers luisants; mais il ne les regardait pas. Par contre, ces lueurs éparses arrachaient des exclamations aux soldats, et Bush tremblait de rage à la pensée qu'une parole irréfléchie risquait de compromettre non seulement les vies des hommes, mais le succès de l'opération tout entière.

— Je vais m'occuper d'eux, Monsieur! lui dit Whiting.

Il se laissa distancer, puis rejoindre par la colonne.

A un moment donné, une voix perçante, mais étouffée, salua Bush du sein de l'ombre, vers l'avant :

— C'est monsieur Bush ?

— Oui, c'est moi !

— Ici, Wellard, Monsieur ! M. Hornblower m'envoie pour vous servir de guide. Un terrain herbeux commence tout près d'ici, sur la hauteur.

— Très bien ! dit Bush.

Il fit halte un instant, essuyant de sa manche son visage en sueur, tandis que la colonne se reformait derrière lui. Quand il se remit à grimper, on était presque sur la crête.

Wellard le mena le long des fourrés, et Bush sentit qu'il foulait de l'herbe sous les pieds. Dès lors, il put marcher plus aisément, grimpant encore, mais sur une pente douce, comparée à celle du ravin.

Un « qui-vive ? » partit soudain, lancé d'une voix étouffée. Wellard répondit :

— Ami ! Ici, M. Bush !

— Content de vous voir, Monsieur ! dit une autre voix.

C'était Hornblower. Il sortit de l'ombre, s'avança pour faire son rapport.

— Mon groupe est formé, là-bas, en avant, Monsieur. Saddler et deux hommes sûrs sont partis en éclaireurs.

— Très bien ! dit Bush.

Le sergent d'infanterie rejoignit Whiting :

— Tous présents, Monsieur, excepté Chapman. Il a dit qu'il s'était foulé la cheville. Je l'ai laissé derrière !

— Faites reposer vos hommes, capitaine Whiting.

La vie dans l'espace limité d'un bâtiment de ligne ne prépare guère à l'ascension de falaises sous les tropiques ; d'autant moins que le jour précédent avait été consacré à des manœuvres pénibles. Les soldats s'étendirent dans l'herbe, poussant des grognements heureux qui leur attiraient des coups de pied.

— Nous sommes ici sur la crête, Monsieur, dit Hornblower. De ce côté-là, on découvre toute la baie !

— A trois milles du fort, selon vous ?

Bush n'avait pas prémédité de poser des questions, car

c'était lui qui commandait ; mais Hornblower avait été si prompt à donner des renseignements qu'il n'avait pu se retenir.

— Moins de quatre milles en tout cas. Le jour se lève dans quatre heures, la lune dans une demi-heure. Et, comme on pouvait le prévoir, il y a ici une espèce de piste qui doit mener au fort.

— Ah ?

Il était évident que Hornblower était un second précieux. Une piste devait fatalement exister sur la crête ; c'était l'évidence même ; mais l'idée n'était pas venue à l'esprit de Bush jusqu'alors.

— Si vous vouliez me le permettre, Monsieur, poursuivait Hornblower, je laisserais à James le commandement de mes hommes, et j'irais devant avec Saddler et Wellard, pour voir comment le terrain se présente.

— Bien, monsieur Hornblower.

A peine Hornblower s'était-il éloigné, que Bush se sentit irrité. Hornblower prenait décidément trop d'initiative et Bush n'était pas homme à tolérer que l'on portât atteinte à son autorité.

Il fut distrait de ce cours de pensées par l'arrivée de la seconde section de matelots. Ils débouchaient, haletant et suant, pour venir se joindre au corps principal. Se souvenant de sa propre fatigue, Bush leur permit un moment de repos avant que le gros de la troupe reprît sa marche en avant. Un nuage d'insectes avaient repéré la sueur des hommes ; eux aussi formaient une troupe d'assaut, ils chantaient aux oreilles de Bush, le piquaient aux mains, dans le cou. L'équipage du *Renown* avait été longtemps en mer, et sa chair était délectable. On entendait Bush se coller des claques sur les joues, jurer ; maint soldat faisait comme lui.

Hornblower reparut :

— Monsieur Bush ?

— Oui ?

— Monsieur, il s'agit bien d'une piste. Elle traverse un ravin, juste devant nous ; mais l'obstacle n'est pas bien grand.

— Merci, monsieur Hornblower. Nous allons repartir. Vous-même, faites avancer vos hommes.

— Bien, Monsieur.

La marche en avant recommença. Le sommet pierreux de la presqu'île était couvert d'une herbe haute, avec parfois un bouquet d'arbres. A cause de la hauteur de l'herbe, marcher en dehors du chemin n'était pas très facile; mais, sur la piste même, l'avance offrait peu de difficulté; la troupe pouvait progresser en une masse presque compacte.

L'œil s'accoutumait peu à peu à l'obscurité; à la clarté des étoiles, on y voyait assez pour repérer sa route; le ravin dont Hornblower avait parlé n'était qu'une dépression aux bords en pente douce; son passage ne présentait pas d'obstacle sérieux.

A la tête de l'infanterie, Bush allongeait le pas, Whiting à son côté; l'obscurité l'enveloppait; c'était comme une couverture chaude. Cette marche nocturne avait l'apparence d'un rêve. Cela tenait peut-être au fait que Bush n'avait pas dormi depuis vingt-quatre heures, abruti par la fatigue des journées qui venaient de s'écouler. Le sentier montait, gagnait peu à peu le plateau le plus élevé, celui où le fort était situé.

Soudain, Whiting fit : « Ah! »

Le sentier tournait vers la droite, s'écartait de la mer. On avait traversé l'épine dorsale de la presqu'île. La baie apparaissait ici dans toute son étendue. A droite, et au-delà, on apercevait de nouveau la mer; de ce côté, il ne faisait pas complètement nuit; juste au-dessus de l'horizon, au bord du ciel, la lune cherchait à percer les nuages.

— Monsieur Bush?

C'était Wellard, la voix plus assurée.

— Me voici!

— M. Hornblower me renvoie encore, Monsieur. Il dit qu'il y a devant nous un autre ravin, en travers de la piste. Et nous avons rencontré du bétail couché. Il a fallu le faire lever, et les bêtes se sont égaillées!

— Compris! dit Bush. Merci.

Bush avait mauvaise opinion de l'homme moyen, à plus forte raison de l'homme inférieur qui constituait le gros de sa troupe. Si cet homme-là rencontrait des bestiaux en chemin, il croirait se trouver devant l'ennemi; aucun doute, il y aurait de l'affolement, du grabuge. Ce serait miracle si un coup de feu n'était pas tiré.

— Dites à M. Hornblower que je fais halte ici pendant un quart d'heure.

— Bien, Monsieur.

Une halte fournissait l'occasion de serrer les rangs. C'était en tout point souhaitable; les hommes étaient las, et on avait le temps. Pendant le repos, on pourrait informer les soldats, individuellement, leur dire qu'il était possible que la troupe rencontrât des bestiaux. Car passer la consigne de l'avant à l'arrière serait insuffisant, et même peu sûr, avec ces rustres. Bush donna l'ordre de faire halte : la colonne s'immobilisa, les soldats somnolents se heurtant à ceux qui marchaient devant eux. Il y eut un cliquetis d'armes, des récriminations que les jurons étouffés des sous-officiers subalternes eurent quelque peine à réprimer. Or, tandis que l'avertissement relatif au bétail circulait parmi les hommes couchés dans l'herbe, un second maître parut :

— Monsieur, Black est saoul!

— Saoul?

— Oui, Monsieur. Il devait avoir caché de l'alcool dans sa musette. Cela se sent! Je ne sais pas comment il s'en est procuré!

Qu'un homme, sur cent quatre-vingts matelots et soldats, fût pris de boisson, ce n'était pas catastrophique. L'adresse du marin britannique à se procurer de l'alcool, sa propension à s'enivrer faisaient partie de lui au même titre que ses oreilles ou que ses yeux.

— Où est-il? Que fait-il?

— Monsieur, comme il faisait du bruit, je l'ai giflé. Maintenant, il se tient tranquille.

Beaucoup de choses, dans ce propos, restaient inexprimées, mais Bush n'avait aucune raison de pousser plus loin son enquête.

— Choisissez un homme sûr que vous laisserez près de lui quand nous repartirons.

— Bien, Monsieur.

Le corps de débarquement serait donc affaibli de deux unités; mais il fallait empêcher ce Black de mal faire. Il était heureux qu'il n'y eût pas plus de traînards qu'il n'y en avait eu jusque-là.

Comme la colonne repartait, la silhouette dégingandée que l'on ne pouvait confondre avec aucune autre reparut, silhouettée sur la pâleur du ciel lunaire. Hornblower venait faire son rapport, marchant au pas auprès de Bush :

— J'ai repéré le fort, Monsieur!

— Ah?

— A un mille devant nous, il y a un autre ravin; le fort se trouve juste au-delà; il se découpe sur la lune, à un demi-mille, peut-être un peu plus près. J'ai laissé Wellard et Saddler dans le ravin avec ordre d'arrêter là notre avance!

— Merci.

Le sol était très inégal; mais, en dépit de sa fatigue, Bush était comme le fauve qui déjà a flairé sa proie; tendu, prêt à bondir. C'était le type même du vrai combattant; la pensée de la proximité de l'action agissait sur lui comme un excitant. Or il se passerait encore deux heures avant le lever du soleil. Il fallait attendre, attendre.

— Un demi-mille, dites-vous, du ravin jusqu'au fort?

— Oui. Peut-être même un peu moins, Monsieur.

— Je m'arrêterai là en attendant le jour.

— Oui, Monsieur. Puis-je aller rejoindre ma section?

— Allez, monsieur Hornblower.

Bush et Whiting firent reprendre la marche en avant, d'un pas régulier, accordé à l'allure de l'homme le plus lent, le plus lourd; Bush devait faire effort pour ne pas allonger et presser le pas. Il voyait Hornblower se hâter, son grand corps balancé d'un côté, de l'autre; il ne pouvait qu'approuver l'énergie de son subordonné.

Il se mit à discuter le plan de l'assaut avec Whiting.

Un second maître les attendait près du ravin. Bush fit passer à l'arrière la consigne de se tenir prêt à faire une halte; puis celle de s'arrêter. Lui-même se porta en avant, en reconnaissance, rejoignit Hornblower. Ensemble, avec Whiting, ils virent la silhouette massive du fort se découper sur le ciel; il semblait même possible de distinguer la ligne noire de la hampe du drapeau espagnol. La fièvre de Bush s'était apaisée ; les accès de mécontentement qu'il avait connus au cours des derniers progrès de l'avance s'étaient presque mués en bonne humeur, bonne humeur d'ailleurs gaspillée, étant donné les circonstances.

Les dispositions furent bientôt prises, les ordres chuchotés, envoyés vers l'arrière et vers l'avant, les dernières recommandations faites, répétées. C'était le moment dangereux, difficile ; il s'agissait de faire avancer les hommes dans le ravin, de les déployer en vue de l'assaut, sans attirer l'attention des défenseurs. Un propos de Whiting fit réfléchir Bush.

— Puis-je permettre maintenant de charger les mousquets, Monsieur ?

Bush hésitait. Puis il se décida :

— Non, dit-il. On attaquera à l'arme blanche !

C'eût été risquer trop que de laisser charger les armes dans l'obscurité ; non seulement à cause du bruit des baguettes, mais un écervelé pouvait appuyer par mégarde sur la détente. Hornblower se porta vers la gauche, Whiting et ses hommes vers la droite ; Bush s'étendit par terre, au milieu de sa section, au centre. Peu accoutumé à la marche, il avait les jambes qui lui faisaient mal, la tête qui lui tournait, de fatigue, de manque de sommeil. Il préféra se relever, s'asseoir. A part cette grande lassitude, l'attente paraissait supportable ; les années passées à la mer, les quarts sans incidents, les années de guerre et leurs jours d'ennui l'avaient accoutumé à la patience.

Couchés dans le ravin pierreux, quelques matelots dormaient profondément ; à plusieurs reprises, Bush entendit ronfler ; ronflement interrompu soudain par le coup de coude d'un voisin du dormeur.

Droit devant, au-delà du fort, le ciel n'était-il pas un peu plus pâle ? Était-ce simplement que la lune avait dépassé un nuage ? Partout ailleurs, c'était comme un épais rideau de velours violet, piqué d'étoiles ; mais là ? Aucun doute, il y avait au ciel une pâleur qui ne s'y trouvait pas un peu plus tôt...

Bush bougea et, de nouveau, tâta les pistolets, qui le gênaient à sa ceinture. Ils étaient au cran de repos. Il faudrait ne pas oublier de rabattre les chiens en arrière. A l'horizon, un soupçon de rouge se mêla au violet du ciel. Cette fois, aucun doute!

— Faites passer la consigne! dit Bush. Qu'on se prépare!

Le moment était arrivé.

Il attendit que le mot eût couru tout le long de la ligne, mais, bien avant le temps qu'il fallait pour atteindre le bout, il surprit des mouvements divers. Tout le ravin bougeait; les idiots que l'on trouve toujours dans une troupe s'étaient levés dès que l'ordre les avait touchés. Avaient-ils seulement pris la peine de passer d'abord la consigne?

Leur exemple serait contagieux. Partant des ailes, et revenant vers le centre, où Bush se tenait, une double ondulation de soldats courut, puis fut debout tout le long des rangs. Bush se leva, tira son épée, l'équilibra, saisit de la main gauche un de ses pistolets et l'arma. A sa droite, il y eut un cliquetis de métal; l'infanterie de marine devait mettre baïonnette au canon. On commençait à distinguer les visages des hommes.

— En avant! dit Bush.

La ligne émergea peu à peu du ravin.

— ... Ne pressez pas!

Les derniers mots avaient été prononcés presque à haute voix; tôt ou tard, les têtes brûlées se mettraient à courir. C'était inévitable, et le plus tard serait le mieux. Bush voulait aborder le fort en masse compacte, et non pas en un cortège désordonné d'individus hors d'haleine.

Sur la gauche, assez loin, il reconnut la voix de Hornblower qui disait, lui aussi, de ne pas presser; ces rumeurs devaient s'entendre du fort; elles pouvaient attirer l'attention, même de sentinelles distraites ou assoupies; l'une d'elles alerterait un sergent; le sergent viendrait voir et donnerait l'alarme.

De près, le fort offrait une masse imposante. Bush ne put se retenir de hâter le pas; la ligne suivit. Quelqu'un poussa un cri; d'autres voix l'imitèrent; et soudain la troupe entière se mit à courir, et Bush avec elle. Comme par magie, ils furent au bord d'un escarpement de six pieds, presque vertical, taillé en plein calcaire.

— En avant ! cria Bush.

Encombré de son épée et de son pistolet, tournant le dos au fort, s'accrochant par les coudes avant de se laisser tomber, il sauta. Au fond du fossé, le sol était sec, glissant, inégal ; Bush fut tout de suite au pied de l'escarpement opposé. Des hommes s'y accrochaient, se hissaient près de lui, poussant des clameurs.

— Aidez-moi ! cria Bush.

Deux hommes mirent leurs épaules sous ses cuisses, le soulevèrent, le lançant presque en l'air. Bush s'étala, la face contre terre, sur un rebord étroit, au pied des remparts.

A quelques mètres, un matelot tentait déjà de lancer un grappin ; le grappin retomba, manquant de peu la tête de Bush ; le matelot relança l'outil ; et, cette fois, l'engin crocha. Suspendu au cordage, le pied contre le rempart, le matelot se mit à grimper. Avant qu'il fût à mi-hauteur, un autre avait saisi la ligne et escaladait la muraille.

Une foule hurlante d'hommes excités se bousculait au pied de la corde ; c'était à qui prendrait la place suivante. Plus loin, toujours au pied des remparts, un autre grappin avait mordu ; d'autres hommes hurlaient. On perçut un feu de mousqueterie ; un nuage de fumée vint jusqu'à Bush. A sa droite, sur une autre face du fort, des soldats tentaient de pénétrer par les embrasures ménagées pour les canons.

Bush se porta vers la gauche ; une poterne était là, un grand portail en bois, armé de fer, un peu masqué par l'angle saillant d'un petit bastion. Deux matelots stupides perdaient du temps à tirer sur les défenseurs qui se montraient par-dessus la poterne, au lieu de s'occuper de l'obstacle lui-même. Le mousquet ne convenait pas au matelot moyen. Bush cria et sa voix, dominant le bruit, retentit comme un coup de trompette :

— Des haches, par ici ! Les haches d'abordage !

Parmi ceux qui n'avaient pas encore escaladé la pente raide du rempart, un matelot, qui tenait une hache, fonça dans la masse grouillante ; mais Silk, le second maître de manœuvre, gaillard puissant qui, dans la troupe de Bush, commandait une section d'assaut, parut sur le rebord, s'empara de la hache et se mit à frapper dans le bois de la porte. Un autre porteur de hache survint, écarta Bush et se mit à cogner aussi. Les coups de Silk ébranlaient la poterne. Un guichet s'ouvrit, révélant, à travers des barreaux de fer, des éclairs d'acier. Bush visa et tira, à l'instant même où l'arme de Silk commençait à fendre le bois. Il vit le géant dégager sa hache, la brandir horizontalement, visant le milieu du vantail, s'arrêter un instant pour montrer à l'autre où frapper, et recommencer.

Fendu, le bois béait. Posant sa hache, Silk s'accrocha des deux mains au trou qu'il avait fait, s'arc-bouta et, dans un effort magnifique, arracha l'un des pans du vantail. Une poutre traversait le trou ; la hache s'attaqua à la poutre, finit par élargir le trou. Enfin, poussant un cri rauque et sa hache encore à la main, Silk plongea par l'ouverture déchiquetée.

Une brèche était ménagée. Bush hurla : « En avant ! », fonça derrière Silk, se trouva dans une cour. Trébuchant sur un blessé, il fut devant des Espagnols en chemise, presque nus, visages couleur de café, longues moustaches tombantes, armés de coutelas ou de pistolets. Silk se jeta dans le tas, comme un fou, fit tournoyer sa hache. L'un des Espagnols fut touché ; Bush vit tomber quelque chose ; un doigt coupé. La hache tournoyait ; des coups de pistolet claquaient, de la fumée s'élevait.

Bush poursuivait, courant toujours, suivi d'autres soldats. Presque aussitôt, le groupe d'Espagnols fit demi-tour. Bush eut le temps d'atteindre une épaule nue, de voir s'ouvrir une blessure rouge, d'entendre l'Espagnol crier. Puis l'homme disparut, s'évanouit comme un fantôme. Bush se trouva devant un Anglais, veste rouge, tête nue, hirsute, hurlant, les yeux fous. Il para de justesse le coup de baïonnette que ce soldat lui destinait.

— Arrête ! Idiot ! hurla-t-il, ne prenant conscience de son propre cri qu'après l'avoir poussé.

Le soldat se ressaisit, le reconnut, se détourna, repartit en courant.

Un peu plus loin, d'autres Anglais couraient aussi ; sans doute ceux qui avaient pénétré dans le fort par les embrasures. Tous criaient, tous étaient ivres de se battre. Une ruée de matelots descendait des remparts qu'ils venaient d'escalader. Au fond, autour de bâtiments en bois, des hommes de Bush se battaient aussi; on entendait des cris, des coups de feu. Ils devaient attaquer les casernements, les magasins; la garnison espagnole avait dû y chercher refuge.

Whiting parut, sa tunique souillée, l'épée pendant à son poignet, l'œil égaré.

— Rappelez-les! dit Bush, faisant lui-même effort pour se ressaisir. Rappelez-les!

Il fallut à Whiting un instant pour reconnaître son supérieur et comprendre.

— Bien, Monsieur.

Au-delà des bâtiments, une nouvelle section de matelots venait de surgir : c'étaient les hommes de Hornblower. Ils avaient dû trouver le moyen de pénétrer dans le fort par la face opposée.

Bush parcourut du regard le terrain tout autour de lui. Un groupe de ses hommes survenaient justement :

— Suivez-moi! cria-t-il. Suivez-moi!

Une rampe grimpait sur le rempart. Un cadavre était couché là, à mi-hauteur; à peine si Bush lui jeta un coup d'œil. Au sommet de la rampe, se trouvait la batterie principale : six grosses pièces, dont les gueules bâillaient par les embrasures. Et, au-dessus, c'était le ciel, couleur de sang, un ciel d'aurore. Bush eut le temps de voir que le rouge occupait à peu près le tiers de la hauteur; au même instant, un rayon de soleil traversa les nuages; la couleur de l'aurore en fut comme fanée. Un ciel bleu, des nuages blancs, un franc soleil d'or, la tiédeur de l'aube; on pouvait ainsi mesurer le temps que l'assaut avait pris; quelques minutes seulement, depuis les premières lueurs jusqu'au grand lever du soleil. Bush prit conscience du fait et fut tout surpris, car, pour ce qui était de ses sensations, il eût pu être tard dans l'après-midi.

De la plate-forme de la batterie, la vue englobait la rade tout entière. Sur la rive opposée, on voyait très distinctement les hauts-fonds où le *Renown* s'était échoué la veille. Était-il possible que cela fût arrivé hier? De ce côté-là, le pays ondulait pour atteindre le niveau des collines. Au pied de la pointe de la presqu'île, la silhouette de l'autre batterie se découpait avec netteté. Vers la gauche, la pointe s'infléchissait, offrant une série de promontoires déchiquetés qui s'étendaient, comme des doigts, dans la mer bleue ; plus loin encore, c'était la surface couleur de saphir de la baie Écossaise. Le *Renown* était là, son hunier d'artimon masqué, accrochant la lumière du soleil levant. A cette distance, il avait l'air d'un ravissant jouet d'enfant. Bush prit une longue inspiration, non point à cause de la beauté du spectacle, mais parce qu'il éprouvait un grand soulagement. La vue de son navire, les souvenirs que le spectacle éveillait en lui lui rendaient son sang-froid, son calme, son bon sens. Il y avait cent choses à faire.

Hornblower parut au sommet de l'autre rampe, l'air d'un épouvantail à moineaux, tant était grand le désordre de ses vêtements. Tout comme Bush lui-même, il tenait d'une main son épée, de l'autre un pistolet. A ses côtés, Wellard balançait un coutelas singulièrement trop grand pour lui ; une vingtaine au moins de matelots les suivaient de près, en bon ordre, baïonnette au canon, prêts à embrocher l'adversaire.

— Bonjour, Monsieur, dit Hornblower.

Du bicorne tout cabossé qui le coiffait encore, il toucha le bord, esquissa un salut avant de s'apercevoir que sa main tenait son épée.

— Bonjour, fit Bush machinalement.

— Je vous félicite, Monsieur, dit Hornblower.

Son visage était pâle, son sourire était comme celui d'un mort ; des poils hérissaient son menton.

— Merci, dit Bush.

Hornblower glissa son pistolet dans sa ceinture, remit son épée au fourreau.

— J'ai pris possession de tout ce côté-là du fort, dit-il, montrant quelque chose derrière lui. Faut-il poursuivre ?

— Continuez !

Hornblower donna un ordre rapide, posta un second maître et des hommes près des canons.

— Voyez, Monsieur ! dit-il. Quelques Espagnols ont pu échapper.

Au pied du flanc de la colline qui descendait jusqu'à la baie, quelques silhouettes bougeaient.

— Pas de quoi nous gêner! dit Bush.

Son cerveau commençait à fonctionner d'une façon normale.

— Non, dit Hornblower. J'ai quarante prisonniers sous bonne garde, et je vois que Whiting est en train de rafler le reste.

Un homme, au moins, avait gardé la tête claire durant la fureur de l'assaut. Bush se mit à descendre la rampe. Un second maître et quelques matelots étaient là, qui se mirent au garde-à-vous.

— Que faites-vous ici?

— C'est pour le magasin, m'sieur! dit Ambrose, le chef de hune de misaine (il n'avait jamais perdu son accent du Devon, malgré tant d'années passées dans la marine). C'est nous qui gardons ça!

— M. Hornblower vous en a donné l'ordre?

— Ouais, m'sieur!

Groupe lamentable, des prisonniers étaient accroupis près de la grand-porte; c'étaient ceux dont Hornblower avait parlé. Et il y avait d'autres gardes, dont Hornblower n'avait rien dit : une sentinelle près du puits; des factionnaires à la porte et, près d'un long baraquement en bois, Woolten, le plus sûr des seconds maîtres, avec six hommes.

— Quel est votre rôle, ici?

— Monsieur, nous gardons les provisions. Il y a de l'alcool là-dedans!

— Très bien.

Si les enragés qui avaient assailli le fort, ce soldat, par exemple, dont Bush avait paré le coup de baïonnette, avaient eu accès à l'alcool, il n'y aurait plus eu moyen de les gouverner.

Abbott, l'aspirant qui commandait en second la section de Bush, accourut :

— Qu'est-ce que vous foutez? lui dit Bush, plein d'humeur. Je vous cherche depuis le début de l'affaire!

Abbott s'excusa.

Il s'était égaré; il s'était laissé emporter, dans l'ardeur de l'assaut. Excuse non valable, surtout quand on se rappelait que le jeune Wellard était resté auprès de Hornblower, faisant son devoir.

— Préparez-vous à signaler au *Renown*, lui dit Bush. Vous auriez dû être prêt à le faire depuis longtemps ! Dégagez trois canons. Où est le pavillon ? Trouvez-le. Frappez-le au-dessus des couleurs de l'Espagne. Car le fort est à nous ! Et grouillez-vous, sacré tonnerre !

La victoire avait beau être douce, elle n'avait aucun effet sur l'humeur de Bush, maintenant que la réaction se faisait sentir. Il n'avait eu ni repos ni petit déjeuner, et, bien qu'il ne se fût guère passé plus de dix minutes depuis la capitulation du fort, sa conscience lui reprochait d'avoir tardé à envoyer le signal. Bien des choses auraient pu être faites pendant ces dix minutes-là.

Bush fut bien soulagé de se détourner un instant de ce qu'il prenait pour des fautes et se mit à régler avec Whiting la question de la garde des prisonniers. Tous avaient été capturés dans des bâtiments qui servaient de caserne ; une centaine d'hommes, à demi nus, et une vingtaine de femmes, au moins, les cheveux dans le dos, à peine vêtues. En un autre moment, Bush eût pu s'attarder à regarder les femmes ; dans les circonstances présentes, il n'éprouvait que de l'irritation à la pensée de ce qui n'offrait qu'un problème de plus.

Parmi les hommes, il y avait quelque Noirs et quelques mulâtres ; le plus grand nombre étaient des Espagnols. Presque tous les morts (on en voyait en uniformes blancs à parements bleus) étaient des sentinelles ; ils avaient payé de leur vie leur manque de vigilance.

— Qui les commandait ? demanda Bush à Whiting.

— Monsieur, je ne pourrais le dire.

— Allez le leur demander !

En dehors de l'anglais, Bush ne connaissait aucune langue ; Whiting devait être logé à la même enseigne, à en juger par le regard navré qu'il jeta. Pendant ce temps, Pierce, le second du médecin, essayait d'attirer l'attention de Bush :

— S'il vous plaît, Monsieur... Puis-je avoir quelques hommes pour transporter les blessés à l'ombre ?

Avant que Bush eût pu répondre, Abbott, debout sur la plate-forme des canons, lui cria :

— Monsieur, les pièces sont dégagées ! Puis-je prendre des charges de poudre dans le dépôt ?

Puis le jeune Wellard surgit, écartant Pierce. Bush n'avait pas eu le temps de parler.

— S'il vous plaît, Monsieur. S'il vous plaît ! Les respects de M. Hornblower, Monsieur. Pourriez-vous, s'il vous plaît, monter sur la tour ? M. Hornblower dit que c'est urgent, très urgent !

Bush oublia sur-le-champ tout le reste. Ce qui pouvait le distraire de ce que voulait Hornblower avait perdu tout intérêt pour lui.

X

A chaque angle du fort, un petit bastion permettait le tir de flanc le long des murailles. Au sommet du bastion sud-ouest était la tour de guet qui avait porté la hampe et le pavillon espagnol. Bush et Hornblower se tenaient sur cette tour, l'Atlantique ouvert derrière eux ; devant eux, tout en longueur, c'était la baie de Samana. Deux drapeaux claquaient par-dessus leurs têtes : le *white enseign* au-dessus, le rouge et or de l'Espagne dessous ; le *Renown* devait les voir, distinguer les couleurs ; du moins devait-il voir que deux pavillons, et non plus un seul, flottaient maintenant sur le fort. Après avoir perçu les trois coups de canon et braqué leurs lunettes sur la place espagnole, les officiers du bord avaient dû remarquer les pavillons halés bas, puis de nouveau hissés, halés bas et hissés encore. Trois coups de canon et les deux pavillons abaissés deux fois : c'était le signal convenu, la preuve que le fort était aux Anglais. Le *Renown* avait sûrement compris, puisqu'il avait brassé son hunier d'artimon et commencé à revenir le long de la presqu'île.

Bush et Hornblower possédaient la seule lunette qu'une visite hâtive du fort eût permis de trouver. Quand l'un d'eux la portait à l'œil, l'autre pouvait à peine se retenir de la lui arracher des mains. En ce moment, c'était le tour de Bush. Il la braquait sur la côte la plus éloignée de la baie ; Hornblower lui montrait du doigt ce qu'il venait de regarder.

— Voyez-vous, Monsieur ? disait-il. Dans la baie,

plus loin que la batterie, c'est la ville, c'est Samana. Et au-delà de la ville, les corsaires ! D'une minute à l'autre, vous allez les voir lever l'ancre !

— Je les vois ! disait Bush, la lunette collée à l'œil. Ils sont quatre. Quatre bâtiments. Aucune voile n'étant levée, il est difficile de dire ce que c'est !...

— Facile à deviner, Monsieur !

— Oui, bien sûr !

Pas besoin de gros bâtiments de guerre dans ce coin-là, voisin du canal de Mona. La moitié du commerce, dans la mer des Antilles, montait par ici, passant à moins de trente milles de la baie. Les pirates de Samana montaient, pour la plupart, des embarcations rapides, maniables. Ayant à bord quelques pièces longues et un équipage nombreux, elles pouvaient surgir brusquement, capturer une prise et se replier dans la baie, où elles comptaient sur les feux croisés des batteries pour tenir l'ennemi à distance. Les événements d'hier l'avaient bien prouvé ; les pirates pouvaient se borner à passer une nuit en mer.

— Ils doivent savoir, maintenant, que le fort est à nous, dit Hornblower, et se douter que le *Renown* va leur faire la chasse ! Ils vont pouvoir appareiller, se faire remorquer et se déhaler sur une ancre. Ils seront sortis de la baie avant que nous ayons eu le temps de dire : « Ouf ! » Et, de la pointe d'Engano, le vent est favorable. Il souffle du bon côté pour la Martinique !

— C'est probable ! dit Bush.

Mus par une même pensée, les deux hommes s'étaient tournés pour voir ce que faisait le *Renown*. L'arrière de leur côté, ses voiles brassées serré, tribord amures, il faisait route vers le large ; ce ne serait pas tout de suite qu'il pourrait changer d'amures et être certain de pouvoir doubler le cap Samana. Il était ravissant, là-bas, sur la mer, avec ses voiles blanches dans tout ce bleu ; mais il se passerait des heures avant qu'il pût atteindre la sortie de ce repaire de bandits.

Bush se tourna et considéra la baie abritée.

— Nous ferions mieux, dit-il, d'armer nos canons et de nous occuper d'eux nous-mêmes !

— Oui, Monsieur. Mais nous ne les aurons pas longtemps sous le feu ! Ils n'ont guère de tirant d'eau et peuvent serrer la pointe plus près que ne peut faire le *Renown* !

— Il faudrait peu de chose pour les couler ! Oh ! je vois à quoi vous pensez !

— Oui. Tirer à boulets rouges serait plus sûr !

— On leur rendrait la monnaie de leur pièce ! dit Bush avec un sourire satisfait.

Le *Renown* n'en avait-il pas reçu sa part, la veille ? L'idée de voir rôtir quelques Espagnols semblait à Bush une perspective agréable.

Hornblower, lui, ne souriait pas. La pensée que les corsaires pourraient lui échapper et poursuivre ailleurs leur piraterie l'oppressait. Il fallait faire n'importe quoi pour réduire leurs chances !

— A boulets rouges, bien sûr, dit Bush. Mais saurez-vous ? Saurez-vous comment chauffer les boulets ? Aucun des nôtres ne doit savoir s'y prendre.

— Je trouverai, dit Hornblower.

Des boulets ne pouvaient être chauffés qu'à terre ; en mer, un navire, fait de matériaux inflammables, ne pouvait courir le risque d'aller au combat avec un fourneau allumé à bord. Aux premiers jours des guerres de la Révolution, les Français avaient fait quelques expériences dans l'espoir de parer à la supériorité de l'Angleterre ; après que plusieurs bâtiments eurent pris feu, ils avaient renoncé. Les marins laissaient désormais l'usage du boulet chauffé à l'artillerie de garnison.

— ... Ou du moins j'essaierai de trouver. Le fourneau est là, en tout cas, et le matériel nécessaire...

Pâle, pas rasé, debout dans le soleil déjà trop chaud, il était la proie de l'ardeur et de la fatigue qui luttaient en lui à qui l'emporterait.

— Avez-vous eu à déjeuner ? demanda Bush.

— Non, Monsieur... Vous non plus, d'ailleurs !

Bush fut bien forcé de sourire :

— Non, dit-il, moi non plus !

Il avait fallu réorganiser la défense du fort. Mais Bush pouvait supporter longtemps la faim, la soif et la fatigue ; il doutait que Hornblower pût en faire autant.

— Je vais aller boire, Monsieur, dit Hornblower. Il y a un puits par là !

Il n'avait rien bu depuis qu'il avait débarqué, c'est-à-dire depuis douze heures; douze heures d'une activité forcenée, et sous un climat tropical.

— Allez boire, monsieur Hornblower. Allez! C'est un ordre que je vous donne!

Mais Hornblower voulait d'abord emprunter la lunette.

— Puis-je jeter encore un coup d'œil, demanda-t-il, avant de descendre? Ha! Ha! Je m'en doutais! Ce deux-mâts est déjà en train d'appareiller. Dans moins d'une heure il sera loin, hors de portée! Il faut que j'aille armer les pièces! Regardez!

Il dégringola l'escalier de pierre; mais à mi-chemin il fit halte :

— N'oubliez pas votre déjeuner, Monsieur! Vous avez le temps!

Un coup d'œil suffisait : l'un au moins des bateaux mouillés dans la baie avait commencé à appareiller. Bush se tourna, inspecta minutieusement le reste de la terre et de l'eau avant de passer la lunette à Abbott, resté muet, observant l'un, puis l'autre, de ses supérieurs.

— Surveillez bien ce qui se passe! lui dit Bush.

Dans le fort, Hornblower donnait déjà des ordres; sur la plate-forme, les hommes libéraient les canons. Lorsque Bush descendit à son tour, il vit Hornblower en train de former des équipes. Voyant paraître Bush, il se tourna, l'air coupable, et se dirigea vers le puits. Un soldat était justement en train de remonter le seau, Hornblower le saisit, le porta à ses lèvres et but longtemps; l'eau ruisselait sur lui. Quand le seau fut vide, il se tourna vers Bush et lui sourit, encore ruisselant. Ce spectacle suffit pour que Bush se sentît, lui aussi, dévoré par la soif. A son tour, il se désaltéra, puis se tourna vers ceux qui attendaient ses ordres et des renseignements. Quand il en eut fini avec eux, la fumée montait du fourneau, dans un des angles de la cour. Bush s'approcha. A genoux sur le sol, un matelot manœuvrait un soufflet; deux autres apportaient le bois qu'ils prenaient contre le rempart. Comme on ouvrait la porte du fourneau, la bouffée de chaleur fit reculer Bush. Hornblower parut, affairé :

— Le boulet est-il chaud, Saddler?

Le second maître ramassa des chiffons, en protégea ses mains, saisit les deux tiges de fer qui sortaient du fourneau, faisant équilibre à deux autres, tira dessus. Les quatre poignées étaient celles d'une grille en fer qui reposait sur le charbon incandescent. Les boulets, sur la grille, paraissaient noirs au grand soleil. Saddler changea sa chique de joue, cracha sur le plus proche.

— Pas encore très chaud, Monsieur! dit-il.

— On les fera frire, les vaches! dit soudain celui qui soufflait.

Il leva le nez, rampa sur les genoux, hilare à la pensée de brûler vivants quelques Espagnols.

Sans entendre, Hornblower cria :

— Par ici, les porteurs! Voyons ce dont vous êtes capables!

Une équipe venait derrière lui, chaque paire d'hommes portant une civière faite de barres de fer reliées par des entretoises. Les deux premiers porteurs s'avancèrent, Saddler prit des tenailles, fit glisser un boulet chauffé sur le brancard.

— Avancez! cria Hornblower. Aux suivants!

Il sortit, précédant le petit cortège.

— Voyons maintenant, dit-il, comment charger cela!

Bush avait suivi, curieux de voir Hornblower à l'œuvre. Le cortège gagna la plate-forme, où chaque pièce avait maintenant ses servants. On fit reculer les canons, encore engagés dans les embrasures. Des baquets d'eau se trouvaient là.

— Hep! Écouvillonneurs! dit Hornblower. Les disques secs sont-ils en place? Bon. Introduisez les mouillés!

Les matelots tirèrent des baquets les disques en fibre, plats et ronds, tout ruisselants d'eau.

— Deux par pièce! dit Hornblower.

Les disques mouillés furent poussés à force dans les âmes.

— A fond! Poussez à fond! dit Hornblower. A vous, maintenant, les porteurs!

Ce n'était pas chose facile que d'amener l'extrémité de la civière contre la bouche du canon, de l'incliner jusqu'à faire rouler le boulet chaud dans l'âme.

— Les artilleurs espagnols manœuvraient, après tout, mieux que nous n'aurions cru, dit Hornblower à Bush, à en juger par leurs exploits d'hier! Écouvillons!

Les écouvillonneurs poussèrent le boulet jusqu'à ce qu'il fût presque contre la charge; on perçut le grésillement du disque mouillé.

— En batterie!

Les servants saisirent les palans; la pièce roula et déboucha par l'embrasure.

— Visez la pointe, là-bas! Puis tirez!

Des anspects sous les axes arrière de l'affût, le canon fut pointé selon l'ordre du chef de pièce; l'amorce était déjà dans la lumière. Enfin, l'un après l'autre, les canons se mirent à cracher. Le bruit des détonations sur la plate-forme en pierre était tout différent de ce qu'il était dans l'entrepôt d'un bâtiment en bois. Un vent léger dissipait la fumée.

— Pas mal! dit Hornblower, de sa main abritant ses yeux pour observer les points de chute.

Puis tourné vers Bush :

— ... Ça va intriguer nos gens du *Renown*! Ils vont se demander sur quoi nous pouvons bien tirer!

Bush avait observé la manœuvre avec un intérêt mêlé d'inquiétude.

— Combien de temps, dit-il, avant que le boulet traverse vos tampons et fasse partir le canon tout seul?

— C'est l'une des choses que j'ignore, Monsieur, répondit Hornblower avec un sourire. Je ne serais pas trop surpris si la réponse à la question nous était fournie avant la fin de la journée!

Un matelot accourait :

— Qu'est-ce qui vous prend? dit Hornblower.

— Mais, Monsieur, j'apporte une autre charge! dit l'homme, surpris, montrant une gargousse qu'il portait.

— Demi-tour! Attendez les ordres! Arrière, tout le monde!

Les porteurs reculèrent.

— Épongez! ordonna Hornblower aux servants.

Tandis que les éponges mouillées entraient dans les tubes, il se tourna vers Bush :

— On ne saurait, Monsieur, être trop prudent. Pas la

peine de mettre charge et boulet chaud tout près l'un de l'autre !

— Bien sûr, fit Bush, à la fois content et un peu agacé que Hornblower eût si bien tiré parti du fourneau.

— Les charges, maintenant ! cria Hornblower.

Les mêmes porteurs qu'il venait de renvoyer regrimpèrent la rampe en courant.

— Ce sont des gargousses anglaises, reprit Hornblower, les examinant.

— Qu'est-ce qui vous fait dire... ?

— La serge est du tissu de notre Ouest anglais, et les gargousses sont cousues et remplies comme les nôtres ! Elles proviennent de prises, c'est certain !

C'était on ne peut plus probable ; les forces espagnoles qui défendaient cette extrémité de l'île contre les insurgés dépendaient des bâtiments anglais capturés dans le canal de Mona pour renouveler leurs réserves. Eh bien ! pour peu qu'on eût un peu de chance, les corsaires ne feraient plus de prises ! Cette idée pénétrait en Bush, malgré ses autres préoccupations ; les Espagnols allaient être bientôt mal en point ; leurs sources de ravitaillement coupées, ils ne pourraient tenir longtemps contre les Noirs rebelles qui les cernaient dans la partie orientale de Saint-Domingue.

— Enfoncez bien ces bouchons-là, Cray ! criait Hornblower. Et qu'il ne reste pas de poudre dans le tube, sans quoi M. Cray pourrait être porté absent dans les papiers du bord !

On rit. Car « absent » voulait dire : mort. Seul, Bush n'avait pas entendu. Monté sur le parapet, il regardait la baie.

— Ils vont sortir, dit-il, ils sortent ! Regardez, monsieur Hornblower !

— Oui, Monsieur.

Les yeux écarquillés, Bush voyait les quatre corsaires descendre lentement le chenal. Le premier hissa ses voiles aux deux mâts. Profitant sans doute d'une bouffée du vent qui soufflait par chance dans ces eaux fermées et chauffées, il espérait franchir au moins une partie du chemin qui le séparait de la mer, c'est-à-dire de la sécurité.

— La lunette, monsieur Abbott! cria Hornblower... S'ils risquent cette sortie téméraire au moment où ils savent que le fort est à nous, dit-il à Bush, c'est qu'ils ne se sentent pas en sécurité!

— Il faut croire!

— Je me serais plutôt attendu à les voir tenter de reprendre le fort! Ils pourraient débarquer des forces, les amener en haut de la presqu'île et de là descendre nous attaquer. Je me demande pourquoi ils ne le tentent pas. Pourquoi se replier et fuir?

— Parce que ce sont des Espagnols! dit Bush.

Il se refusait à examiner davantage les mobiles de l'ennemi, alors que l'action était imminente. Il reprit la lunette, la braqua. Les détails étaient plus clairs. Il y avait là deux grandes goélettes armées de canons et un gros lougre; en outre un bâtiment, trop loin pour que l'on pût déterminer son gréement; sans aucune voile établie, celui-là quittait son mouillage remorqué par ses embarcations.

— La portée est bien longue, monsieur Hornblower, dit Bush.

— Pourtant, c'est bien avec ces canons-ci qu'ils nous touchaient hier!

— Visez bien! Ils ne seront pas longtemps sous le feu!

Les bateaux ne s'éloignaient pas groupés, et à la même allure. S'il en avait été ainsi, ils eussent augmenté leurs chances, car le fort ne pouvait tirer que sur un seul à la fois. Il faut croire qu'une peur panique s'était emparée de chacun pour son propre compte. C'est la peur qui avait dû les faire partir dès que l'un, puis l'autre avait pu. Peut-être aussi le chenal navigable était-il trop étroit pour que deux bâtiments pussent voyager de conserve.

La goélette de tête avait de nouveau diminué de toile. Le vent, le peu de vent dont elle disposait, n'était pas favorable pour virer sur bâbord dans la largeur du chenal. Elle se hâta d'affaler deux canots qui la remorqueraient. La lunette révélait le moindre détail de la manœuvre.

— Encore un instant, elle sera à portée, Monsieur! dit Hornblower. Je vais voir au fourneau, si vous le permettez!

— Je vous accompagne, dit Bush.

Les soufflets manœuvraient toujours : la chaleur était suffocante; ce fut pis encore lorsque Saddler dégagea la grille qui portait les boulets chauffés. Même au soleil, on voyait maintenant la rougeur du fer; l'air, au-dessus, tremblait; toute chose semblait déformée. Spectacle infernal. Saddler cracha sur un boulet; la salive jaillit, bouillant et crépitant, sans toucher le métal, s'échappa, tomba sur la grille où elle se remit à danser jusqu'à s'évaporer complètement dans un crépitement suprême. Une autre tentative sur un second boulet aboutit au même résultat.

— Assez chaud, Monsieur? dit Saddler.

— Oui, fit Hornblower.

Du temps qu'il était aspirant, Bush avait maintes fois pris un fer à la cuisine pour repasser une chemise, une cravate; il se rappelait avoir essayé ainsi la température du fer. Lorsque la salive bouillait, mais restait au contact du fer, c'est que le fer était trop chaud, qu'il risquait de brûler le linge. Les boulets étaient infiniment plus chauds que cela.

Saddler repoussa la grille dans le fourneau, s'essuya le visage avec les chiffons qui avaient protégé ses mains.

— Attention, les porteurs, dit Hornblower. Tenez-vous prêts! Vous allez avoir de quoi faire!

Après un coup d'œil à Bush pour demander la permission, il s'éloigna de nouveau, retourna vers la batterie, à grands pas bizarres, forcés. Bush suivit, mais plus lentement; il était las de tout ce va-et-vient. Tandis qu'il regardait Hornblower grimper la rampe, une réflexion lui vint à l'esprit : bien que physiquement moins robuste que lui, Hornblower avait probablement fait preuve de plus d'activité.

Quand il le rejoignit, Hornblower était en train d'observer de nouveau la première goélette.

— Son échantillon doit être assez mince, dit-il. Ces vingt-quatre livres, même à longue portée, vont la percer de part en part!

— Avec ce tir plongeant, dit Bush, il se peut que le boulet lui sorte par la quille!

— Peut-être bien!

Hornblower se souvint tout à coup d'ajouter : Monsieur. Même après tant d'années, il était encore capable, quand il réfléchissait profondément, d'oublier l'usage courant.

— Voilà qu'il hisse de nouveau sa toile ! dit Bush. Les bougres ont réussi à la faire virer !

— Ses remorqueurs ont largué leurs amarres, ajouta Hornblower. Ce ne sera plus long !

Il regardait la rangée de canons, chargés et amorcés, leurs cales retirées, à leur plus haut pointage en hauteur, les tubes en l'air ; comme attendant qu'un boulet leur tombât dans la gueule.

La goélette glissait maintenant de façon perceptible dans le chenal ; elle venait vers eux. Hornblower se tourna, marcha le long des pièces ; derrière son dos, une de ses mains se tortillait impatiemment dans l'autre ; il revint sur ses pas, refit demi-tour, marchant nerveusement, comme incapable de rester en place ; mais, voyant le regard de Bush fixé sur lui, il fit halte, de l'air d'un coupable, se força, au prix d'un effort, à rester immobile, comme son supérieur. La goélette avançait toujours, précédant d'un bon demi-mille le bâtiment qui la suivait.

— Vous pourriez essayer un coup d'appréciation, finit par dire Bush.

— Oui, oui, Monsieur, fit Hornblower avec la précipitation d'une eau qui s'engouffre par la brèche ouverte d'une digue.

Il semblait s'être contraint d'attendre que Bush eût parlé. Tout de suite il fut prêt :

— Fourneau, là-bas ! Saddler ! Envoyez ! Un seul coup !

Les porteurs grimpèrent, portant prudemment le boulet, dont la rougeur était parfaitement visible ; on en sentait sur soi la chaleur. Les disques mouillés furent enfoncés dans la pièce la plus proche, la civière soulevée au niveau de la bouche, et, poussé doucement, à l'aide du disque et de l'écouvillon, le boulet brûlant roula dans le tube. Un sifflement, des crachements de vapeur au contact des disques mouillés... Et Bush se demandait encore combien de temps il faudrait pour que les disques fussent brûlés, traversés, que la charge prît feu toute seule. Le recul mettrait mal en point celui qui serait en train de viser.

— En batterie ! cria Hornblower.

Les servants tirèrent aux palans, la pièce roula. Hornblower s'accroupit derrière la culasse, cligna de l'œil :

— Un peu à droite !

Palans et anspects firent pivoter le canon.

— ... Un poil de plus ! Ça va ! Non, un peu à gauche ! Stop !

Bush fut soulagé de voir Hornblower se redresser, s'écarter de la culasse, courir au parapet avec sa fougue habituelle, s'abriter les yeux avec la main. Il gardait sa lunette braquée sur la goélette.

— Feu !

Le chuintement de l'amorce fut noyé par le bruit de la déflagration. Bush vit la traînée noire de la trajectoire rayer le bleu du ciel, prendre de la hauteur, s'infléchir vers la baie. Une drôle de trajectoire, d'un pouce de long, si Bush avait eu à dire sa longueur, gagnant sans cesse de l'avant, s'évanouissant sans cesse à l'arrière, pointant droit sur la cible. Elle plongea juste au-dessus du but, mais à cette distance la vitesse du boulet était trop rapide pour que la rétine et le cerveau pussent l'enregistrer. Bush vit la gerbe d'eau jaillir, exactement dans l'axe du bateau, par l'avant. Retirant la lunette de l'œil, il vit que Hornblower le regardait.

— Trop court d'une encablure ! fit-il.

Hornblower approuva d'un signe de tête.

— Nous pouvons donc ouvrir le feu, Monsieur ? demanda Hornblower.

— Oui, oui, continuez, monsieur Hornblower !

Les mots lui étaient à peine sortis de la bouche que Hornblower criait :

— Au fourneau ! Cinq autres boulets !

Hornblower redescendit et, de nouveau, revint auprès de Bush.

— Je ne comprenais pas, hier, dit-il, pourquoi ils nous tiraient dessus par salves. Cela réduisait la cadence du tir à celle du canon le plus lent. Maintenant, je comprends !

— Moi aussi, approuva Bush.

— Tous vos disques mouillés sont en place ? dit Hornblower aux servants. Vous êtes sûrs ? Alors, marchez !

Les boulets furent mis dans les bouches, soufflant et crachant au contact de l'eau.

— En batterie! Visez! Visez bien, chefs de pièces!

Le chuintement de la vapeur continuait.

— Tirez dès que les pièces sont pointées à portée!

De nouveau, Hornblower fut sur le parapet. Par l'embrasure du canon qui ne tirait pas, Bush voyait ce qui se passait. Les cinq pièces firent feu à une seconde ou deux d'intervalle. Le ciel fut zébré par les cinq trajectoires.

— Épongez! dit Hornblower.

Puis, plus fort :

— ... Six charges!

Il revint à Bush :

— Une gerbe tout près du but, dit Bush.

— Et deux trop courtes, répliqua Hornblower. Et une trop loin sur la droite. Je sais qui vient de tirer celle-là. Je vais m'occuper de lui!

— Il y a une gerbe que je n'ai pas vue! dit Bush.

— Moi non plus, Monsieur. Trop loin au-delà, probablement! Ou bien au but, peut-être?

Les porteurs revenaient en courant sur la plate-forme. Les servants se saisirent des charges, les enfournèrent, et les disques secs par-dessus.

— Six coups! cria Hornblower à Saddler.

— Il a changé de route! dit Bush. Mais la portée est à peu près la même!

— Oui, Monsieur! Chargez! En batterie! Je m'excuse, Monsieur.

Il alla se poster près de la pièce de gauche, celle, probablement, qui avait mal pointé.

— Visez bien! cria-t-il de son nouveau poste. Ne tirez qu'à coup sûr!

Le cycle se répéta. Les pièces tonnaient, les hommes accouraient avec des charges, les boulets rouges étaient amenés, montés sur la plate-forme, et de nouveau les canons tiraient.

— Je crois que vous avez touché! dit Bush.

Il se tourna pour regarder dans sa lunette.

— ... Je crois... Mais oui, bon Dieu! Elle fume! La garce fume!

Un petit nuage noir planait, en effet, entre les mâts du bâtiment. Il se dissipa, et Bush cessa d'être tout à fait sûr. La pièce la plus proche tonna ; le hasard d'une bouffée de vent fit dériver sur les deux lieutenants la fumée de la poudre, leur masquant un instant l'objectif.

— Le diable l'emporte ! lança Bush, s'agitant et changeant de position à plusieurs reprises, pour mieux voir.

Les autres pièces partirent de nouveau, presque ensemble.

— Apportez des charges ! criait Hornblower du sein de la fumée de plus en plus épaisse. Nettoyez bien !

La fumée se dissipa ; de nouveau on revit le pirate. Il paraissait intact, avançait toujours, et, de déception, Bush jura.

— La portée diminue, et les pièces chauffent ! dit Hornblower.

Puis, plus haut :

— Chefs de pièces ! Rentrez les cales !

Il s'éloigna en courant pour surveiller de tout près le pointage. Plusieurs secondes passèrent avant qu'il réclamât de nouveau des boulets. Entre-temps, Bush vit que les canots du fuyard, qui jusque-là avaient remorqué de concert pour entraîner la goélette, viraient de bord pour venir se ranger le long du bâtiment. Cela pouvait signifier que le capitaine était sûr maintenant que le peu de vent suffirait pour doubler la pointe et gagner l'ouvert de la baie. Les canons tirèrent de nouveau ; salve irrégulière ; et Bush vit trois gerbes d'eau jaillir de la surface, tout près et à gauche du but.

— Des charges ! hurla Hornblower.

Le bateau vira, offrant son arrière à la batterie et le cap droit sur les hauts-fonds du rivage opposé.

— Diable ! fit Bush, se parlant à lui-même. Qu'est-ce qu'il fait ?

Soudain, une fumée noire apparut, monta du pont de la goélette et, tandis que Bush exultait, il vit le boutdehors du fuyard se dresser : le bâtiment était en feu ; il s'était échoué exprès. Tout autour de la coque, la fumée était de plus en plus dense ; dans sa lunette, Bush vit la tache blanche de la grand-voile, qui, jusque-là, dominait la fumée, s'incliner, l'air de fondre et soudain disparaître. Les flammes l'avaient escamotée en un clin d'œil. Bush se tourna pour chercher des yeux Hornblower qui, de nouveau, avait gagné le parapet. La poudre et la fumée lui avaient noirci le visage, déjà tout gris de barbe non rasée ; il souriait ; ses dents paraissaient étrangement blanches. Les servants poussaient des hourras, repris en chœur par le reste du contingent qui occupait le fort.

Hornblower gesticulait, voulant faire taire les canonniers afin qu'on pût l'entendre, en bas, décommander les autres boulets.

— Au temps, Saddler ! Porteurs, remportez celui-là !

Il sauta au bas du parapet, s'approcha de Bush, qui lui dit :

— Ça y est !

— Le premier, en tout cas !

Un nuage épais montait maintenant de l'épave en flammes, de plus en plus haut, entre les deux mâts. Puis on vit le grand mât s'abattre et, pendant qu'il tombait, le bruit d'une explosion vint jusqu'à leurs oreilles. Le feu devait avoir atteint la réserve de poudre.

Quand la fumée commença à se dissiper, le bâtiment était couché sur le rivage, brisé en deux par le milieu. Le mât de misaine resta planté, debout, pendant un moment ; puis on le vit tomber. L'avant et l'arrière brûlaient furieusement. L'équipage abandonnait. On vit les canots s'éloigner, nageant sur les hauts-fonds.

— Triste spectacle ! dit Hornblower.

Bush ne trouvait rien de déplaisant à la vue d'un ennemi en flammes. Il exultait, au contraire.

— Avec la moitié de ses hommes dans les canots, il n'en restait pas assez, quand nous l'avons touché, pour lutter contre l'incendie !

— Le coup a dû percer le pont, dit Hornblower, se loger dans sa cale !

Le son de sa voix poussa Bush à le regarder, car il parlait, la langue épaisse, comme un homme ivre ; or il était impossible qu'il fût ivre, bien que son visage fût gris et ses yeux injectés de sang. Il était fatigué, voilà tout. L'instant d'après, son air éteint fit place à une animation soudaine.

— Voilà l'autre qui vient ! dit-il. Il doit être presque à portée !

Aidée aussi de ses embarcations, la seconde goélette descendait le chenal, ses voiles établies. Hornblower retourna aux canons.

— Voyez-vous l'autre ? cria-t-il. Voyez-vous celui qu'il faut viser ?

Un rugissement furieux lui tint lieu à la fois d'accord et de réponse. Il se tourna, héla Saddler :

— Porteurs ! Des boulets !

Le cortège recommença à grimper la rampe. Quand l'un des boulets venait à passer, la bouffée de chaleur se sentait à distance. Vingt-quatre livres de fer chauffé font une masse. La manœuvre délicate qui consistait à faire rouler cette masse dans les bouches recommença. Que disaient donc les hommes, près des pièces ?

— Qu'est-ce qui ne va pas ? fit Hornblower.

Il se hâtait pour se rendre compte par lui-même. De la bouche d'un des trois canons déjà chargés, une spirale de fumée montait ; de tous les trois, un crachement partait. Un boulet était tombé sur la plate-forme.

— En batterie ! Pointez ! Tirez ! ordonna Hornblower. Qu'est-ce qu'il y a, vous autres ? Tirez-moi ce boulet hors du chemin !

— Ce boulet n'entre pas, Monsieur, dirent plusieurs voix.

A l'aide d'un crochet, quelqu'un roulait tant bien que mal le boulet rebelle contre le parapet. Les porteurs des deux autres étaient à pied d'œuvre, suant. Ce que Hornblower put dire fut noyé par le rugissement de l'un des canons ; le coup était parti tout seul pendant que l'on mettait en batterie. Un des hommes, assis, pleurait de douleur ; du fait du recul, l'affût lui avait roulé sur le pied ; un peu de sang coulait sur la pierre. Les chefs des deux autres canons chargés ne faisaient pas mine de viser. Ils craignaient de voir le coup partir seul, comme il avait fait à côté. Leurs pièces à peine en batterie, ils crièrent : « Garez-vous ! » et firent feu.

— Portez le blessé près de M. Pierce, ordonna Hornblower. Voyons ce boulet, maintenant !

Puis il revint près de Bush, presque navré.

— Qu'est-ce qui ne va pas ? dit Bush.

— Les boulets sont trop chauds, Monsieur. Je n'ai pas

réfléchi que, ramollis par le feu, ils se déformeraient jusqu'à ne plus entrer !

Bush n'y avait pas pensé, lui non plus ; mais il ne dit rien devant un subalterne.

— Même ceux qui ne se sont pas déformés étaient trop chauds, poursuivait Hornblower. Je suis le plus grand idiot de la terre ! Bête à manger du foin ! Les hommes ont peur, maintenant ; ils ne prendront plus le temps de viser comme il faut. Andouille que je suis !

— Tout doux ! Tout doux ! dit Bush.

Si drôle était le geste de Hornblower en proie à des émotions contradictoires, tapant du poing droit dans sa main gauche, pour se blâmer, que Bush finit par se moquer de lui. Hornblower avait bien opéré jusque-là ; il avait pu s'initier, au pied levé, à la technique des boulets rouges ; et Bush se souvenait d'avoir, au cours de cette expédition, éprouvé maintes fois du dépit devant l'usurpation constante de responsabilité par son subordonné. Ce dépit avait même peut-être un autre motif : Bush n'avait-il pas été jaloux de l'efficacité des initiatives de Hornblower ? Motif indigne, que Bush, s'il s'en était rendu compte, eût désavoué avec une surprise offensée. Le spectacle de sa déconvenue après l'erreur de Hornblower n'en paraissait que plus comique.

— Ne vous en faites pas ! dit-il dans un sourire.

— J'enrage de me voir tellement...

Mais Hornblower s'arrêta net. Bush le vit remettre le masque du combattant stoïque.

— Voudriez-vous prendre ma place, ici, Monsieur ? dit Hornblower.

C'était comme si un autre eût parlé à sa place.

— ... J'irai jeter un œil sur le fourneau. Ils doivent souffler un peu fort !

— Très bien, monsieur Hornblower. Occupez-vous de faire monter les munitions. Je dirigerai le tir !

— Bien, Monsieur. J'envoie les derniers boulets. Ceux-là ne seront pas trop chauds !

Il s'en alla, courant pour descendre la rampe, tandis que Bush allait se poster derrière les pièces. Tout recommença : les nouvelles charges montèrent, furent refoulées à poste, les disques mouillés poussés pardessus des secs ; puis les brancards reparurent.

— Attention ! dit Bush. Ceux-ci sont moins chauds ! Visez bien !

Or, ayant grimpé sur le parapet et braqué sa lunette sur la seconde goélette, il vit que le corsaire avait changé d'avis. Il avait cargué sa misaine, rentré ses focs ; et ses canots le tiraient de côté, l'air de cancrelats, près de son avant, pour le faire virer de bord. La goélette allait donc rentrer dans la baie : elle avait décidé de ne pas s'exposer au tir. L'épave fumante de sa conserve lui faisait sans doute craindre un sort pareil.

— Elle vire de bord ! fit Bush à haute voix. Tâchez de la toucher, les gars, pendant qu'il en est temps encore !

Il vit le boulet tracer en l'air sa trajectoire et les gerbes jaillir de l'eau. Il se rappelait avoir vu, la veille, un projectile ricocher sur l'eau et frapper la muraille épaisse du *Renown*. Une des gerbes était exactement dans l'axe ; il se pouvait que le coup eût porté.

— D'autres charges ! hurla-t-il, tourné pour se faire entendre d'en bas. Écouvillonnez !

Mais, les charges mises dans les canons, il vit que la goélette avait fait demi-tour, rétabli sa misaine, et déjà commençait à rentrer dans la baie. A en juger par les gerbes d'eau de la dernière salve, elle serait hors de portée avant le prochain coup.

— Monsieur Hornblower !

— Monsieur ?

— Cessez de faire monter des boulets !

— Bien, Monsieur.

Quand Hornblower revint à la batterie, Bush lui montra le bâtiment qui battait en retraite.

— Il faut croire qu'elle a réfléchi ! dit Hornblower. Et l'on dirait que les deux autres ont jeté l'ancre ?

Il tendait la main vers l'unique lunette. Bush la lui passa.

— Les deux autres ne bougent pas non plus, dit-il.

Il pivota sur les talons, braqua la lunette vers la mer.

— ... Le *Renown* a changé d'amures ! Il a pris le vent ! Six milles ? Sept ? Sûrement, dans une heure, il doublera la pointe !

Ce fut le tour de Bush de saisir la lunette. Il n'y avait pas à s'y tromper : l'orientation des huniers montrait que le *Renown* faisait route. Bush reporta son attention sur la rive opposée de la baie ; l'autre batterie espagnole était là, son drapeau pendant ou flottant, selon que le vent s'apaisait ou soufflait, par-dessus le rivage. Aucun signe d'une vie quelconque de ce côté. Il y eut quelque chose de définitif dans le geste de Bush pour fermer la lunette et se tourner vers son second.

— Tout est calme, dit-il. Rien à faire avant que le *Renown* soit là !

— Oui, dit Hornblower.

L'activité de Hornblower cessa. Une intense fatigue se lisait sur son visage dès qu'il ne se surveillait plus.

— On peut faire manger les hommes ! dit Bush. Et j'aimerais aller voir les blessés. Et puis il y a ces sacrés prisonniers ! Il va falloir les trier. Whiting a entassé hommes et femmes, officiers et tambours dans les casemates. Que peut-il y avoir ici comme provisions ? Va falloir aussi que nous voyions ça ! Puis nous établirons un tour de garde. Quelques-uns d'entre nous pourront prendre du repos.

— Oui, Monsieur, répondit Hornblower.

Le seul rappel des mesures à prendre avait suffi à lui rendre son impassibilité.

— Dois-je descendre, Monsieur, dit-il, et commencer à m'occuper de tout cela ?

XI

Le soleil de midi tombait d'aplomb sur le fort de Samana. A l'intérieur des murs, la chaleur était réverbérée vers le dedans, où elle atteignait une intensité meurtrière ; les coins à l'ombre eux-mêmes étaient une fournaise. La brise de mer n'avait pas commencé à souffler ; au mât de pavillon, le *white enseign* pendait, vertical, recouvrant à moitié les couleurs espagnoles, arborées juste au-dessous. Malgré cette chaleur, la discipline régnait encore. A chaque bastion, les hommes de guet veillaient, debout en plein soleil ; il fallait se garder d'une surprise. Des soldats d'infanterie de marine arpentaient de leur pas régulier le terrain assigné par les ordres, mousquet sur l'épaule, tunique rouge boutonnée jusqu'au cou, et baudrier à l'ordonnance. Quand l'un d'eux atteignait l'extrémité de son terrain de ronde, il s'immobilisait, faisait claquer les talons, mettait l'arme au pied en trois mouvements, puis, lançant la main droite en avant, le pied gauche en dehors, se mettait « au repos » jusqu'à ce que la chaleur et les mouches l'eussent contraint à se remettre en marche. De nouveau, les talons claquaient, le mousquet remontait sur l'épaule, l'homme recommençait à arpenter son terrain.

Dans la batterie, les servants somnolaient sur les pierres brûlantes, les plus heureux à l'abri des canons, les autres dans l'ombre courte du parapet ; mais deux soldats veillaient, assis, et, de temps en temps, s'assuraient que, dans les baquets, les mèches à combustion lente brûlaient toujours, prêtes à fournir du feu, s'il avait fallu mettre en batterie, soit pour tirer sur les pirates, soit pour repousser une attaque venant de terre.

Loin, au-delà de la pointe de Samana, le *Renown* attendait les premières bouffées de la brise de mer pour s'engager de nouveau dans la baie, prendre contact avec le corps de débarquement.

Près du magasin principal, assis sur un banc, Bush s'efforçait de ne pas dormir. Il maudissait la chaleur ; il maudissait la bonté de cœur, la faiblesse qui l'avaient incité à permettre à ses officiers d'aller se reposer, pendant que lui-même veillait ; il enviait jusqu'aux soldats qui ronflaient, couchés près de lui. De temps en temps, il allongeait ses jambes, qui étaient raides et douloureuses ; il s'épongeait le front ; il était sur le point de dénouer sa cravate quand un messager surgit à l'un des angles de la terrasse :

— Monsieur Bush ! Monsieur ! S'il vous plaît ! Un canot se détache de la batterie, de l'autre côté de la baie !

Un canot ? Bush en demeura stupéfait. Bondissant sur ses pieds, il interrogea :

— Faisant route de quel côté ?

— Droit sur nous, Monsieur ! Il a un drapeau, un drapeau blanc, qu'on dirait !

— Blanc ? Je viens ! Décidément, pas de repos pour les méchants sur cette terre !

Raide, ayant mal partout, il se dirigea vers la rampe, monta jusqu'à la batterie.

Le second maître de garde attendait, la lunette à la main, descendu de sa tour de guet pour se porter à la rencontre de son supérieur. Bush prit la lunette, regarda. Un canot à six rames, noir sur le fond bleu de la baie, nageait en effet droit sur lui, comme le messager l'avait dit. Du mât à l'avant, un pavillon pendait ; peut-être blanc ; aucun vent ne le déployait. Mais le canot, tout bien compté, ne portait pas plus de dix personnes. Aucun danger immédiat ne menaçait le fort.

Le sillage de l'embarcation rayait l'eau de la baie. Bush le regardait s'allonger, et le canot se rapprocher. De ce côté de la presqu'île, des falaises descendaient jusqu'à l'eau, qui s'élevaient, en pente douce, jusqu'au voisinage du fort ; par le travers de cette pente, un sentier courait, partant de l'embarcadère; mais, l'embarcadère, Bush savait qu'il était sous le feu des deux derniers canons, à droite de la batterie. Inutile d'armer ces pièces-là; ceci ne pouvait signifier une attaque.

Comme pour confirmer cette opinion, une bouffée de vent souleva le pavillon du canot; il était blanc. Sans dévier d'un point, l'embarcation accosta; un éclair brilla, et dans l'air surchauffé l'appel d'une trompette retentit, haut et clair, aux oreilles de la garnison.

Deux hommes débarquaient, en uniforme bleu et blanc; l'un d'eux portait l'épée; un nouvel appel retentit. L'écho le répéta plusieurs fois, de falaise en falaise; des oiseaux assoupis sortirent de leurs abris, poussant des cris plaintifs, alarmés autant par la grêle musique qu'ils l'avaient été, le matin, par les salves de l'artillerie. L'officier déploya le drapeau blanc, et les deux hommes se mirent à grimper vers le fort.

Aucun doute n'était possible. Il ne pouvait s'agir que d'une demande de pourparlers, conforme aux lois de la guerre. L'appel de la trompette prouvait qu'il n'y avait pas intention de surprise, le drapeau blanc que le dessein du visiteur était pacifique.

Tout en suivant des yeux l'ascension des deux émissaires, Bush se demandait s'il avait qualité pour conduire des négociations avec l'ennemi; il songeait aux difficultés qui naîtraient de la différence de langage.

— Faites lever la garde, dit-il au second maître.

Puis, s'adressant au messager :

— Mes compliments à M. Hornblower. Demandez-lui de venir ici dès qu'il le pourra.

De nouveau, l'appel de la trompette retentit. A l'intérieur du fort, des dormeurs l'entendirent; telle était la fatigue des autres qu'ils ne s'éveillèrent même pas; mais, en bas, dans la cour, on entendit des piétinements, des ordres; la garde se mettait en rang.

Le pavillon blanc parut au bord du fossé; le négociateur fit halte, leva la tête vers les parapets; le trompette lança un dernier appel, réveillant ceux qui sommeillaient encore.

— Me voici, Monsieur! dit Hornblower, le chapeau

de revers, l'air d'un épouvantail à moineaux dans son uniforme endossé à la hâte.

Mais, sauf une barbe datant de plusieurs jours, son visage était propre.

— Savez-vous assez d'espagnol pour vous expliquer avec lui ? demanda Bush.

Hornblower hésita, finit par dire :

— Ma foi, Monsieur, je crois que oui.

Il eût voulu gagner du temps, mais la discipline exigeait une réponse précise.

— Eh bien, alors, on vous écoute !

Hornblower fit un pas, s'avança sur le parapet. La tête par-dessus le bord du fossé, l'officier espagnol se découvrit pour un salut courtois. Hornblower fit de même. Il y eut un bref échange de phrases qui devaient être de politesse, puis Hornblower se tourna vers Bush.

— Êtes-vous disposé, Monsieur, à laisser le visiteur pénétrer dans le fort ? Il dit que les questions à examiner sont nombreuses.

— Non, répliqua Bush. Je ne veux pas qu'il vienne espionner ici !

Il ne savait pas bien ce que l'Espagnol eût pu découvrir, mais il était soupçonneux par nature.

— Très bien, Monsieur.

— Allez à sa rencontre, monsieur Hornblower. On veillera sur vous d'ici !

Hornblower descendit par l'une des rampes, tandis que la garde, appelée par Bush, grimpait par l'autre. Debout dans une embrasure, Bush vit le regard que l'Espagnol jetait aux shakos, aux tuniques rouges, aux mousquets levés des soldats surgis aux ouvertures. Hornblower parut à l'angle du fort, ayant traversé le fossé par le passage étroit partant de la poterne principale. Bush vit les deux hommes se saluer, de la tête et du corps, à la mode continentale. L'Espagnol tira de sa poche un papier, qu'il pria Hornblower de lire, après avoir fait un nouveau salut. Ce devaient être ses lettres de créance. Hornblower y jeta un coup d'œil et le lui rendit ; un geste qu'il fit, montrant Bush sur le parapet, fit comprendre à l'Espagnol que lui-même était accrédité. Puis Bush vit le parlementaire poser ce qui devait être des questions pressantes. Hornblower répondait; les réponses paraissaient être affirmatives.

Pendant un instant, Bush se demanda si son second n'outrepassait pas ses pouvoirs. Pourtant, l'obligation où il était de dépendre d'autrui pour négocier ne l'irritait pas ; l'idée que lui-même eût pu parler l'espagnol lui était étrangère ; il était aussi résigné à user d'un interprète qu'il l'était, par exemple, à dépendre d'un câble quand il s'agissait de hisser l'ancre, à dépendre du vent pour être conduit à destination.

Regardant les négociations se poursuivre, il fut conscient d'un changement de sujet entre les interlocuteurs. Un moment vint où Hornblower montra du doigt la baie. L'Espagnol se tourna, regarda le *Renown* approcher de la pointe de Samana; il regarda longtemps, attentivement, avant de se retourner de nouveau et de poursuivre la discussion. C'était un homme de haute taille, très maigre, le visage, couleur de café, coupé par une fine moustache noire. Le soleil tombait droit sur les interlocuteurs; le trompette s'était retiré hors de portée de voix.

Enfin, Hornblower se tourna, leva la tête vers Bush, cria :

— Je vais venir, Monsieur, vous rendre compte!

— Très bien, Monsieur, dit Bush, se portant à la rencontre de son cadet.

Hornblower toucha le bord de son chapeau, attendit qu'on l'interrogeât; puis il dit :

— C'est le colonel Ortega. Ses lettres de créance sont signées du capitaine-général Villanueva, qui doit être de l'autre côté de la baie.

— Qu'est-ce qu'il veut? demanda Bush, s'efforçant d'assimiler ces premiers éléments d'information, qu'il trouvait indigestes.

— Il a d'abord voulu savoir ce qu'il est advenu de nos prisonniers, surtout des femmes!

— Vous lui avez dit qu'elles sont en sécurité?

— Oui, Monsieur. Mais il est inquiet de leur sort. J'ai dit que je vous demanderais qu'il lui soit permis de les emmener. J'ai pensé que cela nous simplifierait la tâche. Le colonel a beaucoup d'autres choses à nous dire ; je me suis dit que, si je me montrais conciliant sur ce point, il parlerait plus librement.

— Bon, dit Bush.

— Ensuite il a parlé des hommes, voulant savoir s'il y avait eu des tués; leurs noms, que je n'ai pu lui dire. Mais j'ai dit que j'étais certain que vous lui en fourniriez la liste complète. Il assure que la plupart des défenseurs du fort ont des femmes là-bas (Hornblower désignait l'autre côté de la baie) et qu'elles sont folles d'inquiétude.

— D'accord. Je fournirai la liste! dit Bush.

— J'ai pensé, Monsieur, qu'il pourrait emmener aussi les blessés. Cela nous débarrasserait. On ne peut les soigner convenablement ici.

— Là-dessus, il faut que je réfléchisse!

— Monsieur, cela devrait être possible, et même de nous débarrasser de tous les prisonniers. En échange de quoi, j'ai l'impression qu'il ne serait pas difficile d'arracher la promesse que ceux-ci ne porteront pas les armes aussi longtemps que le *Renown* sera dans ces parages.

— Voilà qui me semble scabreux!

Par principe, Bush se méfiait de tous les étrangers.

— Je crois, Monsieur, que le colonel serait de parole. C'est un Espagnol, et un gentilhomme. Nous n'aurions plus à les garder, à les nourrir. Que faire d'eux quand nous évacuerons la place? Les entasser sur le *Renown*? Cent prisonniers à bord constitueraient une gêne énorme. Outre qu'ils boiraient chaque jour vingt gallons d'eau potable, il faudrait les garder, les surveiller.

Bush se rendait compte de tout cela, mais il lui déplaisait d'être pressé de prendre un parti. Et puis, il n'aimait pas voir Hornblower traiter comme évidentes des conclusions auxquelles lui-même ne pouvait arriver qu'après les avoir longuement mûries.

— A cela aussi, dit-il, il faut que je réfléchisse.

— Autre chose, Monsieur, à quoi le colonel s'est contenté de ne faire qu'une allusion. Sur ce point-là, il n'a fait aucune proposition précise, et j'ai cru préférable de ne pas le pousser.

— Qu'est-ce que c'est?

Hornblower garda un instant le silence, et Bush sut qu'il s'agissait de quelque chose d'un peu compliqué.

— C'est beaucoup plus important, Monsieur, que la question des prisonniers !

— Parlez ! Parlez !

— Eh bien ! peut-être serait-il possible de s'entendre sur les conditions d'une capitulation, d'une capitulation totale !

— Vous voulez dire...

— D'une reddition, de l'évacuation par les Espagnols de toute cette partie de l'île !

— Pas possible ! Vous êtes sûr ? Vous avez bien compris ?

La suggestion avait de quoi surprendre. L'esprit de Bush s'égarait le long des perspectives qu'elle ouvrait. L'événement serait d'importance internationale. La capitulation des Espagnols équivaudrait à une victoire remarquable ; elle donnerait lieu non à un paragraphe, mais à une page entière du *Journal officiel*. Et peut-être aussi à des récompenses, à des distinctions, à une promotion, qui sait ? Mais déjà l'imagination de Bush reculait, prise de panique, comme si le sentier qu'il avait suivi ouvrait tout à coup sur un précipice. Plus l'événement était important, plus attentivement on l'étudierait, et, donc, plus violentes seraient les critiques de ceux qui le désapprouveraient. La situation politique à Saint-Domingue était embrouillée, Bush le savait ; il n'avait jamais essayé de bien la comprendre, jamais essayé de l'analyser, mais il était vaguement informé que les intérêts français et espagnols dans l'île étaient opposés, et que la révolte des Noirs, aujourd'hui presque triomphante, menaçait les uns et les autres. Il savait même (plus vaguement encore) qu'il y avait au Parlement de Londres un mouvement en faveur de la libération des esclaves, que ce mouvement était en relation avec l'état de choses ici. Cette pensée que le Parlement, le Cabinet, le roi lui-même analyseraient ses rapports terrifiait le lieutenant Bush. Les récompenses auxquelles il avait pensé d'abord n'existaient pas, comparées aux dangers qu'il fallait courir. S'il avait engagé des négociations qui pouvaient gêner le gouvernement, c'est lui qu'on offrirait en holocauste. Pas un doigt ne se lèverait pour sauver un lieutenant pauvre et sans appui. Bush se rappelait l'air épouvanté de Buckland, le jour où la question avait été simplement effleurée ; à cet égard, les ordres secrets devaient être formels.

— Pas un mot ! dit-il. Pas un mot !

— Bien, Monsieur. S'il revient là-dessus, il faut refuser de l'entendre ? Ne pas écouter, c'est tout autre chose. Ne pas écouter n'est-ce pas se dérober au devoir ?

— ... Ce sont des choses qui regardent Buckland, dit Bush.

— Bien, Monsieur. Et moi, Monsieur, puis-je, moi, suggérer quelque chose ?

— Quoi ?

Bush ne savait s'il devait être content ou irrité d'entendre Hornblower insister ainsi, proposer de faire des suggestions. Ce qu'il savait, c'est qu'il doutait de sa propre capacité à négocier ; qu'il manquait de l'esprit de chicane et de la dissimulation nécessaires.

— Monsieur, dit Hornblower, supposé qu'on se mette d'accord sur les prisonniers, il y aurait aussi l'engagement à ne pas servir contre nous. On pourrait trouver que les termes sont discutables. Puis il faudra du temps pour transporter les prisonniers. Vous pourriez, par exemple, exiger qu'un seul canot puisse aborder à chaque fois ; une telle précaution serait normale. Tout cela donnerait au *Renown* le temps d'entrer plus avant dans la baie, d'y jeter l'ancre hors de portée de l'autre batterie. On en profiterait pour réparer les dégâts. Le contact serait établi entre nous et les Espagnols ; M. Buckland pourrait négocier lui-même...

— Il y a évidemment quelque chose dans cette idée ! dit Bush.

Un tel programme dégagerait sa propre responsabilité. Il était avantageux de faire traîner les choses en longueur jusqu'à ce que le *Renown* soit prêt à jeter son poids dans la balance.

— Donc, Monsieur, vous m'autorisez à négocier le retour des prisonniers sur parole ?

— Oui, dit Bush, prenant soudain un parti. Mais pas autre chose, vous m'entendez ? Pas un mot d'autre chose, si vous tenez à votre brevet !

— Bien, Monsieur. Et... la suspension des hostilités pendant le transfert ?

— Soit, dit Bush, comme à contrecœur. Soit! Cela aussi!

Ce point-là découlait d'ailleurs fatalement de l'autre. Il n'en prenait pas moins une allure suspecte, maintenant que Hornblower avait parlé de négociations ultérieures.

La journée s'écoulait. Une heure pleine passa encore à discuter les termes de la formule par laquelle les soldats capturés seraient libérés à la condition de ne pas reprendre les armes.

Il était deux heures après midi quand l'accord fut réalisé. Un peu plus tard, Bush, debout au portail du fort, vit les femmes sortir, portant leurs balluchons. Le canot ne pouvait les emmener toutes; deux voyages furent nécessaires avant que les hommes pussent commencer à embarquer, les blessés partant les premiers. A la grande satisfaction de Bush, le *Renown* parut enfin, ayant doublé la pointe. La brise de mer s'étant mise à souffler, le bâtiment glissait majestueusement dans les eaux mêmes de la baie.

De nouveau, Hornblower se présenta, si las qu'il avait peine à mettre un pied devant l'autre.

— Monsieur, le *Renown* ne sait rien de la suspension des hostilités. S'il voit une embarcation pleine de soldats espagnols traverser la baie, sûr qu'il va lui tirer dessus!

— Comment le lui faire savoir?

— J'en ai discuté avec Ortega, Monsieur. Il nous prêtera un canot, nous pourrons porter un message.

L'insomnie, l'épuisement avaient contribué à donner de l'humeur à Bush. Quand il se mit à la considérer l'esprit brouillé par la fatigue, cette dernière idée de Hornblower fut la goutte qui fit déborder le vase.

— Vous prenez trop de choses sur vous, monsieur Hornblower, dit-il. Que diable, c'est moi qui commande ici!

— Oui, Monsieur, dit Hornblower, au garde-à-vous, laissant Bush le dévisager, rassembler ses idées après cet accès de mauvaise humeur.

Pourtant, il n'y avait pas à nier; il fallait informer le *Renown*. Si le bâtiment se mettait à ouvrir le feu, il violerait les clauses de l'accord qu'on venait de conclure, et auquel Bush était partie prenante.

— Enfer et damnation ! s'écria Bush. Faites donc comme il vous plaira, à la fin ! Qui comptez-vous leur envoyer ?

— Monsieur, je pourrais y aller moi-même. Cela me permettrait de dire à M. Buckland tout ce qu'il est utile qu'il sache !

— Vous voulez dire concernant le... la... ?

Bush n'aimait pas même nommer par son nom le point dangereux.

— ... l'occasion qui s'offre d'étendre les négociations, Monsieur, risqua Hornblower, imperturbable. Il faudra bien que M. Buckland sache, tôt ou tard ! Et, pendant qu'Ortega est encore ici...

Les conséquences étaient bien assez évidentes, et la suggestion raisonnable.

— Très bien. Oui, je crois qu'il vaut mieux que vous y alliez. Mais retenez ce que je vous ai dit, monsieur Hornblower. Vous ferez nettement savoir que je n'ai autorisé aucune négociation sur... sur ce que vous avez en tête. Pas un mot de moi là-dessus ! Aucune responsabilité ! Vous m'entendez bien ?

— Oui, Monsieur.

XII

Trois officiers étaient assis dans ce qui avait été le bureau du commandant espagnol du fort Samana. En fait, vu que Bush commandait maintenant la place prise, c'était encore le bureau du commandant du fort. Dans un angle était le lit, entouré d'une moustiquaire ; Buckland, Bush et Hornblower occupaient des fauteuils de cuir. Une lampe au plafond répandait une odeur aigre et faisait luire la sueur sur les visages. Du moins, dans ce local clos, exigu, où il faisait encore plus chaud, plus étouffant qu'à bord du *Renown*, n'avait-on pas le sentiment obsédant de la présence d'un aliéné couché de l'autre côté de la cloison.

Hornblower avait la parole :

— Je suis certain, disait-il, que lorsque Villanueva a envoyé Ortega ici pour négocier le retour des prisonniers, il a dû lui enjoindre de tâter le terrain concernant l'évacuation de l'île.

— On ne peut en être tout à fait sûr, dit Buckland.

— Mettez-vous, Monsieur, à la place de cet Ortega. Eussiez-vous prononcé un mot, un seul, sur un thème d'une telle importance, sans y avoir été autorisé, invité, sans que l'on vous en eût donné l'ordre exprès ?

— Évidemment...

Nul de ceux qui connaissaient Buckland n'en pouvait douter. Même pour lui, l'argument était convaincant.

— Villanueva a dû penser à capituler dès qu'il a su que le fort était dans nos mains, que le *Renown* pouvait désormais venir jeter l'ancre dans la baie. Vous voyez, n'est-ce pas, Monsieur, qu'il doit en être ainsi ?

— Oui. Oui, c'est très probable.

Buckland semblait parler à contrecœur. Hornblower insista :

— S'il est disposé à négocier la capitulation, de deux choses l'une : ou bien c'est un poltron, ou bien il est sérieusement en danger!

— Ma foi...

— Peu importe, d'ailleurs, où est la vérité. Peu importe, pour le marchandage à débattre, que le danger soit réel ou imaginaire!

— Vous parlez comme un avocat! dit Buckland.

La logique le contraignait à prendre une décision grave, et il ne le désirait pas. Pour bien marquer sa résistance, il eut recours à l'un des termes les plus ignobles de son vocabulaire.

— Je regrette, dit Hornblower. Je n'entendais point manquer au respect que je vous dois. Je me laisse aller à parler. Mais il est évident que c'est à vous de décider où est votre devoir.

Le mot « devoir » provoqua chez Buckland un raidissement qui lui fit dire :

— D'après vous, que cache tout ceci?

La question pouvait être destinée à gagner du temps; du moins donnait-elle à Hornblower la permission de poursuivre :

— Il y a des mois, Monsieur, que Villanueva défend contre l'insurrection cette partie de l'île. Nous ignorons exactement de quel territoire il est maître, mais il est facile de deviner qu'il n'est pas bien grand. Peut-être ne tient-il guère plus que cette crête de montagnes, de l'autre côté de la baie. Les Espagnols doivent manquer de poudre, de plomb, de silex, de chaussures. Ils doivent manquer de tout!

— A en juger par les prisonniers que nous avons faits, dit Bush, c'est certain!

Il était difficile de préciser quels motifs avaient poussé Bush à intervenir; peut-être voulait-il seulement voir un peu plus clair en lui-même.

— Oui, dit Buckland. Peut-être.

Hornblower reprenait déjà :

— Maintenant, Monsieur, vous voilà à pied d'œuvre.

Villanueva est coupé de la mer. Il ignore combien de temps nous comptons séjourner ici, quels ordres vous avez donnés. Il ignore tout !

Bush se disait : « Hornblower ne le sait d'ailleurs pas davantage ! » Mais l'allusion parut troubler Buckland, qui bougea un peu sur sa chaise.

— Qu'importe ! dit-il.

— Monsieur, coupé de la mer, ses réserves fondent. Il sait que, si cela dure, il sera forcé de se rendre. Il doit préférer négocier pendant qu'il garde encore de quoi marchander, au lieu d'attendre la dernière minute et d'être contraint de capituler sans conditions.

— Oui, oui.

— Et puis, il préfère sûrement capituler devant des Anglais que devant des nègres !

— Évidemment ! dit Bush.

Tout le monde avait entendu parler des horreurs de la révolte des esclaves ; il y avait huit ans qu'elle mettait Saint-Domingue à feu et à sang.

Les trois hommes gardèrent un moment le silence.

— Alors, très bien ! finit par dire Buckland. Voyons ce que le bonhomme a dans le ventre !

— Dois-je vous l'amener ici, Monsieur ? Il y a longtemps qu'il attend ! Je lui ferai bander les yeux.

— Faites comme vous voulez ! dit Buckland avec un geste résigné.

Un examen plus attentif, quand le mouchoir eut été enlevé, révéla que le colonel Ortega était jeune, plus jeune, en tout cas, qu'il ne paraissait à distance. Grand, élancé, il portait avec une certaine affectation d'élégance un uniforme évidemment râpé. Un muscle de sa joue gauche se contractait à chaque instant. Buckland et Bush se levèrent pour les présentations.

— Le colonel Ortega dit qu'il ne parle pas l'anglais ! signala Hornblower.

Il n'avait insisté qu'un peu sur le mot « dit » ; mais cela suffisait comme avertissement.

— Eh bien ! demandez-lui ce qu'il veut ! dit Buckland.

La conversation en espagnol était cérémonieuse ; de toute évidence, les premiers propos n'étaient qu'une escrime prudente ; chaque interlocuteur devait chercher à souligner les points faibles de la situation de l'autre, et à dissimuler les siens. Pourtant, à un moment donné, Bush lui-même eut conscience que l'on sortait des échanges vagues pour aborder des propositions plus concrètes. Ortega se comportait comme l'homme qui daigne accorder une faveur ; l'Anglais comme celui qui ne s'aperçoit pas qu'une faveur lui est accordée. Enfin, Hornblower se tourna vers Buckland et, très vite, bredouillant exprès un peu :

— Il a tout prêts les termes d'une capitulation !

— Ah !

— Je vous en prie, Monsieur, ne lui laissez pas deviner ce que vous pensez. Il demande le libre passage pour la garnison : pour les soldats comme pour les civils. Et des passeports pour les bateaux, qui pourraient gagner une possession espagnole, c'est-à-dire Cuba ou Porto-Rico. En échange, il livrerait, intact, tout ce qui a un caractère militaire, la batterie de l'autre côté de la baie, les réserves, tout !

Buckland devait se faire violence pour ne pas révéler la satisfaction délirante qu'il éprouvait.

— Je ne lui ai rien dit, jusqu'ici, Monsieur, qui lui permette de deviner ce que nous pensons.

Mais Ortega observait le jeu de scène avec une grande attention. Il se remit à parler le premier, la tête haute, les épaules en arrière. L'accent était passionné ; seul un geste nuisit à la dignité de son attitude : un mouvement de la main, posée brusquement sur la poitrine, dont il accompagna un de ses propos, le geste de quelqu'un qui est sur le point de vomir.

Hornblower intervint :

— Il dit que, si nous refusons, il combattra jusqu'au dernier homme ; que l'on peut compter sur le soldat espagnol pour se battre jusqu'au bout plutôt que d'accepter le déshonneur. Il dit que nous ne pouvons leur faire rien de plus que ce que nous avons déjà fait, que nous sommes nous-mêmes à bout de ressources ; que, d'ailleurs, nous ne pouvons nous attarder dans l'île dans l'espoir de les affamer, car il règne ici une épidémie : la fièvre jaune, le *vomito negro* !

Les événements des derniers jours avaient été si précipités que Bush avait négligé de penser à la fièvre jaune. La seule mention du mot devait avoir trahi son inquiétude ; il se hâta de prendre un air indifférent. Un coup d'œil à Buckland lui apprit que son supérieur partageait ses craintes.

— Oui, je vois ! dit Buckland.

Quelle dégringolade ! La simple idée était déjà épouvantable. Si la fièvre jaune devait toucher le *Renown*, une semaine suffirait pour que la manœuvre des voiles devienne impossible.

Ortega reprit son discours passionné. Hornblower traduisit :

— Il dit que ses soldat ont passé ici leur vie entière, qu'ils sont donc moins exposés que les nôtres à la contagion ; que, d'ailleurs, beaucoup d'entre eux ont déjà eu la fièvre. Lui-même en aurait été atteint, à ce qu'il prétend.

Bush se souvint du geste d'Ortega, de la main ramenée brusquement sur la poitrine.

— ... Il dit encore que les Noirs nous tiennent pour des ennemis, à cause de ce qui est arrivé à la Dominique. Les Espagnols pourraient faire alliance avec eux, envoyer demain une armée ici, contre le fort. Je vous en prie, n'ayez pas l'air d'avoir l'air de le croire !

— Le diable l'emporte ! dit Buckland, exaspéré.

Bush se demandait ce qui était arrivé à la Dominique, car l'histoire, même contemporaine, n'était pas son fort.

Ortega parlait de nouveau :

— Il dit, Monsieur, que c'est son dernier mot, que sa proposition est honorable, qu'il n'en rabattra rien, pas un iota. Maintenant que vous avez entendu tout ce qu'il a à dire, vous pourriez, Monsieur, le renvoyer, lui dire que vous lui répondrez demain matin.

— D'accord.

Il y eut d'autres discours empreints d'une grande solennité. Les salamalecs d'Ortega étaient si courtois que Buckland et Bush furent contraints, bien à contrecœur, de rester debout et de s'efforcer d'y répondre. Enfin Hornblower noua le mouchoir sur les yeux du négociateur et l'emmena.

— Qu'en pensez-vous ? dit Buckland à Bush.

— Monsieur, je voudrais réfléchir !

Hornblower rentra qu'ils réfléchissaient encore. Il les dévisagea d'abord, avant de s'adresser à Buckland :

— Aurez-vous encore besoin de moi ce soir, Monsieur ?

— Oui, bon Dieu ! Je préfère que vous restiez. Vous en savez plus long que nous sur ces animaux-là ! Que pensez-vous de tout ceci ?

— Monsieur, Ortega a exposé des arguments que je trouve valables.

— Je suis du même avis, dit Buckland, apparemment soulagé.

— Ne pouvons-nous les faire languir un peu à notre tour ? dit Bush.

Incapable de rien suggérer lui-même, Bush était trop prudent pour se déclarer sur-le-champ d'accord avec les autres, surtout quand il s'agissait du marché offert par un étranger, et même d'un marché aussi tentant que celui-ci.

— Nous pourrions amener le *Renown* plus loin dans la baie, dit Buckland. Mais, vous l'avez vu hier, ce chenal est plein de pièges.

Oui, c'était la veille seulement que le *Renown* s'était échoué dans le chenal, et sous quel feu ! Buckland venait d'avoir une journée relativement calme ; parler des événements de la veille lui était moins pénible qu'aux deux autres.

— Nous sommes toujours sous le feu de l'autre batterie, bien que nous tenions celle-ci ! dit Buckland.

— On doit pouvoir lui échapper, dit Bush, en se tenant de ce côté.

— Et quand même nous passerions ! dit Buckland. Ils ont de nouveau remorqué leurs bateaux jusqu'au fond de la baie. Ces requins-là calent six pieds de moins que nous ! Si les Espagnols ont deux sous de bon sens, ils les allégeront encore, pour les tirer jusque sur les hauts-fonds. Nous aurions bonne mine si, après être entrés plus avant dans la baie, nous nous apercevions qu'ils sont hors de portée ! Il ne nous resterait qu'à sortir encore une fois sous le feu ! Voilà qui leur rendrait toute leur assurance. Ils ne seraient peut-être même plus d'accord aux conditions que le type vient de nous offrir !

A la pensée de rendre compte de deux rebuffades sans résultat, Buckland était plus qu'alarmé.

— Évidemment! Évidemment! dit Bush, un peu découragé.

— Si nous nous déclarons d'accord, dit Buckland, s'échauffant peu à peu, les Noirs s'empareront de cette extrémité de l'île. La baie, alors, ne pourra plus servir de repaire aux pirates, car les Noirs n'ont pas de bateaux. En auraient-ils qu'ils n'auraient pas de quoi les armer. Nous aurons donc exécuté nos ordres. N'est-ce pas votre avis, monsieur Hornblower?

Bush se tourna vers Hornblower. Il se rappelait son air fatigué du matin; le jeune lieutenant n'avait presque pas eu de repos durant la journée; ses traits étaient tirés, ses paupières rouges.

— Il y aurait encore un moyen de leur faire mettre les pouces, Monsieur, dit-il avec lenteur.

— Comment?

— Mener le *Renown* plus avant dans la baie me semble risqué. Mais, de la presqu'île, d'ici, nous pourrions très bien les atteindre, si vous vouliez, Monsieur, donner les ordres nécessaires.

— Pas possible! fit Bush.

— Quels ordres? dit Buckland.

— Monsieur, si l'on installait un canon sur la pointe haute de la presqu'île, l'autre bout de la baie serait sous notre feu. Pas besoin, cette fois, de boulets rouges! On aurait toute la journée devant soi pour les démolir, où qu'il leur plût d'aller mouiller!

— Ma parole, c'est vrai! dit Buckland.

Son visage s'était animé.

— ... Et... vous pourriez, demanda-t-il, monter un canon jusque-là?

— J'y ai pensé, Monsieur. Je crains que nous ne puissions pas; en tout cas, pas très vite. Un vingt-quatre livres pèse deux tonnes et demie. Affûts de garnison. Et pas de chevaux! Même avec cent hommes, on ne pourrait les déplacer, dans ces ravins, sur un parcours de quatre milles, et davantage.

— Alors à quoi bon en parler?

— Monsieur, au lieu de se servir d'une pièce d'ici, on

pourrait prendre, sur le *Renown*, un des longs neufs livres. Montée comme pièce de chasse, elle ferait tout aussi bien qu'une plus grosse. Ces canons-là portent presque aussi loin que les vingt-quatre livres !

— Mais comment le porter là-haut ?

Avant que Hornblower eût parlé, Bush eut une vision de ce que serait la réponse.

— On l'enverrait par la chaloupe, Monsieur, avec des palans et des câbles, près de l'endroit où nous avons débarqué hier. La falaise est raide, mais il y a des arbres, de gros arbres auxquels on pourrait attacher les câbles. Je crois que nous pourrions hisser le canon sans beaucoup de mal. Ces neuf livres ne pèsent qu'une tonne !

— Je sais ! Je sais ! fit Buckland.

Le ton, cette fois, était bref. Car, enfin, une chose était de faire une suggestion valable, autre chose de rappeler à un officier de carrière ce qu'il connaissait parfaitement.

— Un neuf livres une fois amené là-haut sur la falaise, il ne serait pas difficile de lui faire traverser la langue de terre jusqu'à ce que nous ayons le fond de la baie sous notre feu. Pas de ravin à traverser. Il n'y aurait qu'à grimper un peu sur la colline. Un demi-mille, pas trop raide, et ce serait fait !

— Et ensuite ? Qu'est-ce que vous pensez qu'il arriverait ?

— Monsieur, ces goélettes-là ne sont pas faites pour encaisser des coups. Après douze heures d'un feu soutenu, il n'en resterait que des épaves. Peut-être même en moins de temps que ça ! Nous pourrions même chauffer les boulets, si nous voulions, mais je pense que ce ne serait pas nécessaire, qu'il suffirait d'ouvrir le feu. Les Espagnols ne s'exposeront pas à perdre ces bateaux. Ortega s'est vanté de pouvoir faire alliance avec les Noirs. Il bluffait ! Tout le monde sait bien que, si on leur en donne l'occasion, les Noirs couperont tout ce qu'ils pourront, n'importe quelles gorges blanches ! Et je ne leur donne pas tort. Je m'excuse, Monsieur, de dire ça !

— Ah ?

— Ces bateaux sont le seul moyen que les Espagnols ont de fuir. S'ils voient qu'ils sont sur le point de les perdre, ils auront peur. Car, pour eux, il n'y aurait plus qu'une alternative : se rendre aux Noirs, ou se faire tuer jusqu'au dernier. Jusqu'au dernier homme, et même jusqu'à la dernière femme ! Ils préféreront se rendre à nous !

— C'est certain ! fit Bush.

— Vous croyez qu'ils caneront ?

— Sûrement, Monsieur. Enfin je veux dire : je le crois. Vous pourriez alors exiger la reddition inconditionnelle des hommes armés.

Bush intervint encore :

— C'est ce que nous disions ! Ils préféreront se rendre à nous plutôt qu'aux Noirs, s'ils y sont forcés !

— Vous pourriez peut-être faire quelques concessions à leur orgueil, reprit Hornblower. Par exemple, consentir à ce que les femmes soient transférées à Cuba, à Porto-Rico, s'ils le désirent. Cette concession-là ou une autre peu importante. Et les goélettes seraient notre prise !

— Des prises ! Par saint Georges ! dit Buckland.

Des prises signifiaient des parts de prises ; commandant, Buckland recevrait la part du lion. Peut-être même l'argent était-il ce qui comptait le moins, car des prises remorquées triomphalement dans un port étaient bien plus spectaculaires que des bateaux coulés loin des yeux des autorités. Enfin, une reddition inconditionnelle vous avait un caractère définitif ; c'était la preuve que la victoire remportée ne pouvait être plus complète.

— Qu'en dites-vous, monsieur Bush ? demanda Buckland.

— Je crois, Monsieur, que la chose vaut d'être tentée.

Bush était maintenant devenu fataliste pour tout ce que suggérait Hornblower. L'irritation qu'il avait éprouvée devant l'activité, l'ingéniosité de son subordonné avait disparu, à force d'excès. Il y avait aujourd'hui dans son attitude à l'égard du jeune lieutenant quelque chose qui ressemblait à de la résignation, peut-être aussi à de l'admiration.

Au fond, Bush avait l'âme généreuse ; le mobile, chez lui, n'était jamais sordide. L'adresse avec laquelle Hornblower avait traité son supérieur n'avait pas été perdue pour un homme dépourvu, et donc envieux, du tact qui avait été nécessaire. Sa bonne foi convenait sans détour que, bien qu'il eût regimbé devant la perspective de céder aux conditions d'Ortega, il n'avait pas été capable d'imaginer le moyen de les modifier; Hornblower, lui, l'avait trouvé. Bush, donc, reconnaissait en Hornblower un second très brillant, alors que lui-même ne faisait même pas semblant de briller. Il en avait pris son parti. Abandonnant son habituelle prudence, il s'engagea à fond :

— Je pense, dit-il, que M. Hornblower mérite toute notre confiance!

— Bien sûr! dit Buckland.

Mais l'accent de légère surprise semblait montrer qu'il ne le croyait pas vraiment. Il changea de sujet :

— ... Nous ferons tout cela demain, dit-il. Quand les hommes auront déjeuné, donc, vers midi, je ferai mettre à l'eau les deux chaloupes. Monsieur Hornblower désire-t-il quelque chose?

— Monsieur...

— Parlez!

— Ortega revient demain matin, pour connaître nos intentions. Il se lèvera dès l'aurore et, après un entretien avec Villanueva, se fera conduire ici. Il pourrait être là à huit heures. Ou bien un peu après!

— A quoi voulez-vous en venir?

— Si le hasard voulait qu'Ortega arrivât ici à six heures, si je pouvais lui dire que vous repoussez ses conditions; mieux encore, si nous pouvions lui montrer notre canon déjà en place et lui dire que nous ouvrirons le feu dans une heure si Villanueva ne se rend pas sans conditions, ne pensez-vous pas qu'il serait très impressionné?

— C'est certain, Monsieur, dit Bush.

— Sinon, notre position sera moins facile. Ou vous devrez chercher à gagner du temps pendant que nous mettrons notre canon en place, ou bien vous devrez user de menaces, lui dire : « Si vous n'êtes pas d'accord, nous allons hisser un canon là-haut! » Dans l'un ou l'autre cas, vous lui donnez le temps d'imaginer un moyen d'en sortir. En outre, le temps peut se gâter. Qu'une tempête se lève... Tandis que, si Ortega voit de ses yeux que nous n'accepterons aucune dérobade...

— Oui, dit Bush, c'est comme ça qu'il faut les traiter !

— Mais, dit Buckland, si nous commencions demain dès l'aurore ?

Puis, se rendant compte de l'alternative devant laquelle il était placé :

— ... Vous voulez dire que l'on pourrait s'y mettre tout de suite ?

— Monsieur, nous avons la nuit devant nous ! Vous pourriez faire affaler les chaloupes, descendre le canon dans l'une d'elles, faire préparer les élingues, les câbles, une espèce de berceau pour la pièce, désigner les hommes qui seront de l'affaire...

— Et commencer demain dès l'aube ?

— A l'aube, les canots pourraient même avoir déjà doublé la presqu'île, y attendre le jour. On pourrait avoir déjà envoyé ici des hommes et cent brasses de câble ; ils commenceraient à grimper avant le jour...

— Oui, dit Bush.

Il ne voyait aucune impossibilité à résoudre les problèmes de matelotage qu'entraînait le hissage d'un canon jusqu'au sommet d'une falaise.

— C'est que déjà nous manquons de bras, à bord ! dit Buckland. Je vais devoir faire monter les deux bordées !

— Ça ne leur fera pas de mal ! dit Bush.

Il y avait deux nuits qu'il n'avait pas dormi et il en voyait venir une troisième.

— Qui envoyer ? Il me faut un officier responsable, et qui soit bon marin.

— Monsieur, j'irai si vous voulez ! dit Hornblower.

— Non, j'ai besoin de vous pour traiter avec Ortega. D'autre part, si j'envoie Smith, je n'ai plus de lieutenant à bord !

— Vous pourriez peut-être m'envoyer, moi ! dit Bush. C'est-à-dire, si vous laissez M. Hornblower commander ici ?

Buckland toussa :

— Ma foi, dit-il, je ne vois pas autre chose à faire ! Puis-je me fier à vous, monsieur Hornblower ?

— Monsieur, je ferai mon possible.

— Je pourrais retourner à bord avec vous, Monsieur, dit Bush. Comme cela, pas de temps perdu!

Le fait de pousser ainsi à agir un officier plus ancien que lui était chose neuve pour Bush; mais il ne s'y prenait pas mal. Ce qui peut-être facilitait la chose, c'est que Buckland, Hornblower et lui-même avaient, tout récemment, conspiré ensemble. Ayant admis une fois que des officiers plus jeunes que lui puissent donner leur avis, même des conseils, récidiver devenait plus facile.

— Oui, cela vaudrait mieux! dit-il.

Bush s'étant levé sur-le-champ, Buckland ne put s'empêcher de se lever aussi. Hornblower était visiblement dans un état de fatigue extrême.

— Monsieur Hornblower, lui dit Bush, je vous conseille d'aller dormir un peu! Vous en avez besoin!

— Je relève Whiting à minuit, Monsieur, dit Hornblower, et il faut que je fasse ma ronde!

— Il reste deux heures avant minuit. Allez vous coucher jusque-là. Que Whiting vienne de nouveau vous relever au quart suivant!

— Bien, Monsieur.

A la seule pensée de s'abandonner à un sommeil après lequel il languissait depuis des heures, Hornblower chancelait de fatigue.

— Vous pourriez lui en donner l'ordre, Monsieur, dit Bush à Buckland.

— Quoi? Ah oui! Allez vous reposer, monsieur Hornblower, pendant que c'est possible!

Emboîtant le pas à Buckland, Bush se mit à descendre le sentier raide qui menait à l'embarcadère. Dans la chambre du canot, il s'assit près de son capitaine.

— Je n'arrive pas à comprendre ce Hornblower, dit Buckland, l'air bourru, tandis qu'ils regagnaient le *Renown* à l'ancre.

— C'est un bon officier, Monsieur, répondit Bush.

Mais déjà Bush avait l'esprit ailleurs. Il cherchait comment résoudre le problème qui consistait à hisser la tonne de fer d'un neuf livres long en haut d'une falaise; il songeait à l'équipement nécessaire, aux ordres qu'il faudrait donner. Deux ancres lourdes, et pas seulement des grappins, car il fallait ancrer très solidement la bouée. Les bancs de la chaloupe, on ferait bien de les étançonner pour porter le poids du canon... Une sorte de petit pont roulant... des élingues pour le hissage... Suspendre la pièce par son cul-de-lampe et ses tourillons serait le plus sûr...

Bush n'était pas de ces cérébraux qui prennent plaisir à des exercices de théorie. Faire un plan de campagne ; se mettre à la place de l'ennemi, penser selon une mentalité étrangère, imaginer des expédients, tout cela dépassait ses capacités. Mais, pour traiter un problème concret, défini, une question de cordages, de palans, d'efforts de rupture, un problème de pur matelotage, pour tout cela, il avait derrière lui l'expérience d'une vie de marin, doublée d'un penchant naturel que l'expérience n'avait fait que nourrir et développer.

XIII

— Tirez ! dit Bush. Tirez fort !

Debout au bord de la falaise, il regardait, à ses pieds, la chaloupe mouillée et amarrée à la bouée, une ancre à l'arrière pour l'appuyer. Lignes noires sur le bleu de l'Atlantique, deux cordages descendaient, au-dessus de sa tête, et flottaient, presque verticaux, jusqu'à la bouée. Un poète eût trouvé de la beauté, ou du tragique, au spectacle de ces fils d'araignée pendus en l'air ; Bush ne voyait qu'une paire de câbles, et tout en bas, dans la chaloupe, le petit drapeau blanc lui signalant que tout était prêt, qu'on pouvait commencer le hissage.

— Tirez !

Les poulies craquèrent ; les câbles se raidirent.

— Allez-y joliment !

Ce travail-ci était trop important pour être confié à l'aspirant James, debout derrière lui :

— Hissez ! Joliment ! Joliment !

Le craquement des poulies prit une voix nouvelle, les câbles se déformèrent. Le poids du canon commençait à porter ; le vingt-quatre livres se dégageait du berceau installé sur les bancs ; puis le berceau lui-même se déforma, se tendit, devint anguleux, géométrique. La lunette collée à l'œil, Bush vit le canon bouger, glisser, et, lentement (c'est cela qu'il avait voulu dire par « joliment »), commencer à se lever, à se dresser, à se balancer et, enfin, à se détacher de la chaloupe, suspendu aux élingues, comme Bush l'avait voulu, c'est-à-dire par son cul-de-lampe et par ses tourillons. Il paraissait solidement accroché. C'était important ; car, si les élingues venaient à glisser, ou à se rompre, le canon traverserait le fond de l'embarcation.

Un cordage fixé autour de la bouche l'empêchait de trop se balancer.

— Hissez !

Le moufle commença à faire monter le câble. Nouvel instant critique ; l'effort allait agir transversalement. Mais tout tint bon.

— Hissez ! Joliment !

Le canon se souleva et, par-delà l'arrière de la chaloupe, s'inclina, piqua du nez, la bouche touchant presque l'eau. Puis, le hissage ayant repris et se poursuivant sans arrêt, il se leva encore, décolla tout à fait, se mit à monter. Les réas gémissaient. Le soleil éclairait la scène de ses rayons horizontaux, allongeant, sur le sol inégal du plateau, les ombres des hommes et des arbres.

Le canon atteignit le bord de la falaise.

— Doucement, là-bas ! dit Bush. Amarrez ! Attirez-moi le berceau par ici ! Encore ! D'un pied ou deux ! Maintenant, affalez ! Tout doux ! Plus bas ! Bon, ça va ! Larguez-moi ces câbles !

La pièce était là, huit pieds de bronze couchés sur le berceau disposé pour les recevoir. Le berceau consistait en un solide filet de cordages d'où partaient, fortement liés au centre, une vingtaine de filins distincts, peut-être davantage, qui, pour l'instant, traînaient par terre.

— Nous allons l'emmener ! dit Bush. Que chacun s'empare d'un cordage !

Les trente vestes rouges que Hornblower avait envoyées du fort se rangèrent autour du berceau. Leurs sous-officiers les placèrent ; Bush s'assura que le compte y était.

Il était préférable de perdre un peu de temps, au départ, pour s'assurer que la charge était équilibrée, plutôt que de voir la pièce glisser ; la remettre en place serait laborieux.

— Attention ! Tous ensemble ! Au commandement ! Levez !

Le canon se leva, balancé à trente centimètres du sol. On se mit en route.

— Laissez, sergent !

Le sergent voulait faire marquer le pas ; mais, sur ce sol irrégulier, où chaque homme portait quatre-vingts livres, mieux valait laisser les porteurs trouver eux-mêmes leur cadence.

— Halte ! Déposez !

On n'avait parcouru que vingt mètres, mais les soldats n'étaient pas des machines ; il fallait ménager leurs forces. D'ailleurs, pendant qu'ils franchiraient le demi-mille qui séparait encore le canon de la crête, les matelots pourraient décharger les chaloupes ; on hisserait les approvisionnements. Au regard de la pièce elle-même, le reste n'était rien ; le chariot, une plume ; les filets, qui contenaient chacun vingt boulets de neuf livres, étaient d'une manœuvre facile ; et de même les écouvillons, les éponges, les tire-bourres (deux de chaque sorte, en cas d'accident), les bourres et leurs charges de poudre : deux livres et demie par coup. Elles semblaient même minuscules, comparées aux charges de huit livres dont Bush avait pris l'habitude au pont inférieur. Les poutres destinées à l'établissement de la plate-forme sur laquelle le canon serait manœuvré monteraient les dernières. Il semblait bizarre de s'encombrer de tout cela, mais c'était nécessaire ; une poutre sur les épaules de quatre porteurs pouvait d'ailleurs gravir assez rapidement la côte, et même dépasser les malheureux soldats qui, sans arrêt, soulevaient le canon, le portaient, le posaient, le soulevaient encore, ruisselants de sueur.

Bush regagna le bord de la falaise pour aller, avec James, surveiller le débarquement : mèches et garde-feu, amorces, douilles, barils d'eau ; anspects, marteaux et clous ; tout ce qui était nécessaire. Non seulement sa réputation professionnelle, mais sa dignité personnelle dépendaient de ce que rien ne manquât. Il agita son drapeau ; les chaloupes répondirent. La seconde largua son amarre, leva l'ancre et partit avec sa conserve pour aller redoubler la pointe Samana, rallier le *Renown*. Le bâtiment devait être terriblement à court de main-d'œuvre en leur absence.

Depuis les arbres auxquels il était attaché, par-dessus la tête de Bush, le cordage flottait jusqu'à la bouée, abandonnée maintenant, en attendant que l'on eût encore besoin d'elle. Bush était libre à présent de monter sur la crête, de se préparer à l'action. Un coup d'œil au soleil lui apprit qu'il n'y avait que trois heures qu'il faisait jour.

Ayant organisé le cortège des derniers porteurs, il repartit vers le sommet. Quand il l'eut atteint, la baie se déploya tout entière à ses pieds. Portant sa lunette à l'œil, il vit les trois bateaux encore mouillés, à portée de canon. Vers la gauche, c'est à peine s'il pouvait repérer, très loin, les deux taches des pavillons qui flottaient sur le fort. Un repli de terrain lui masquait le corps des bâtiments. Il ferma sa lunette, chercha un emplacement bien de niveau pour la plate-forme. Les porteurs de charges légères arrivaient. On cloua les solives sur les madriers. A peine les marteaux eurent-ils cessé leur vacarme qu'une demi-douzaine de gaillards solides hissèrent le chariot du canon sur la plate-forme sommaire et amarrèrent les palans, s'assurant que les roues tournaient facilement, avant de les caler. Enfin, les soldats parurent, suants et chancelants, portant la lourde pièce. L'instant était venu d'exécuter la manœuvre la plus difficile. Bush répartit les plus robustes autour des cordages porteurs, mit de chaque côté de la pièce un sous-officier sûr, chargé de veiller à ce que l'équilibre restât constamment maintenu, puis donna l'ordre :

— Levez ! Portez !

Le canon se trouva posé sur la plate-forme, tout près de son affût :

— Levez ! Levez ! Plus haut ! Encore ! Levez, les gars !

On entendait des grognements, des soupirs, des halètements.

— Tenez-le bien ! En arrière à tribord ! Bâbord, suivez ! Levez ! Bon ! Faites virer l'avant ! Halte !

Encore dans son berceau, le canon restait suspendu ; Bush s'assurait qu'il était dans l'axe du chariot.

— Reculez ! Venez sur moi ! Halte ! Plus bas ! Joliment, bon Dieu ! Joliment ! Halte ! De l'avant un peu ! Bon ! Maintenant, laissez descendre !

Le canon se posa, ses tourillons pas tout à fait logés à leur place, sa culasse pas encore exactement sur l'affût.

— Berry ! Chapman ! Tenez-le ! Des anspects ici, sous les tourillons ! Laissez venir !

Un choc, déplaisant à l'oreille, et la tonne de métal se posa, les tourillons dans leurs trous, la culasse calée sur l'affût. Les hommes se mirent à défaire les nœuds qui libéreraient le berceau porteur.

Berry, le canonnier en second, avait déjà rabattu les chapeaux sur les tourillons. Le canon était désormais un canon, une arme, non plus un lingot inerte. On entassa les boulets au bord de la plate-forme.

— Les charges par ici ! Là ! Derrière ! disait Bush, montrant l'endroit où il voulait qu'on les posât.

Rien chez Bush n'eût permis que des explosifs non protégés fussent mis plus près d'un canon qu'il n'était nécessaire. Agenouillé sur la plate-forme, Berry, penché par-dessus le briquet, cherchait à obtenir l'étincelle pour l'amadou du garde-feu.

Bush transpirait, s'essuyait le cou, le visage ; bien qu'il n'eût pas pris physiquement part au transport et au hissage, il en avait partagé les difficultés. Il regarda de nouveau le soleil. Le moment n'était pas venu de se reposer sur ses lauriers.

— Les servants à vos postes ! Chargez ! Pointez !

Il mit un fil à sa lunette.

— Visez la goélette ! Visez bien !

Les affûts crièrent sous la poussée des anspects ; le canon pivotait.

— Pointé, Monsieur ! dit le chef de pièce.

— Alors tirez !

La détonation claqua, brève, dure, plus aiguë que le rugissement des gros vingt-quatre livres. Elle dut retentir à tous les échos de la baie. Même si ce coup-là n'avait pas porté, les bateaux savaient maintenant que le coup suivant, ou l'autre après, leur serait destiné. Leurs lunettes braquées sur la falaise, ils devaient voir la fumée de la poudre se dissiper ; ils savaient leur perte certaine, fatale, prochaine. Là-bas, sur le rivage au sud, Villanueva serait alerté. Il saurait que toute retraite était coupée pour les hommes placés sous ses ordres, pour les femmes qu'il était chargé de protéger.

Bush n'avait malheureusement pu voir où le boulet était tombé.

— Chargez ! Tirez ! Visez bien !

Bush avait tourné sa lunette vers les drapeaux du fort. Un cri du chef de pièce l'avertit que l'on était prêt. Quand la déflagration déchira le silence, Bush crut voir en l'air la parabole noire de la trajectoire du boulet. Il cria :

— Trop loin ! Rentrez un peu les cales ! Réduisez la hausse ! Bon ! Allez-y ! Tirez !

Il se remit à observer les deux pavillons sur le fort : tout à coup, il les vit descendre, disparaître, puis se relever lentement, flotter un instant en tête de mât, redescendre encore. La fois suivante, ils restèrent hissés. C'était le signal convenu : haler bas deux fois les couleurs signifiait que le fort avait entendu le canon, que tout allait bien. Bush avait maintenant à tirer dix coups, à cadence lente. Observant attentivement le but, il crut être à peu près certain que la goélette avait été touchée. Ces boulets de neuf livres devaient fracasser la superstructure, projeter des averses d'éclats.

Au huitième coup, il y eut, en l'air, à deux mètres de la tête de Bush, un cri qui lui fit l'effet d'un avertissement funèbre, une sorte de miaulement qui, brusquement, mourut derrière lui.

— Que diable est-ce là ? dit-il.

— Monsieur, c'est la lumière ! La pièce est débouchée !

— Cré bon sang de bonsoir !...

Bush lâcha une bordée de jurons. Était-ce là ce qui allait être l'aboutissement de jours et de nuits d'efforts, de travail ? La déception serait terrible. Le succès presque à leur portée allait-il leur échapper ?

Ayant bien juré tout son saoul, Bush se ressaisit ; il n'était pas bon que les hommes comprissent à quel point leur chef était désappointé. Il fit quelques pas pour se rendre compte.

Le dommage était évident. La lumière, dans la culasse, avait toujours été le point faible des canons, et surtout des canons en bronze. A chaque coup, une partie de la déflagration s'échappait par là. La poussée des gaz chauds, la projection des grains de poudre non brûlés érodaient les bords de la lumière, l'élargissaient de plus en plus jusqu'à ce que la perte de puissance fût assez grande pour réduire sérieusement l'efficacité du tir. Alors la pièce avait besoin d'être rebouchée. Il fallait introduire à force, dans la lumière, par l'intérieur du tube et la pointe en avant, une douille effilée, percée d'un trou dans sa longueur, et munie d'un bourrelet à la base. Le trou dans la douille servait de nouvelle lumière et les explosions successives enfonçaient peu à peu le bouchon, le mettaient en place, jusqu'à ce que la douille elle-même commençât à s'éroder à son tour, à s'amincir, et que le bourrelet se trouvât rogné, puis détruit. A la fin, la douille était arrachée et projetée au loin. C'est ce qui venait d'arriver.

Bush regardait. Le trou dans la culasse avait presque un pouce de large. Si on tirait, la pièce étant dans cet état, une partie de la charge passerait par là, la portée serait réduite au moins de moitié, et chacun des coups qui suivraient élargirait le trou davantage.

— Avez-vous une douille neuve ? dit-il.

— Monsieur, je ne sais pas. Je vais voir.

Berry se mit à visiter ses poches, fourrageant dans leur contenu, par instant regardant le ciel, d'un air absent, tandis que Bush fumait d'impatience. Enfin, il dit :

— Oui, Monsieur. J'en ai une !

Alors que tout espoir semblait perdu, il exhiba la pointe en fer qui signifiait tant de choses.

— Vous avez de la chance ! dit Bush, l'air sinistre. Ajustez-la ! Dépêchez-vous ! Pas un instant à perdre !

— Oui, bien, Monsieur. Mais va falloir que je la lime ! Et puis que je la mette en place !

— Mettez-vous-y, et taisez-vous ! Monsieur James !

— Monsieur ?

Bush s'était écarté, afin d'être hors de portée de voix.

— Courez jusqu'au fort ! Allez dire à M. Hornblower que le canon est débouché, qu'il faut une heure avant que nous puissions tirer de nouveau ! Dites que, quand le canon sera prêt, je tirerai trois coups. Qu'il fasse l'aperçu, comme il a déjà fait.

— Bien, Monsieur.

Puis, au dernier moment, Bush eut une idée :

— Surtout, parlez de façon qu'on ne puisse pas vous

entendre. Si vous avez pitié de votre derrière, faites que l'Espagnol, je ne sais plus son nom, ignore ce qui nous arrive ! Courez !

— Bien, bien, Monsieur !

La course serait longue et chaude. Bush regarda James s'éloigner, puis revint au canon. Berry avait pris dans sa trousse une lime et, assis sur l'entretoise de la pièce, travaillait à modeler la douille. Bush s'assit aussi, l'irritation que lui causait l'accident un peu apaisée par la satisfaction qu'il éprouvait de s'être rappelé qu'il fallait empêcher Ortega d'apprendre ce qui devait rester secret. Les hommes bavardaient, s'étaient mis à plaisanter, commençaient à se faire des farces. Quelques instants de plus, ils s'égailleraient par la presqu'île.

Bush leva la tête et hurla :

— Silence là-bas ! Sergent !

— Monsieur ?

— Postez-moi quatre sentinelles ! Donnez à chacune un secteur sur quatre côtés. Et que personne ne franchisse ces lignes, sous aucun prétexte !

— Bien, Monsieur.

— Aux autres, dites-leur de s'asseoir. Vous, les servants, mettez-vous là et ne bavassez pas comme des jean-foutre de Portugais !

Le soleil était chaud, le grincement de la lime de Berry donnait envie de dormir. A peine Bush eut-il cessé de parler que, la fatigue et le manque de sommeil réclamant leur dû, ses yeux se fermèrent, sa tête tomba sur sa poitrine. Il dormit. Mais, l'instant d'après, ouvrant sur l'univers un œil égaré, il se ressaisit juste à temps pour ne pas tomber à la renverse. Il eût donné n'importe quoi, dans ce monde ou dans l'autre, pour pouvoir s'allonger et s'abandonner au sommeil. Cependant il était ici le seul officier ; un incident pouvait se produire. Il se redressa ; mais, même redressé, le sommeil risquait d'être vainqueur. Il se remit debout, ignorant les protestations de ses genoux, arpenta le bord de la plate-forme, de long en large, dans le soleil. La sueur lui coulait de partout ; un instant réveillés, les servants se replongeaient dans un sommeil que l'officier leur enviait, vautrés par terre comme des porcs, dans toutes les positions imaginables.

La lime de Berry allait toujours son train. Les minutes passaient; le soleil montait toujours. A un moment donné, Berry s'interrompit pour essayer sa douille; puis il se remit à limer. Un peu plus tard, il s'arrêta encore; c'était pour nettoyer sa lime. Chaque fois, Bush le regardait et, déçu, se remettait à penser combien il avait besoin de dormir.

Enfin, Berry parut satisfait de son œuvre :

— Je crois qu'elle est bonne, maintenant, dit-il.

— Alors, bon Dieu, ajustez-la! dit Bush. Hep! les servants, levez-vous! Et que ça saute!

Lui-même, à coups de pied, réveillait les plus engourdis. Berry avait tiré de sa poche un bout de ficelle. Avec une lenteur agaçante, il fit à l'un des bouts un nœud coulant qu'il laissa descendre dans le canon par la lumière ouverte. Puis, prenant le crochet qui servait à retirer les disques, et s'accroupissant, il l'enfonça, essayant d'accrocher la ficelle. Il faisait tourner le crochet, le retirait, voyait qu'il avait raté son affaire, recommençait. Enfin, il accrocha le nœud coulant, la ficelle entra dans le trou; et, lorsque le crochet sortit, le nœud y était suspendu.

Toujours avec la même lenteur, Berry défit le nœud coulant, fit entrer la ficelle dans la douille, y mit une cheville qu'il avait tirée de sa poche, laissa tomber le tout dans la gueule et, par la culasse, tira la ficelle à lui. Le bouchon finit par occuper le trou, par s'ajuster dans la lumière. Mais, même alors, ce ne fut qu'après des minutes passées à tâtonner que Berry réussit à placer la douille à sa pleine satisfaction. Il fit signe au chef de pièce de la tenir par la ficelle et de l'empêcher de bouger. Alors, prenant le refouloir, il l'introduisit dans la gueule, tâtonnant d'abord avec une prudence extrême; appuya sur le manche quand il sentit qu'il était à sa place. Sur un geste qu'il fit, un matelot apporta un marteau et se mit à taper sur le manche. A chaque coup, la douille pénétrait un peu plus avant, soulevée chaque fois de quelques millimètres. Enfin, elle se trouva coincée.

— Fini? demanda Bush, Berry ayant fait signe au matelot de s'éloigner.

— Pas encore tout à fait, Monsieur!

Il retira le refouloir et, de nouveau, tournant autour de la culasse, alla regarder le bouchon, penchant la tête d'un côté, de l'autre, l'air d'un terrier devant un trou de rat. Bien qu'apparemment satisfait, il n'en alla pas moins encore une fois jusqu'à la gueule, retira le crochet.

Il y avait de quoi devenir enragé. Pour calmer son impatience, Bush promenait ses regards sur l'horizon; là-bas, vers l'endroit où se trouvait le fort, une silhouette minuscule paraissait bouger, accourir vers eux. Il colla sa lunette à l'œil. La silhouette était celle d'un homme en pantalon blanc, qui, tour à tour, marchait et courait, agitant par instant les bras, comme pour attirer l'attention. Il se pouvait que ce fût Wellard; Bush était même presque certain que c'était lui.

Entre-temps, Berry avait rattrapé la ficelle avec le crochet, de nouveau l'avait retirée. D'un coup de son couteau, il libéra la cheville; puis, encore une fois, comme s'il avait tout le temps, retourna jusqu'à la culasse et tranquillement se mit à pelotonner sa ficelle.

— Deux coups avec le tiers d'une charge normale devraient aller, Monsieur, annonça-t-il. Ça nous tassera le bouchon!

— On pourrait même attendre encore, dit Bush avec un sourire moqueur.

Tout le monde, maintenant, pouvait voir que c'était Wellard qui accourait, butant sur les irrégularités du terrain. Hors d'haleine, il atteignit enfin le canon :

— Monsieur... je...

Bush allait le réprimander pour la façon irrespectueuse dont il se présentait, mais Wellard tira sur sa veste pour la rectifier, redressa son chapeau, fit un pas en avant, avec autant de raideur, de respect, que son essoufflement permettait. Enfin, la main au bord du chapeau :

— Monsieur, dit-il, M. Hornblower vous présente ses respects.

— Et puis, monsieur Wellard?

— S'il vous plaît, Monsieur, voulez-vous... ne pas... rouvrir le feu?

Wellard haletait. La sueur qui le faisait ciller ne l'empêchait pas de se tenir au garde-à-vous.

— Et pourquoi, je vous prie, monsieur Wellard?

Même Bush pouvait deviner la réponse.

— Les Espagnols, Monsieur... acceptent de capituler!

— Et les bateaux?

— Ils seront nos prises, Monsieur!

— Hourra! cria Berry, levant les bras en l'air.

Cinq cents livres sterling pour Buckland ne feraient, pour Berry, que cinq shillings; mais une part de prise était une chose qui méritait un hourra. Dans tous les cas, c'était un encouragement. Et il n'y avait pas à dire : ceci était une vraie victoire : un nid de corsaires détruit, un régiment espagnol capturé, la sécurité pour les convois qui, à l'avenir, traverseraient le canal de Mona. Le montage du canon avait suffi pour rendre aux Espagnols le sentiment de la réalité.

— Très bien, monsieur Wellard, merci! dit Bush.

Wellard put faire trois pas en arrière, essuyer la sueur sur ses yeux. Bush ne se demandait qu'une chose : quelle clause des conditions de la reddition serait de nature à le priver de sa prochaine nuit de repos.

XIV

Sa lunette braquée sur le fort, Bush se tenait près de Buckland, sur le gaillard du *Renown*.

— Monsieur, dit-il, les hommes embarquent !

Puis, un moment après :

— ... Le canot quitte l'embarcadère !

Le *Renown* s'évitait sur son ancre, à l'ouvert de la baie de Samana. Ses trois prises mouillées à peu de distance, leurs voiles prêtes à être déployées quand le *Renown* donnerait le signal. Les quatre bâtiments étaient chargés de prisonniers espagnols.

— Le canot est en route ! dit Bush. Je me demande... Oh !

Une explosion, au loin, souleva un nuage. Le fort sautait, faisant jaillir un haut champignon de fumée, au sein duquel des débris retombaient. L'instant d'après, la détonation parvint à leurs oreilles. Allumées par une mèche lente laissée par le piquet de démolition, deux tonnes de poudre avaient fait leur œuvre. Remparts, bastions, la tour, la plate-forme, tout n'était qu'un amas de ruines.

Au pied de la pente raide qui descendait jusqu'à l'eau, la jumelle révélait des canons couchés, leurs tourillons brisés, leurs embouchures fendues ; les lumières devaient avoir été exprès enclouées. Quand les assaillants réoccuperaient la place, ils n'auraient aucun moyen de reconstituer la défense, car, de l'autre côté de la baie, l'autre batterie avait déjà sauté.

— Il me semble, Monsieur, que les dégâts sont complets ! dit Bush.

— Oui, fit Buckland, observant les ruines qui commençaient à apparaître, à travers la poussière et la fumée. Sitôt le canot hissé, nous allons pouvoir faire route.

— Bien, Monsieur.

Le canot remis sur ses chantiers, les hommes s'attelèrent au cabestan, déhalèrent le navire sur son ancre ; puis, l'ancre haute et claire, les voiles furent larguées. Sous l'effet du hunier contre-brassé, le *Renown* cula légèrement ; la barre toute d'un bord et les hommes aux écoutes du foc, il évita. Les huniers prirent le vent, tandis que le timonier se hâtait de renverser.

Le *Renown* était maintenant bien en main, avançant doucement dans l'eau, prenant un peu de bande au vent, la mer sous son étrave, le cap au plus près pour doubler la pointe Engano[1]. A l'avant, quelqu'un poussa un hourra. L'équipage entier le reprit. Le bâtiment laissait derrière lui le lieu de sa victoire.

Les prises avaient appareillé en même temps ; les équipages à leurs bords firent écho aux hommes du vaisseau de ligne. A la lunette, Bush voyait Hornblower, sur le pont de *La Gaditana*, grosse prise gréée en trois-mâts francs, agiter son chapeau, tourné vers le *Renown*.

— Je vais descendre m'assurer, Monsieur, que tout est bien amarré !

Des soldats étaient en sentinelle près du poste des aspirants, baïonnette au canon, mousquet chargé. A l'intérieur, Bush entendait des bruits de voix de femmes. Cinquante Espagnoles étaient entassées là, et presque autant d'enfants. Disposition fâcheuse, mais, pendant que le bâtiment faisait route, il était nécessaire que tout ce monde demeurât enfermé. Plus tard, on pourrait permettre aux prisonniers de monter sur le pont, par fournées, afin qu'ils puissent prendre l'air, se donner un peu d'exercice. Les panneaux de la batterie basse étaient fermés par des caillebotis, chacun gardé par un seul factionnaire. Des odeurs humaines montaient de là : quatre cents soldats espagnols étaient captifs là-dessous, dans des conditions à peine meilleures que celles que

1. Entre Saint-Domingue et Porto-Rico. (*N.d.T.*)

l'on trouve sur un négrier. Ils n'y étaient que depuis l'aube et déjà cette puanteur se faisait sentir. Pour ceux-là, tout comme pour les femmes, il faudrait faire en sorte qu'ils puissent prendre l'air par fournées, mais que de précautions, de complications ! Bush avait eu bien des soucis pour organiser le système grâce auquel les prisonniers allaient être pourvus de boisson, de vivres. Toutes les futailles étaient pleines, deux canots chargés d'ignames avaient été amenés de la côte ; comme on pouvait s'attendre à une brise bien établie, le voyage jusqu'à Kingston[1] se ferait en moins d'une semaine. C'en serait fini, alors, de toutes leurs inquiétudes. Livrés aux autorités militaires, il était vraisemblable que les prisonniers eux-mêmes seraient aussi soulagés que les officiers du *Renown*.

Remonté sur le pont, Bush regardait au loin, à tribord, les collines vertes de Saint-Domingue défiler le long du navire ; du même bord, et sous le vent, conformément aux ordres reçus, Hornblower menait les trois prises, sous peu de toile. Même avec ce vent frais de sept nœuds, et bien que le *Renown* fît route grand largue, ces trois bâtiments l'eussent aisément dépassé s'il leur avait plu de lui montrer leurs talons ; car, pour fondre sur leurs proies comme pour échapper à leurs ennemis, les corsaires dépendaient de leur habileté à manœuvrer vite ; Hornblower aurait eu tôt fait de laisser le *Renown* loin derrière s'il n'avait reçu l'ordre de rester en vue et sous le vent, afin que la grosse frégate pût courir à lui et le protéger, au cas où un ennemi viendrait à paraître. Les équipages de prise étaient maigres et, comme sur le *Renown*, Hornblower tenait sous les panneaux tous les prisonniers qu'il était chargé de garder.

Bush toucha le bord de son chapeau, salua Buckland qui montait sur le gaillard.

— Monsieur, si vous le permettez, je vais commencer à faire monter les prisonniers sur le pont.

— Faites ce qui vous paraît raisonnable, monsieur Bush.

Le gaillard d'arrière serait réservé aux femmes, le pont principal aux hommes. Il n'était pas facile de faire

1. Capitale de la Jamaïque. (*N.d.T.*)

entendre aux uns et aux autres que chaque groupe devait prendre l'air à son tour. Les femmes que l'on amenait sur le pont semblaient croire qu'elles seraient séparées pour toujours de celles qui restaient dessous; leurs récriminations, leurs lamentations s'accordaient mal avec l'atmosphère qu'il eût fallu garder sur le gaillard d'un bâtiment de ligne. Les enfants ne connaissaient aucune discipline; ils s'égaillaient dans toutes les directions, hurlaient quand les matelots, importunés par eux, tentaient de les ramener à leurs mères. Il fallait détacher des hommes d'équipage pour porter aux prisonnières l'eau et la nourriture. Bush, qui cherchait à résoudre chaque nouveau problème à mesure qu'il se présentait, commençait à se dire que la vie du premier lieutenant d'un bâtiment de ligne (qu'il avait cru un jour être un paradis trop merveilleux pour que l'on pût y aspirer) ne valait pas d'être vécue.

Les trente officiers espagnols entassés dans la timonerie, de l'élégant Villanueva au premier lieutenant de *La Gaditana*, donnaient presque autant de souci que tous les autres prisonniers réunis, car ils prenaient l'air sur la dunette, point avantageux d'où ils tentaient de lier conversation avec leurs femmes. En outre, ils étaient nourris sur les réserves du carré, que les gros appétits espagnols auraient vite fait d'épuiser. Bush se surprit à espérer de plus en plus une arrivée prochaine à Kingston. Il n'avait ni le temps ni l'envie de songer à ce que serait la réception qui les attendait là (ce qui, d'ailleurs, était bien préférable), car, si Bush pouvait espérer des compliments pour la part prise à l'attaque de Saint-Domingue, il pouvait redouter tout autant l'enquête sur les circonstances qui avaient privé Sawyer de son commandement.

Jour après jour, le vent restait favorable; jour après jour, le *Renown* labourait de sa proue le champ bleu de la mer des Antilles, ses prises à bâbord sous le vent. Les prisonniers, les femmes elles-mêmes commençaient à mieux supporter la mer; les nourrir et les surveiller devenait de plus en plus une routine, exigeait de moins en moins de souci.

Enfin, on aperçut, au nord, le cap Beata; on put venir

bâbord amures et faire route directement sur Kingston ; à part cela, presque pas de manœuvre de voiles, car la brise était bien établie, et le vent soufflait frais et fort. Le loch jeté toutes les heures enregistrait huit nœuds, avec une régularité presque monotone. Chaque matin, le soleil se levait derrière le bâtiment ; chaque soir, le beaupré pointait vers un glorieux couchant d'incendie. Le jour, la chaleur tombait d'aplomb, sauf aux rares intervalles où de violentes bourrasques de pluie masquaient le soleil et la mer elle-même ; le soir, le navire se levait et s'abaissait sur une mer de l'arrière et sous un dais piqué d'étoiles.

•

La chose arriva par une belle nuit noire. Ayant terminé ses rondes du soir, Bush rentrait faire un rapport à Buckland. Les sentinelles étaient à leur poste ; la bordée libre de quart dormait, toutes lumières éteintes ; la bordée de quart avait cargué les cacatois, précaution contre un grain qui pourrait survenir, la nuit tombée. Le *Renown* faisait route est quart nord-est ; M. Carberry était de quart, et le convoi était en vue, à un mille par le bossoir de bâbord ; la garde qui veillait sur le capitaine était à son poste. Tout cela, Bush en informa Buckland de la façon qui est de tradition dans la marine ; et Buckland écouta avec la patience qui, elle aussi, est de tradition.

— Merci, monsieur Bush.

— Merci, Monsieur. Bonsoir, Monsieur.

— Bonsoir, monsieur Bush.

La cabine de Bush ouvrait sur la dunette ; il faisait chaud, et même étouffant, mais Bush se souciait bien de cela : il avait devant lui six heures pleines pour dormir, vu qu'il prendrait le quart de jour ; il n'était pas homme à perdre une heure de sommeil.

Ayant ôté ses vêtements, debout, en chemise, il jetait un dernier coup d'œil autour de lui avant d'éteindre, ses chaussures et son pantalon à portée sur le caisson, en cas d'alerte, le sabre et les pistolets dans leur râtelier, contre la cloison. Tout était en ordre. Le planton qui viendrait l'appeler aurait une lampe; donc, se servant de sa main pour diriger son souffle, Bush éteignit sa lumière, se laissa tomber sur son cadre, s'étendit sur le dos, bras et jambes écartés pour laisser la sueur s'évaporer à l'aise; enfin ferma les yeux.

Il se réveilla vers minuit, juste assez pour entendre appeler le quart et se dire, épanoui, qu'il n'avait pas à se lever; et il n'avait pas assez transpiré pour que sa position fût devenue incommode.

Un peu plus tard, il s'éveilla encore, ouvrit dans l'ombre des yeux qui ne comprenaient pas. L'oreille lui disait que quelque chose allait de travers. Soudain, des cris sauvages éclatèrent. Puis ce fut, au-dessus de sa tête, une ruée de pas. Un grain avait-il pris le bâtiment par surprise? Mais non. Les bruits étaient d'une autre sorte. N'étaient-ce pas là des cris de douleur? N'était-ce pas le rire d'une femme? Ces Espagnoles infernales étaient-elles encore en train de se quereller? Nouvelle ruée de pas, nouveaux cris sauvages.

Bush sauta à bas de sa couchette. Comme il ouvrait la porte de sa cabine, un coup de mousquet claqua. Plus de doute. Bush sut ce qui venait d'arriver. Il se tourna, saisit son sabre, son pistolet. Le temps de revenir au seuil de sa cabine, le bâtiment s'emplissait de tumulte et de clameurs, les panneaux transformés en bouches de l'enfer; c'était le hurlement des puissances infernales qui montait, triomphant, de tous les coins obscurs.

Comme Bush arrivait sur le pont, la sentinelle postée sous le fanal tira; la lueur du mousquet et celle du fanal éclairèrent une vague humaine qui, en un tournemain, se jeta sur la sentinelle, la renversa. Bush eut le temps de voir qu'une très belle mulâtresse marchait en tête des prisonniers; c'était la femme d'un des officiers des corsaires et qui hurlait, l'œil égaré. Levant son pistolet, Bush tira, mais trop tard. Déjà la vague était sur lui. Il recula jusqu'à sa porte. Des mains s'emparaient de son sabre; il réussit à le leur arracher, à frapper devant lui avec la crosse de son pistolet; en même temps, il ruait, à coups de pied nu, pour se libérer, s'ouvrait, à coups de sabre, un chemin dans la masse des corps. A deux reprises, sa tête heurta les barrots du pont, mais il était comme insensible. Puis, sans qu'il comprît pourquoi, le flot le dépassa pour courir ailleurs. Peut-être le tas de blessés sur le pont l'avait-il sauvé; ses pieds nus glissaient dans le sang.

Sa première pensée fut pour Buckland. Un coup d'œil lui suffit; seul, il n'avait aucune chance de pouvoir lui porter secours. Son poste était sur le gaillard. Il y courut, se frayant un passage à coups de sabre. Au pied de l'échelle, une masse de prisonniers hurlait; d'autres cris montaient sur le pont, où la garde de l'arrière était engagée. Un autre combat était en cours à l'avant; la clarté des étoiles éclairait vaguement des chemises blanches luttant avec une fureur sauvage.

Sans trop s'en rendre compte, Bush s'était mis lui-même à crier. Comme il allait vers le gaillard, un groupe, soudain, reflua vers lui; un cabillot frappa la lame de son sabre. Furieux, Bush pouvait être un adversaire redoutable; sa force était grande et se doublait d'agilité. Bondissant d'un côté, de l'autre, sur le pont encombré, il frappait et parait des coups, sans trop savoir, ne pensant qu'à se battre, à reconquérir le bâtiment, absolument comme s'il était seul à le défendre.

Il ne retrouva un peu de raison qu'au moment où, ayant abattu l'un des Espagnols, il pensa à tenter de rallier les hommes d'équipage, à concentrer des matelots pour en faire un corps cohérent. De toute sa force, il cria :

— A moi, *Renown* ! Ceux du *Renown* ! A moi !

Dans la folle confusion du pont principal, il se trouva pris dans un remous, sentit dans l'omoplate une douleur cuisante; d'instinct, il se tourna; sa main rencontra une gorge. Il eut encore la force de serrer, de tordre, de soulever, de repousser. Son adversaire alla rouler sur le pont. Bush cria encore :

— Ceux du *Renown* ! A moi !

Et, cette fois, on accourut vers lui; des matelots anglais l'entourèrent.

— En avant ! cria Bush. En avant !

La charge qu'il voulait mener se heurta à une muraille humaine venue de l'arrière. Bush et les siens furent bousculés, refoulés peu à peu, à travers le pont, jusqu'à toucher le bastingage. En face de lui, quelqu'un cria, en espagnol, et il y eut un grand remous. Un mousquet brilla et claqua; la lueur éclaira des visages basanés, fit luire la baïonnette au canon d'une arme. Un des hommes, près de Bush, avait poussé un cri; il tomba, se débattit par terre. Un Espagnol, au moins, avait donc une arme, volée à quelque râtelier, ou arrachée à un soldat anglais, et qu'il avait pu recharger. Bush et les siens allaient-ils être abattus l'un après l'autre? Tant pis. Bush cria encore : « En avant! », voulut bondir, donner l'exemple.

Mais, sans doute découragés, ceux qui l'avaient suivi n'avancèrent plus. Seul, Bush dut reculer. Un autre coup de feu claqua, un matelot tomba; un ordre fut crié en espagnol. Bush ne comprenait pas, mais devina qu'on lui demandait de se rendre. Pleurant presque de rage, il hurla : « Jamais! »

Son beau navire allait tomber en des mains étrangères. Idée insupportable au moment même où il comprenait que ce n'était pas impossible. Un bâtiment de ligne capturé par des prisonniers! Conduit par des Espagnols dans un port cubain! C'était fou! Que dirait la marine? Que dirait l'Angleterre? Bush préférait mourir que de le savoir. Il ne voulait plus rien, que mourir.

Alors, sans appeler personne, dominant sa douleur, il s'élança, poussant un cri de bête sauvage. Il n'était plus qu'un aliéné luttant pour l'impossible; d'un aliéné, il avait la force physique. Fonçant dans la troupe ennemie, frappant de plein fouet, à droite, à gauche, il réussit miraculeusement à passer. Il fut même le seul à réussir. Il se retrouva enfin en un point du pont, dégagé.

Sa fureur tomba. Il saignait. S'appuyant sur l'un des canons, presque caché par lui, oublié un instant sur le pont principal, son sabre à la main, il tenta de se ressaisir, de se rendre compte. Les images commençaient à se brouiller dans son cerveau. Une chose, pourtant, paraissait certaine : pour satisfaire leurs désirs, des membres de l'équipage du *Renown* avaient exposé le bâtiment à sa perte. Il n'avait pas dû y avoir de marché; les Espagnoles ne s'étaient pas vendues en échange d'une trahison; elles n'avaient eu qu'à se montrer; des gardes avaient oublié leur devoir, profité de l'aubaine; et des prisonniers, probablement les officiers enfermés dans le poste des aspirants, avaient pu s'évader; la rébellion, combinée d'avance, avait éclaté; les sentinelles avaient été débordées, des armes saisies; la bordée de repos, endormie dans ses hamacs, incapable de résister, avait été chassée, forcée de reculer vers l'avant, traquée contre le fronteau, maintenue là par des hommes armés, tandis que d'autres s'assuraient, à l'arrière, des officiers anglais, et, surgissant sur le pont principal, capturaient ou tuaient tout ce qui voulait se défendre.

Par tout le bâtiment, des groupes de matelots ou de soldats devaient encore être vivants, libres comme Bush lui-même; mais, désarmés et démoralisés, que pouvaient-ils? Au lever du jour, les Espagnols s'organiseraient, supprimeraient ce qui résistait encore. Il était inimaginable que tout ceci eût pu se produire, et pourtant c'était vrai. Quatre cents Espagnols téméraires, disciplinés, prêts à donner leur vie, guidés par des officiers courageux, avaient pu ce que l'on n'eût pas cru possible.

Des ordres en espagnol couraient maintenant par le pont. Le bâtiment était venu dans le vent; le *Renown* se vautrait dans le creux des vagues, tantôt se levant, tantôt s'enfonçant, ses voiles claquant avec un bruit de tonnerre. Des officiers de marine espagnols, ceux des prises, étaient à bord; ils prendraient le commandement du navire. Même avec des terriens pour équipage, ils réussiraient à brasser les vergues, à tenir la barre, à faire route au plus près, à gagner le canal de la Jamaïque. Au-delà, à une journée de mer, c'était Santiago-de-Cuba...

Une lueur au ciel annonçait l'approche du jour. L'aurore, l'abominable aurore allait venir. Bush serra la poignée de son sabre. La tête lui tournait; d'étranges toiles d'araignée lui brouillaient la vue. Il passa la manche de sa vareuse sur ses yeux pour s'en débarrasser.

Alors il vit, lisible sur le ciel, mais encore imprécis, le hunier d'un autre navire. Une voile bougeait, s'approchait, glissait le long du bord, non loin du bord. Pas de doute. Bush voyait des mâts, des vergues, des agrès. Puis un autre hunier tourna lentement, et, tout à coup, des cris sauvages montèrent du pont du *Renown*. Il y eut un choc brutal, des craquements. Deux bâtiments venaient de s'aborder.

Un silence angoissant se fit, comme quand une lame de houle vient se briser sur un rivage. Presque aussitôt, par-dessus les pavois, des têtes, des épaules surgirent, des shakos de soldats anglais, des éclairs de baïonnettes, de coutelas, et Bush aperçut Hornblower!

Hornblower était tête nue, son sabre à la main; ses compagnons franchissaient le bordage, ici, là, partout. Pour faible et presque défaillant que fût Bush, il eut assez de force pour imaginer ce qui avait dû se passer. Hornblower avait rassemblé les trois équipages de prise! Il accourait au secours du *Renown*, sur *La Gaditana*, avec, au plus, trente matelots et trente soldats!

Mais, si une part du cerveau de Bush fonctionnait encore avec un semblant de logique, l'autre part restait obscurcie; ce qui se déroulait sous ses yeux se mouvait maintenant avec une lenteur de cauchemar; il avait l'impression d'assister à un exercice du temps de paix. Le piquet d'abordage sautait, s'égaillait sur le pont, mais tout cela semblait irréel. Les cris des Espagnols semblaient des cris aigus d'enfants au jeu. Bush entendit tirer, mais ce tir dispersé ne faisait pas beaucoup plus de bruit à ses oreilles que des pistolets à bouchon.

La charge anglaise avait pourtant commencé à dégager le pont; Bush eût voulu se joindre à elle. Il ne put faire un pas; ses jambes refusaient d'obéir. Il glissa; se trouva non plus adossé, mais couché par terre; et, quand il tentait de se soulever, ses bras refusaient tout service.

Il ne put qu'assister en témoin à la bataille. Elle fut féroce et sanglante, aussi sauvage que le combat qui l'avait précédée. Des groupes semblaient surgir, de partout et de nulle part, et se fondre dans la mêlée, tantôt d'un côté, tantôt de l'autre. Puis une vague humaine parut, une ruée plutôt, de matelots presque nus. A leur tête, Silk agitait un écouvillon, arme peu maniable mais avec laquelle il frappait, à droite, à gauche, tout Espagnol venant de sa portée.

Bush put enregistrer encore un autre remous ; il vit un soldat espagnol essayer de courir, boitant, la cuisse en sang, un matelot britannique le poursuivre avec un grappin, harponner le fuyard dans les côtes, le laisser étendu, dans le sang qui coulait.

Le pont principal était maintenant presque dégagé ; il n'y restait que des blessés, que des cadavres ; la bataille se poursuivait plus loin. On se battait maintenant sous les ponts. C'étaient des coups de feu, des cris, des chocs, des coups. Puis le bruit perdit de la force.

Bush se sentit faiblir. Que cette faiblesse était donc désagréable ! Se coucher, se cacher, ne plus penser à ses responsabilités était bien tentant ; mais, aux confins encore perceptibles de sa conscience, des choses hideuses surgissaient qui menaçaient de se précipiter sur lui, et lutter contre ces horreurs l'affaiblissait encore. Sa tête finit par tomber sur son bras, la relever lui coûtait un effort terrible.

Un peu plus tard, il lui fallut faire un effort plus grand encore pour se lever. Ne fallait-il pas s'occuper de tout ce qui devait être fait ? Alors, une voix se fit entendre, claire, presque trop dure pour l'oreille. La voix disait :

— Voici M. Bush, Monsieur !

Des mains lui soutenaient la tête. La lumière du soleil l'aveugla, lui blessa les yeux ; il les ferma pour ne plus voir.

— Bush ! Bush !

Cette fois, la voix était celle de Hornblower. Elle avait l'air de supplier.

— Bush, parlez-moi ! Je vous en prie !

Des mains prudentes entouraient son visage ; Bush entrouvrit les yeux, Hornblower était là, en effet, penché sur lui. Mais parler exigeait trop de force ; Bush ne put que hocher la tête et sourire pour tenter d'exprimer le sentiment d'heureuse sécurité, le bonheur que lui causait le contact de ces mains amies.

XV

On frappa. Par la porte de la cabine, la tête d'un planton passa :

— M. Hornblower vous présente ses respects, Monsieur. Il fait dire que le pavillon amiral flotte au large du camp des Moustiques. Nous allons tirer une salve !

Allongé sur sa couchette, Bush avait suivi par la pensée ce qui avait dû se passer à bord. Le *Renown* était bâbord amures; il avait cargué toutes ses voiles, à l'exception des huniers et d'un foc. On devait être à l'intérieur de Gun Key.

Il entendit la voix de Hornblower crier :

— Aux bras, sous le vent ! A virer lof pour lof !

Puis ce fut le grognement des drosses; la barre tournait; on devait doubler le cap de Port-Royal. Le *Renown* s'éleva, bien horizontal; il avait d'abord eu un peu de bande, puis s'était incliné à bâbord, si peu que Bush l'avait à peine senti. La détonation du premier salut ébranla tout le bâtiment. Malgré l'avertissement que Hornblower lui avait fait porter, Bush fut assez surpris pour sursauter. Il se disait : « Je suis nerveux comme un jeune chat. » A cinq secondes d'intervalle, les coups de canon se suivaient.

Bush tendait avidement l'oreille. Remuer n'était pas facile, à cause des points de suture qu'on avait dû lui faire par tout le corps. Il était recousu de partout, pareil à une courtepointe. Tout mouvement lui était douloureux.

Les coups de salut tirés, le silence revint à bord. Bush

était presque sûr d'avoir pu compter quinze coups distincts. Lambert avait donc dû être promu vice-amiral. On devait faire route vers le nord, dans la baie même de Port-Royal. Bush essayait de se rappeler à quoi ressemblaient les collines de Salt Pond. Les montagnes, à l'arrière-plan, comment s'appelaient-elles encore? Liguanea, ou quelque chose d'approchant? Il ne pouvait jamais retenir ces noms espagnols. On disait : « la montagne longue derrière le fort Rock ». C'était plus facile.

— Aux écoutes de hunier! cria d'en haut la voix de Hornblower. Aux carguepoints de hunier!

— Le *Renown* devait être tout près de son mouillage.

— ... La barre sous le vent!

A virer dans le vent, le bâtiment perdait son erre.

— ... Silence là-bas, sur le pont milieu!

Bush se représentait la scène : les matelots bavardant, excités par l'idée d'arriver dans un port, les vieux parlant aux jeunes des débits de boissons, des divertissements profanes que Kingston, là, tout près, au bout du chenal, offrait aux matelots de passage.

— ... Mouillez!

Ce grognement! Ces vibrations! Quel matelot, même des plus positifs, des plus prosaïques (comme était Bush), pouvait entendre sans être ému le bruit du câble ronflant dans l'écubier? L'instant était chargé d'émois, aussi violents que divers. Il ne s'agissait pas d'un retour au pays. C'était la fin d'une suite d'événements. Plus sûrement encore, ce serait le début d'une autre série d'événements; l'avenir immédiat prenait même plutôt la vraisemblable apparence d'une calamité; non point un risque de mort ou de blessures; celui-là, Bush l'eût accueilli comme une diversion heureuse à l'épreuve qu'on allait subir. Dans l'état de faiblesse où il était, il sentait la fièvre monter chaque fois qu'il cherchait à prévoir ce qui allait se passer ici. Il eût aimé pouvoir aller et venir, se déplacer; au moins s'agiter, se tourner, sinon marcher, pour se détendre. Mais comment s'agiter quand cinquante-trois agrafes tiennent vos plaies à demi refermées?

Presque sûrement, il y aurait une enquête sur ce qui s'était passé à bord du *Renown* de Sa Majesté britannique. Une cour martiale était à prévoir ; et même, en fin de compte, toute une série de cours martiales. Car le capitaine Sawyer était mort. Ivre de carnage, un Espagnol, tandis que les prisonniers essayaient de s'emparer du navire, avait fait irruption dans la cabine et tué le malheureux. Il n'y aurait pas assez de feux en enfer pour punir le monstre, homme ou femme, qui avait commis un tel crime. Le fait que la mort pouvait être une délivrance pour un être en proie depuis longtemps à des terreurs imaginaires ne pouvait ni justifier, ni excuser le meurtre. Ironie macabre du destin : pendant qu'un criminel coupait la gorge de l'aliéné, d'autres avaient épargné Buckland, l'avaient fait prisonnier, ligoté sur son cadre au moyen de ses draps, et condamné à l'impuissance pendant que se déroulaient les combats sanglants pour reprendre son bâtiment. Devant une commission d'enquête, Buckland devrait raconter tout cela.

Entendant les sifflets des seconds maîtres, Bush tendit l'oreille pour savoir quels étaient les ordres donnés.

— L'équipage de la yole* à embarquer ! Du monde pour affaler la yole !

Buckland avait donc décidé, sans attendre, d'aller faire son rapport à l'amiral.

Bush venait d'arriver à cette conclusion quand Buckland en personne parut à la porte de la cabine ; rasé de frais, en grand uniforme, pantalon blanc immaculé, sa meilleure vareuse. La disposition régulière, officielle, de sa cravate offrait la preuve la plus sûre des soins jaloux qui avaient présidé à sa toilette. Il enleva son tricorne, se pencha pour ne pas toucher les barrots du pont ; son sabre lui battait la hanche. Il ne put parler tout de suite. Pendant un long moment, il demeura debout, regardant Bush fixement. Ses joues, d'ordinaire assez pleines, étaient creusées par le souci ; l'œil était vitreux, les lèvres pâles, le nez pincé. Un homme que l'on conduit à la potence, voilà à quoi Buckland ressemblait.

— Vous allez faire votre rapport, Monsieur ? demanda Bush, après lui avoir laissé le temps de parler le premier.

— Oui.

Dans la même main que son tricorne, il tenait les trois

rapports scellés auxquels il avait laborieusement travaillé. Bush avait été prié de l'aider à rédiger le premier, le plus grave, celui qui relatait l'éviction de Sawyer. Un rapport personnel de Bush était inclus dans le second, tout pénétré de conscience vertueuse, celui qui rendait compte de la capitulation des forces espagnoles de Saint-Domingue. Le troisième, qui détaillait le soulèvement des prisonniers à bord du *Renown*, celui où Buckland devait confesser qu'il avait été fait prisonnier, dans son lit, pendant son sommeil, avait été rédigé sans le concours de Bush.

— Ma parole! dit Buckland, je voudrais être mort!

— Ne dites pas cela, Monsieur! fit Bush, aussi cordial que sa faiblesse et ses propres appréhensions le lui permettaient.

— Si, si! disait Buckland. Je voudrais être mort! C'est la vérité!

— Votre yole est accostée, Monsieur! vint dire Hornblower. Les prises ont mouillé derrière nous!

Buckland tourna vers lui un œil terne; Hornblower n'était pas aussi correctement vêtu que son supérieur en grade; il n'en avait pas moins pris un certain soin de sa tenue.

— Merci! dit Buckland...

Puis, après un silence, lâchant la question un peu comme on explose :

— ... Dites-moi, monsieur Hornblower, voici l'instant suprême. Comment le capitaine a-t-il pu choir dans l'écoutille?

— Je suis incapable de vous le dire, Monsieur, dit Hornblower. Absolument incapable!

Il n'y avait rien à tirer de ce visage sans expression, pas plus que des mots dont il s'était servi.

— Sachez, monsieur Hornblower, dit Buckland, tapant sur ses papiers d'un geste énervé, sachez que vous êtes très bien traité par moi dans ces rapports. Vous le verrez : ils vous prodiguent tous les éloges que je pouvais y mettre de bonne foi. Je vous ai laissé le mérite de tout ce que vous avez fait, d'abord à Saint-Domingue, puis pour être monté à l'abordage quand les prisonniers se sont révoltés. Tout le mérite, monsieur Hornblower, et tout l'honneur! De votre côté, ne voudrez-vous pas...?

— Je regrette, Monsieur. Je ne pourrais rien ajouter à ce que vous savez déjà !

— Mais enfin, que dirai-je quand on me questionnera là-dessus ?

— Monsieur, vous leur direz la vérité. Que le capitaine a été trouvé sous le panneau, qu'une enquête n'a pu établir comment il est tombé. Pas d'autre indication, sinon qu'il a dû être victime d'un accident !

— Mais je voudrais savoir...

— Monsieur, vous savez tout ce que l'on pourra jamais savoir là-dessus. Excusez-moi (il étendit la main, cueillit un brin d'étoupe collé au revers de l'habit de Buckland). L'amiral sera enchanté d'entendre que nous avons chassé les Espagnols de Samana. Il devait se faire du souci quand il pensait aux convois qui passaient le canal. Et puis, Monsieur, nous ramenons trois prises ! L'amiral va toucher le huitième de leur valeur ! Vous ne pouvez penser qu'il vous en voudra de cela, n'est-ce pas ?

— Non, non, bien sûr !

— Il a dû voir les prises entrer en même temps que nous. Tout le monde, sur le vaisseau amiral, est en train de les regarder et se demande comment nous les avons conquises. L'amiral ne s'attend qu'à de bonnes nouvelles. Vous verrez qu'il ne sera pas d'humeur à poser des questions ce matin, si ce n'est pour vous demander si vous préférez le madère au xérès, le xérès au madère !

Pour tout l'or du monde, Bush n'eût pas pu dire si le sourire de Hornblower était naturel ou de commande ; mais il était certain que le propos avait insufflé à Buckland une provision de courage.

Pourtant le capitaine insista encore :

— Oui, fit-il. Mais... plus tard ?

— Plus tard, Monsieur, veut dire un autre jour. Il est une chose, en tout cas, dont nous sommes sûrs, c'est que les amiraux n'aiment pas qu'on les fasse attendre !

— Oui, je ferais bien d'y aller !

Hornblower alla voir la yole gagner le quai, puis il revint auprès de Bush. Son sourire, cette fois, n'était pas de commande.

— Je ne vois pas, moi, qu'il y ait matière à rire ! lui dit Bush.

Il essayait de trouver sous les draps une position où il serait à l'aise. Maintenant que le bâtiment était stoppé, que la terre, toute proche, gênait le libre jeu du vent, il faisait beaucoup plus chaud à bord du *Renown*. Le soleil tombait, presque vertical, sur le pont, et le pont n'était guère qu'à un mètre au-dessus du lit du blessé.

— Vous avez raison, dit Hornblower, se penchant sur lui pour le recouvrir. Il n'y a pas du tout de quoi rire!

— Alors, épargnez-moi ce sourire, dit Bush.

L'inquiétude et la chaleur agissaient sur lui, sur sa faiblesse. La tête lui tournait; il était agacé.

— Bien, Monsieur. Autre chose que je puisse faire pour vous?

— Non!

— Très bien, Monsieur. Je vais aller remplir les devoirs de ma charge.

A peine Bush fut-il seul qu'il regretta le départ de Hornblower. Dans la mesure où le permettait sa faiblesse, il eût aimé examiner avec quelqu'un ce que l'avenir immédiat leur réservait. Il y pensait, mais ses pensées souffraient d'un manque de logique. Ses pansements étaient tout mouillés de sueur; il jura, irrité contre tout et contre lui-même.

Prêtant l'oreille, il essaya de deviner ce qui se passait à bord, mais il n'eut pas plus de succès que lorsqu'il cherchait à prévoir l'avenir. Alors, fermant les yeux, il tenta de dormir. Mais dormir aussi était impossible. Un instant plus tard, il était en train de se demander comment Buckland s'en tirait de son entretien avec l'amiral.

Un infirmier entra, portant, sur un plateau, un broc et un verre. Il emplit le verre et, glissant un bras sous la nuque de Bush, fit boire le blessé. Au contact du liquide, à l'odeur fraîche qui s'en dégageait, Bush sentit qu'il avait affreusement soif. Il but avidement avant de dire :

— Qu'est-ce que c'est?

— Une citronnade, Monsieur, avec les compliments de M. Hornblower.

— De M. Hornblower?

— Oui, Monsieur. Un canot vient d'accoster, chargé de provisions. M. Hornblower a acheté aussitôt des citrons, m'a dit d'en presser un et de vous l'apporter.

— Remerciez M. Hornblower.
— Bien, Monsieur. Encore un verre, Monsieur?
— Je veux bien.
Boire lui fit du bien. Un peu plus tard, il entendit toute une succession de bruits dont il ne pouvait s'expliquer la cause : des pieds bottés martelaient le pont du *Renown*; on criait des ordres; puis une aria d'avirons brassa l'eau, à peu de distance. Enfin, ce furent des pas, tout près de sa cabine, et Clive entra, accompagné d'un étranger maigre, aux cheveux blancs et aux yeux bleus, clignant les paupières.
— Je suis Sankey! dit l'inconnu. Médecin de l'hôpital naval à terre! J'ai pour mission de vous y emmener. Vous y serez mieux qu'ici.
— Je ne veux pas! dit Bush. Je ne veux pas quitter mon bord!
— Dans la marine, dit Sankey avec une cordialité toute professionnelle, vous devriez avoir appris qu'il est toujours de règle de faire ce qu'on ne voudrait pas!
D'autorité, il rabattit le drap et se mit à examiner le corps, les bandages.
— Je m'excuse de cette liberté, dit-il, avec la même cordialité haïssable, mais je dois signer un reçu. Et je suppose, lieutenant, que vous ne signez jamais un reçu sans avoir examiné d'abord la marchandise!
— Le diable vous emporte! dit Bush.
— Mauvais caractère! fit Sankey, se tournant vers son confrère. Je crains que vous n'ayez pas prescrit assez de laxatifs!
Il se pencha de nouveau et, avec l'aide de Clive, retourna adroitement le malade. Bush se trouva le nez dans l'oreiller.
— Les Espagnols me semblent vous avoir découpé un peu sauvagement, Monsieur, dit Sankey, parlant au dos de Bush, plus inoffensif que la face. Neuf blessures, à ce que je vois?
— Cinquante-trois points de suture, dit Clive.
— Voilà qui fera bien dans la Gazette, dit Sankey, pouffant de rire.
Puis, parlant comme s'il lisait un rapport :
— Au cours de son héroïque défense, le lieutenant...

le lieutenant comment... Ah! le lieutenant Bush n'a pas reçu moins de neuf blessures. Je suis heureux de déclarer qu'il est en bonne voie de guérison.

Bush essayait de tourner la tête pour éjecter une réponse appropriée ; son cou et sa nuque étant justement les endroits les plus meurtris, il ne put que grommeler dans l'oreiller des mots inintelligibles. Ses grognements s'éteignirent avant que les deux médecins l'eussent de nouveau couché sur le dos.

— Et maintenant, escamotons le Cupidon! dit Sankey.

Il ouvrit la porte, cria :

— Brancardiers!

Sur le pont principal, le soleil était si violent que Bush crut devenir aveugle. Sankey, voyant qu'il était gêné, voulut lui tirer le drap par-dessus la tête.

— Ah non, pas ça! dit Bush. (Il lui restait assez de force pour hurler et pour se défendre.) Je veux voir ce qui se passe!

Le martèlement des pas, la rumeur sur le pont, tout s'expliquait. Un peloton d'un des régiments des Antilles était déployé, baïonnette au canon et au garde-à-vous. Les prisonniers sortaient un par un des panneaux pour être envoyés à terre dans des allèges accostées. Bush reconnut Ortega qui boitait, soutenu de chaque côté par un homme; une des jambes de son pantalon avait été coupée; sa cuisse était entourée d'un pansement tout noir de sang séché. L'autre jambe du pantalon était également tachée.

— Un équipage d'assassins, voilà ce que c'est! dit Sankey. Si M. le lieutenant Bush s'est suffisamment régalé, nous allons pouvoir le porter dans le canot de l'hôpital.

Descendu du gaillard d'arrière, Hornblower accourut, s'agenouilla près du brancard. Il paraissait inquiet :

— Êtes-vous bien, Monsieur? dit-il.

— Oui, merci.

— Je vais faire emballer vos effets et vous les envoyer à terre!

— Merci.

— Allez-y doucement! dit encore Hornblower,

s'adressant à ceux qui attachaient les palans aux bras de la civière.

— Monsieur! Monsieur!

C'était l'aspirant James, pressé d'attirer l'attention de Hornblower.

— Un canot fait route sur nous, Monsieur! Avec un capitaine à bord!

Voilà qui, en effet, exigeait de l'attention.

— Au revoir, Monsieur! dit Hornblower. Bonne chance! Je vous verrai bientôt!

Il s'éloigna. Bush comprenait qu'il montrât tant de hâte; un capitaine devait être reçu avec les honneurs qui lui sont dus; mais il était curieux de savoir quelle affaire amenait à bord ce capitaine-là. Sankey commandait :

— Hissez! Hissez vite!

— Stop! dit Bush. Arrêtez!...

En réponse au coup d'œil de Sankey, il se força à s'expliquer :

— ... Un instant, s'il vous plaît!

— Je suis moi-même curieux de savoir! dit Sankey.

Les appels des seconds maîtres trillaient par tous les ponts; les hommes de coupée accouraient; la garde pivota pour être face à la coupée; l'infanterie de marine vint se ranger à côté d'elle.

Le capitaine parut sur le pont, ses dentelles d'or jetant des éclairs au soleil. Hornblower toucha du doigt son bicorne.

— Vous êtes monsieur Hornblower, actuellement le lieutenant le plus ancien à bord?

— Oui, Monsieur. Lieutenant Hornblower. A vos ordres!

— Je m'appelle Cogshill! dit le capitaine, exhibant un papier qu'il se mit à déplier, puis à lire tout haut :

« Ordre de sir Richard Lambert, vice-amiral du *Blue Squadron*, chevalier de l'Ordre du Bain, commandant les navires et bâtiments de Sa Majesté en station à la Jamaïque, au capitaine James Edward Cogshill, du *Buckler*, de Sa Majesté. Par la présente, vous êtes prié et requis de vous rendre immédiatement à bord du *Renown* de Sa Majesté, actuellement mouillé à Port-Royal, et de prendre, *pro tempore*, le commandement du *Renown* susnommé. »

Cogshill replia son papier. La prise de commandement, même temporaire, d'un bâtiment du roi était un acte solennel, qui ne pouvait être accompli qu'avec le cérémonial d'usage. Aucun des ordres que Cogshill pourrait donner n'aurait eu d'autorité légale avant la lecture à haute voix du titre qui l'habilitait. Maintenant qu'il en avait donné connaissance, il disposait des pleins pouvoirs à bord. En vertu de la délégation des pouvoirs du roi en conseil, des lords de l'Amirauté et de Sir Richard Lambert, il pouvait nommer et casser un officier breveté, ordonner la prison, condamner au fouet.

— Soyez le bienvenu à bord, Monsieur ! dit Hornblower, touchant de nouveau son chapeau.

On descendait Bush dans un canot accosté au *Renown* :

— Très intéressant ! fit Sankey après qu'il eut pris place auprès de la civière. Patron, prenez le commandement ! Je savais que James Edward Cogshill était bien en cour auprès de l'amiral. Sa promotion au commandement d'un bâtiment de ligne, après celui d'une frégate de vingt-huit canons, voilà pour James Edward un bel avancement ! Sir Richard n'a pas perdu de temps !

— L'ordre ne stipule-t-il pas que son commandement n'est que... enfin, que... provisoire ? dit Bush.

Il n'avait pu se rappeler l'expression *pro tempore* pour la répéter avec assez d'aplomb.

— On a tout le temps de le rendre définitif, dit Sankey. Mais c'est dès maintenant que la solde de Cogshill est portée de dix shillings à deux livres sterling par jour !

Penchés sur leurs avirons, les rameurs noirs de l'hôpital envoyaient la chaloupe glisser sur l'eau étincelante. Sankey se tourna pour regarder au loin l'escadre à l'ancre : un trois ponts, deux frégates.

— C'est le *Buckler*, fit-il, désignant du doigt le gros

bâtiment. Une chance pour Cogshill que son bâtiment se soit justement trouvé là! Il va y en avoir une flopée de ces promotions! Le *Renown* n'a-t-il pas perdu deux lieutenants?

— Si, dit Bush.

Roberts avait été coupé en deux par un boulet au cours de la première attaque, à Samana; Smith avait été tué à son poste en défendant le gaillard quand les prisonniers s'étaient mutinés.

— Donc, un capitaine et deux lieutenants! dit Sankey, songeur. Il y avait quelque temps, je crois, que Sawyer battait la campagne?

— Oui.

— Ça n'a pas empêché qu'ils l'ont tué!

— Oui.

— La série noire, en somme? Il eût été préférable que votre premier lieutenant connût le même sort!

Bush ne répondit pas. La même pensée lui était déjà venue à l'esprit. Buckland avait été fait prisonnier dans son lit. Il ne vivrait pas assez longtemps pour qu'on pût oublier cela.

— A mon avis, dit Sankey, il ne pourra jamais s'attendre à être promu. C'est malheureux pour lui! Vos succès à Saint-Domingue devaient logiquement le lui faire espérer. A propos, je ne vous ai pas encore congratulé! Toutes mes félicitations, monsieur Bush.

— Merci, dit Bush.

— Succès retentissants! Il va être curieux de voir comment le vice-amiral (son nom soit à jamais révéré!) va combler toutes ces vacances! Cogshill ira sur le *Renown*, cela semble certain. Il va donc falloir un nouveau commandant au *Buckler*. Capitaine de vaisseau! Joie ineffable! Il y a ici quatre commandants en station. Je me demande lequel passera sous l'arc de triomphe. N'avez-vous pas déjà été en station ici, monsieur Bush?

— Oui, il y a trois ans!

— Trois ans! Vous ne pouvez que difficilement vous faire une idée de la position relative des officiers d'ici dans l'estime de Sir Richard. Un de ces lieutenants sera fait commandant. Aucun doute quant à la question de savoir lequel!

Sankey avait jeté à Bush un coup d'œil interrogateur. Bush posa la question qu'on attendait de lui.

— Qui donc? fit-il.

— Dutton, voyons! Dutton! Le premier lieutenant du vaisseau amiral! Le connaissez-vous?

— Il me semble. Un grand type, efflanqué, une cicatrice à la joue?

— Oui. Sir Richard pense qu'il est promis aux plus hautes destinées. Et je crois savoir que le lieutenant Dutton — bientôt commandant — est du même avis!

Bush n'avait rien à répondre. Eût-il eu quelque chose à dire, il n'en eût rien fait. De toute évidence, Sankey était un bavard et un étourdi, capable de répéter ce qui serait dit devant lui. Bush, donc, se borna à hocher la tête, dans la mesure où son cou meurtri et sa position couchée le permettaient, et il laissa Sankey poursuivre seul son monologue.

— Dutton, donc, sera commandant! disait le médecin. Cela fera trois postes libres pour des lieutenants. Sir Richard va pouvoir faire le bonheur de trois de ses amis en nommant leurs fils aspirants. A supposer, mais cela va sans dire, que Sir Richard ait trois amis! Un vice-amiral en a toujours!

— Lève rames, brigadier! cria le patron de la chaloupe.

On doublait le musoir de la jetée. L'embarcation accosta doucement; on amarra. Sankey mit pied à terre, attentif à surveiller le levage de la civière. Les porteurs noirs emportèrent Bush vers l'hôpital. La chaleur de l'île enveloppait comme l'eau d'un bain chaud. Sankey marchait à côté du brancard.

— Résumons! dit-il. Nous venions de nommer lieutenants trois aspirants. Il y aura donc trois vacances dans les rangs des brevets. Et puis, vous avez dû avoir des pertes, sur le *Renown*?

— Oui, beaucoup!

Des aspirants, des seconds maîtres avaient donné leur vie pour défendre le bâtiment.

— Il fallait s'y attendre. Il y aura donc bien plus de trois vacances. Les cœurs de bien des officiers de complément, de volontaires, de tous les malheureux qui servent sans solde dans l'espoir d'être choisis un jour, vont être comblés. Des limbes du néant à l'enfer du rang de breveté ! Le sentier de la gloire ! Je m'en voudrais de faire injure à vos connaissances littéraires en vous rappelant ce que le poète a dit là-dessus !

Bush n'avait pas la moindre idée de ce que le poète avait pu dire du sentier de la gloire ; mais il n'était pas homme à en convenir.

— Nous voici arrivés, dit Sankey. Je vous accompagne.

Après l'éblouissement du soleil, Bush se trouva de nouveau presque aveugle, pendant un instant, à l'intérieur de l'hôpital. Par des corridors blanchis à la chaux, on gagna un pavillon à peu près obscur, divisé par des paravents en compartiments minuscules. Bush était épuisé ; il ne désirait qu'une chose : se reposer, fermer les yeux. A peine s'il put supporter son transport du brancard au lit, et son installation finale ; le bavardage de Sankey lui devenait intolérable.

Resté seul, enfin, la moustiquaire tirée autour de lui, il eut l'impression de se trouver porté au sommet d'une vague, verte et lisse, le long de laquelle il glissait, sans jamais atteindre le creux. Sensation d'abord agréable, mais qui finit par lui déplaire ; car, ayant tout de même atteint le fond du creux, il eut l'impression de devoir lutter pour remonter à la surface, c'est-à-dire pour retrouver des forces. Ce cauchemar dura toute la nuit, nuit suivie d'une longue journée, et puis d'une autre nuit.

Durant tout ce temps, Bush commença à s'habituer à la vie d'hôpital, à se familiariser avec les bruits, les plaintes des malades couchés derrière les paravents, avec les hurlements mal étouffés des fous, à l'autre bout du corridor, avec les rondes du matin et du soir. Vers la fin de la seconde journée, il commença à prendre intérêt au bruit qui faisait présager l'approche des repas.

— Vous êtes un veinard, lui disait Sankey, en train d'examiner les cicatrices. Toutes vos blessures proviennent d'incisions. Pas une qui soit assimilable à une pénétration profonde. C'est contraire à toute mon expérience professionnelle. Habituellement, les Espagnols se servent différemment de leurs couteaux. Mais cette incision-ci...

Celle qui retenait l'attention de Sankey s'étendait de l'épaule à l'épine dorsale ; Sankey pouvait difficilement prétendre généraliser ce qu'il venait de dire.

— Huit pouces de long au moins, disait-il. Et pas plus de deux pouces en profondeur ; bien que l'omoplate soit un peu entamée. Avouez que quatre pouces d'un coup de pointe eussent été plus efficaces. Oui, celle-ci semble la seule qui indique une intention nette d'avoir cherché l'artère. Il est clair que celui qui a manié le couteau avait l'intention de vous poignarder. Mais le coup a été porté de haut en bas, et le départ déchiqueté montre que la pointe a été détournée par les côtes ; le couteau a glissé, sectionnant des fibres du *latissimus dorsi*, mais pour finir en lacération superficielle. Travail d'apprenti ! Tournez-vous ! Vous vous souviendrez, monsieur Bush, si jamais vous faites usage du coutelas, de toujours incliner la pointe vers le haut ! Les côtes de l'homme sont placées pour accueillir un coup dirigé vers le haut. Au coup frappé de haut en bas, les côtes barrent le passage ; la lame qui descend, comme ce fut le cas chez vous, glisse, sans entrer ; d'une côte à l'autre, les frappant chacune à son tour, réclamant une admission qui partout lui est refusée.

— Tant mieux ! Tant mieux ! dit Bush. Aïe !

— Tout cela guérira très bien. Aucun symptôme de gangrène !

Sankey se mit à promener son nez partout et, selon Bush, trop près du corps. C'est à l'odeur que la gangrène devient d'abord perceptible.

— D'une bonne coupure, bien nette, suturée sans tarder, et nourrie de son propre sang, on peut s'attendre à ce qu'elle guérisse sans bobo. Et celles-ci sont presque toutes nettes, à peine un peu déchirées ici et là. Pliez ce genou, voulez-vous ? Ces cicatrices, d'ailleurs infiniment honorables, monsieur Bush, seront presque invisibles d'ici quelques années. Des traces blanchâtres, voilà tout, dont les entrelacs défigureront à peine un torse aussi classique que le vôtre...

— Bon ! dit Bush, un peu agacé.

Il eût été incapable de qualifier son torse, et il n'était pas homme à demander à Sankey de lui expliquer ces termes d'anatomie.

Le médecin venait de le quitter quand il reparut, accompagné d'un visiteur qu'il présenta :

— Le capitaine Cogshill désirait vous voir. Le voici, Monsieur !

Penché sur le lit, Cogshill dévisageait Bush.

— Le docteur Sankey me donne de bonnes nouvelles, dit-il. Il paraît que vous guérirez rapidement !

— Je crois que oui, Monsieur.

— L'amiral a nommé une commission d'enquête. Je suis membre de cette commission. Il va sans dire que votre témoignage vous sera demandé. Il est de mon devoir de me rendre compte si vous serez bientôt en état de nous l'apporter.

Bush sentit une appréhension l'envahir. Une commission d'enquête était à peine moins effrayante qu'une cour martiale, à laquelle, d'ailleurs, elle pouvait aboutir. Même avec une conscience sans reproche, Bush eût préféré — et de beaucoup — gouverner un navire au vent d'une côte par forte brise que d'être en butte à des questions gênantes auxquelles il ne pourrait refuser de répondre. Il faudrait donner ses raisons, les soumettre à l'analyse, peut-être les exposer à de fausses interprétations, se débattre dans la complication des formes légales. C'est cette drogue-là qu'il allait falloir prendre ; le plus sûr serait de se pincer le nez et de l'avaler, si mauvais goût que pût avoir le remède.

— Je suis prêt, Monsieur, à toute heure !

Sankey intervint :

— J'enlèverai demain les points de suture, dit-il. Vous remarquerez, Monsieur, que M. Bush est encore très faible. Ses blessures l'avaient laissé exsangue.

— Que voulez-vous dire par là ?

— Je veux dire : vidé de son sang. L'épreuve qu'impose l'enlèvement des agrafes...

— Vous voulez parler de ces fils ?

— Oui, Monsieur, des points de suture. L'épreuve qui consiste à supporter l'enlèvement des points pourrait retarder le moment où M. Bush disposera de toutes ses forces. A moins que la commission ne lui permette de témoigner assis...

— Cela pourra certainement lui être accordé.

— Dans ce cas, il pourrait déposer... mettons... d'ici trois jours!

— C'est-à-dire vendredi prochain?

— Oui, Monsieur. Vendredi. Au plus tôt! J'aimerais mieux un peu plus tard.

— Réunir les membres d'une commission, ici, en station, n'est pas très facile, dit Cogshill, parlant avec une froide courtoisie. Les bâtiments sont presque toujours de service. Disons vendredi. Vendredi pourra convenir.

Bush avait si mal supporté le bavardage de Sankey que ce fut pour lui une satisfaction de se voir défendre par lui devant un officier aussi éminent qu'un capitaine.

— Très bien, alors! conclut Cogshill, s'inclinant pour saluer Bush. Je vous souhaite prompte guérison!

— Merci, Monsieur.

Même couché sur le dos, Bush ne put se retenir d'essayer le geste instinctif de rendre le salut; mais ses blessures lui firent si mal qu'elles lui épargnèrent d'avoir l'air ridicule.

Cogshill parti, il eut tout loisir de se faire du souci. La crainte de l'avenir le hantait encore, tandis qu'il mangeait son dîner; mais, lorsque l'infirmier entra pour enlever le couvert, un nouveau visiteur l'accompagnait, dont l'aspect seul suffisait à chasser toute idée noire. Hornblower était là, debout sur le seuil de la chambre, portant une corbeille. Le visage de Bush s'éclaira :

— Comment allez-vous, Monsieur? dit Hornblower.

Ils se serrèrent la main; leurs visages reflétaient le plaisir de se trouver de nouveau face à face.

— Je vais d'autant mieux que j'ai le plaisir de vous voir! dit Bush.

— C'est la première fois que j'ai l'occasion de descendre à terre, dit Hornblower. Vous imaginez combien j'ai été occupé!

Bush n'avait aucune peine à l'imaginer; aucune peine à se représenter tout ce qui avait dû s'accumuler sur les épaules de Hornblower : réapprovisionner le *Renown* en poudre, en projectiles, en vivres, en eau potable; nettoyer le bâtiment après le départ des prisonniers, faire disparaître les traces des récents combats, remplir les formalités relatives à la répartition des parts de prises, évacuer les blessés, les malades, les objets ayant appartenu aux morts. Bush avait hâte d'entendre conter tout cela par le détail ; il était comme une maîtresse de maison que la maladie aurait écartée pendant quelque jours de la surveillance de son ménage.

Il accabla Hornblower de questions ; la discussion d'ordre technique qui suivit empêcha pendant quelque temps Hornblower de penser à ce qui l'avait amené.

— Je vous apporte des papayes, dit-il. Des papayes et des mangues ! Aussi un ananas ! Le second que je vois ! Je n'en avais jamais vu qu'un, de toute ma vie.

— C'est gentil à vous ! Merci beaucoup, Monsieur.

Bush était incapable d'exprimer, fût-ce vaguement, les sentiments qui l'animaient. Resté seul pendant des journées, il était ravi, confondu, de voir que quelqu'un avait pensé à lui, à lui apporter un cadeau, lui eût accordé une pensée. Les mots dont il usa pour le dire n'étaient que paroles boiteuses. Seul un cœur ami, et sensible, pouvait deviner ce que les mots cachaient. La chance voulut que Bush n'éprouvât aucun embarras, Hornblower abordant presque tout de suite un nouveau sujet.

— L'amiral a décidé, dit-il, que *La Gaditana* fera désormais partie de la flotte.

— Par saint Georges ! fit Bush. C'est vrai ?

— Oui. dix-huit canons, des six livres, et quelque neuf livres de balles. Classé comme corvette de guerre.

— Il va lui falloir un commandant !

— Oui.

— Par saint Georges ! dit encore Bush.

La promotion, qui était d'importance, irait à quelque lieutenant veinard. Elle eût pu échoir à Buckland ; il n'était pas trop tard, peut-être, pour l'espérer, à condition de ne pas tenir compte du fait qu'il avait été capturé dans son lit.

— Lambert le rebaptise *Retribution*, dit Hornblower.

— Le nom n'est pas mauvais !

— Non.

Il y eut un silence ; les deux interlocuteurs revivaient, chacun de son côté, chacun selon son point de vue, les instants affreux où le *Renown* avait été repris, et ceux où les prisonniers qui essayaient de se défendre avaient été massacrés sans merci.

— Vous savez, je suppose, qu'une commission d'enquête a été convoquée? dit Bush.

L'idée faisait logiquement suite à celles qui n'avaient cessé de l'obséder.

— Oui. Comment l'avez-vous appris?

— Cogshill est venu ici m'avertir que je serai prié d'aller témoigner.

— Ah?

Un silence suivit, plus significatif encore que le dernier; les deux hommes tâchaient de se représenter ce qui les attendait. Hornblower parla le premier. Il prit son temps :

— J'allais vous dire, dit-il, que j'ai dû remplacer les (1) drosses du *Renown*. Toutes les deux étaient usées. Ce n'est pas normal! Elles devaient travailler à un angle trop aigu!

Une discussion technique sortit de là, que Hornblower s'arrangea pour entretenir jusqu'à ce qu'il fût temps pour lui de prendre congé.

(1) Câbles transmettant le mouvement de la roue (barre) au gouvernail

XVI

La commission d'enquête n'était pas aussi impressionnante qu'eût été une cour martiale. Pas de coups de canon, pas de drapeau hissé ; les capitaines qui en faisaient partie étaient dans leur uniforme de tous les jours ; les témoins n'étaient pas invités à prêter serment.

Bush ignorait ce dernier point quand on l'invita à s'avancer pour apporter son témoignage.

— Je vous en prie, monsieur Bush, asseyez-vous, lui dit le président. J'apprends que vos blessures vous privent encore d'une partie de vos forces.

Bush boitilla jusqu'au fauteuil qu'on lui désignait. C'est tout juste s'il put l'atteindre à temps pour s'y asseoir. On était dans la grande cabine du *Renown*, celle-là même où le capitaine Sawyer était resté couché, tremblant de peur et larmoyant. La chaleur était suffocante. Le président avait devant lui le journal de navigation et le journal de bord ; il tenait à la main des papiers où Bush reconnaissait son propre rapport sur l'attaque de Samana, celui qu'il avait remis à Buckland.

— Ce rapport-ci vous fait honneur, monsieur Bush, dit le président. Il en ressort que vous avez réussi à prendre le fort d'assaut, au prix de peu de pertes, six en tout, à ce que je vois, et bien que l'ouvrage comportât fossé, parapets et remparts classiques, qu'il fût défendu par une garnison comptant quelque soixante-dix hommes, qu'il disposât de pièces de vingt-quatre livres !

— Monsieur, nous l'avons pris par surprise !

— C'est cela justement qui vous fait honneur !

La surprise de la garnison de Samana ne pouvait avoir été plus grande que celle qu'éprouvait Bush en présence d'un tel accueil. Il s'attendait à des propos plus déplaisants, plus inquisitoriaux surtout. Le bref coup d'œil qu'il échangea avec Buckland, qui avait témoigné avant lui, fut moins rassurant. Buckland était pâle, et il avait l'air misérable. Sans se laisser distraire par la misère de Buckland, il n'y en avait pas moins quelque chose que Bush entendait déclarer devant la commission.

— L'honneur, Monsieur le président ? L'honneur devrait plutôt revenir au lieutenant Hornblower. Car le plan d'attaque fut le sien !

— Vous le dites très galamment dans votre rapport. Et je puis vous dire, dès maintenant, que c'est aussi l'avis de la commission. Toutes les circonstances de l'assaut, et de la capitulation qui a suivi, sont conformes aux meilleures traditions de la marine.

— Merci, Monsieur.

— Venons-en maintenant au point suivant : la tentative des prisonniers pour s'emparer du *Renown*. Votre rôle, en cette occasion, était celui de premier lieutenant ?

— Oui, Monsieur le président.

Pied à pied, les questions ressuscitaient les événements de la nuit terrible. Oui, il était responsable, sous Buckland, des dispositions prises pour garder les prisonniers, pour les nourrir. Oui, il y avait cinquante femmes, la plupart épouses des prisonniers, et placées sous surveillance dans le poste des aspirants. Il était vrai qu'il était difficile de les surveiller aussi étroitement que les hommes. Oui, Bush, après le branle-bas, avait fait des rondes. Oui, il avait entendu le tumulte causé par le désordre. Et cetera, et cetera.

— On vous a trouvé blessé, parmi les morts, sans conscience ?

— C'est exact, Monsieur le président.

— Je vous remercie, monsieur Bush. Vous êtes libre.

Mais un jeune capitaine, assis tout au bout de la table, l'air vigoureux, frais et dispos, prit la parole :

— Et pendant ce temps-là, le capitaine Sawyer était enfermé dans sa cabine ? Il y est resté jusqu'à ce qu'on vienne l'assassiner ?

Le président s'interposa :

— Capitaine Hibbert, M. Buckland nous a déjà éclairés sur l'indisponibilité du capitaine Sawyer. Nous sommes informés sur ce point.

Il y avait un peu d'humeur dans le regard que le président avait jeté au jeune capitaine. La lumière se fit dans l'esprit de Bush. Sawyer avait une femme, des enfants, des amis qui ne désiraient pas qu'on attirât l'attention sur le fait qu'il avait perdu la raison. Le président devait probablement obéir à des ordres ; il entendait laisser dans l'ombre ce côté de l'affaire ; il n'accueillait pas plus volontiers les questions sur ce point que Bush ne les eût lui-même accueillies. Sawyer était mort au service de son pays. Buckland non plus ne serait pas interrogé de trop près là-dessus ; son air abattu devait venir de ce qu'il avait dû parler du rôle peu glorieux qu'il avait joué pendant la mutinerie espagnole.

— Je ne pense pas, Messieurs, dit le président, que l'un de vous désire poser d'autres questions à M. Bush ?

Le ton était tel que « d'autres questions » eussent difficilement pu être posées.

— Faites entrer le lieutenant Hornblower !

Le lieutenant Hornblower s'inclina devant le tribunal ; il avait cet air impassible dont Bush savait qu'il servait à cacher un grand trouble intérieur. Comme on avait fait à Bush, on lui posa quelques questions sur Samana.

— On a suggéré ici, devant nous, dit le président, que l'attaque sur le fort et le hissage du canon qui a servi à purger la baie furent dus à votre initiative ?

— Je me demande, Monsieur, comment une telle suggestion a pu être faite. M. Buckland en porte seul toute la responsabilité !

— Je ne vous questionnerai donc pas plus avant là-dessus, monsieur Hornblower. Je crois que tout le monde ici a compris. Mais je voudrais que vous nous parliez de la façon dont le *Renown* a été repris aux Espagnols. Quel est le fait qui a tout d'abord attiré votre attention ?

Il fallut plusieurs questions et une certaine insistance pour tirer de Hornblower l'histoire de la reprise. Il finit par dire que des coups de mousquet l'avaient intrigué ;

qu'il avait vu le *Renown* revenir dans le vent; qu'il s'était dit que quelque chose d'insolite devait se passer à bord. Il avait réuni les équipages de prises et décidé l'abordage. C'était tout.

— Vous ne craigniez donc pas qu'une telle manœuvre ne vous exposât à perdre les trois prises?

— Il valait mieux, Monsieur, perdre les prises que notre bâtiment. En outre, je...

Il hésitait à poursuivre. Le président dut l'encourager :

— En outre?

— J'avais fait couper toutes les écoutes et toutes les drisses avant d'abandonner les deux bâtiments. Il aurait fallu un certain temps pour en passer de nouvelles. Il n'eût donc pas été difficile de les recapturer!

— Vous paraissez avoir pensé à tout, monsieur Hornblower.

Un murmure d'approbation courut parmi les membres de la commission :

— ... Votre contre-attaque paraît avoir été bien promptement décidée? Vous n'avez donc pas attendu de connaître la gravité de la situation? La tentative pour s'emparer du bâtiment pouvait avoir déjà échoué sans que vous le sachiez!

— Dans ce cas-là, Monsieur, à part la mise hors service du gréement des prises, il n'y avait aucun mal. Tandis que, si le navire était resté aux mains des prisonniers, il était essentiel que l'attaque fût entreprise avant que les Espagnols aient pu organiser la défense!

— Nous comprenons. Merci, monsieur Hornblower.

L'enquête touchait à sa fin. Carberry, encore trop malade de ses blessures, ne pouvait déposer; Whiting, de l'infanterie de marine, était mort. La commission se borna à conférer pendant quelques minutes avant de rendre son verdict.

— L'opinion de la commission, dit le président, c'est qu'une enquête très serrée devrait être entreprise parmi les prisonniers espagnols afin de savoir lequel s'est rendu coupable de l'assassinat du capitaine Sawyer. S'il vit encore, le meurtrier doit être livré à la justice. L'interrogatoire des officiers survivants du *Renown* de Sa

Majesté établit qu'à notre avis aucune autre action ne s'impose.

Cela signifiait qu'il n'y aurait pas de cour martiale.

Bush fut si soulagé qu'il se surprit à sourire, tandis que son regard cherchait celui de Hornblower ; mais, lorsque leurs yeux se croisèrent, il ne rencontra qu'un accueil glacé. Il essaya de retrouver l'apparence d'un homme indifférent à la bonne nouvelle.

Un autre coup d'œil à Buckland lui fit oublier sa joie pour un sentiment de pitié. Le pauvre était lamentable. Toutes ses ambitions professionnelles aboutissaient à cette impasse. Après la capitulation de Samana, il avait pu nourrir des espérances ; un tel exploit à son crédit, son capitaine impropre à tout service, il devenait possible que la promotion majeure lui échût qui l'eût fait commandant, peut-être même capitaine de vaisseau. Le fait d'avoir été surpris dans son lit par l'événement signifiait la fin de tout. Cela lui serait toujours rappelé. Les circonstances seraient oubliées, le fait resterait dans les mémoires. Buckland était voué à vieillir sous l'uniforme de lieutenant.

Bush se rappelait avec un peu de honte que la chance seule avait fait que lui-même s'était éveillé à temps. Ses blessures pouvaient être pénibles, elles n'en avaient pas moins servi à détourner l'attention de sa propre responsabilité. Il avait combattu jusqu'à ce qu'il fût tombé sans connaissance ; cette circonstance avait été portée à son crédit ; il n'était pas moins vrai que Buckland eût fait comme lui, si l'occasion lui en avait été donnée. Buckland était perdu, lui-même sortait de l'épreuve à peine en plus mauvais point qu'avant.

Bush eût été embarrassé de formuler ce qu'il pensait, mais il sentait l'absence de logique de tout cela. La logique était-elle d'ailleurs applicable en matière de réputation, de promotion ? Durant toutes ces années, Bush s'était de plus en plus pénétré du fait que le service de la marine était aussi ingrat que pénible, la fortune plus capricieuse encore que dans d'autres carrières. La chance allait et venait, aussi imprévisible que le choix de la mort quand une bordée balaie un pont encombré. Sur ce point-là, Bush était devenu fataliste ; il était donc résigné ; un tel état d'esprit n'incite pas l'homme à la pénétration.

— Ah, monsieur Bush ! dit le capitaine Cogshill. C'est un plaisir de vous revoir debout ! J'espère que vous accepterez de dîner à bord avec moi, et que d'autres lieutenants se joindront à vous ?

— Avec grand plaisir, Monsieur, dit Bush.

Un lieutenant ne pouvait répondre autrement à une invitation de son capitaine.

— Bon. Alors, entendu ! Nous dînons dans un quart d'heure !

Les membres de la commission quittaient le *Renown*, respectant strictement l'ordre d'ancienneté. Les appels des seconds maîtres se répondaient ; à chaque départ, une main se portait au bord d'un chapeau pour répondre. A la coupée, les dentelles d'or, les épaulettes, les galons jetaient un instant des éclairs. Heureux hommes ! Ils avaient atteint la satisfaction suprême. Leurs canots élégants s'éloignaient, regagnaient leurs bâtiments à l'ancre.

— Est-ce que vous dînez à bord, Monsieur ? demanda Hornblower à Bush.

— Oui, Monsieur.

Sur le pont du *Renown*, le mot « Monsieur » revenait aux lèvres aussi naturellement qu'il avait été oublié quand Hornblower avait visité Bush à l'hôpital. Hornblower se tourna, porta la main à son chapeau, salua Buckland.

— Puis-je laisser le pont à Hart, Monsieur ? Je suis invité à dîner par le capitaine.

— Entendu, monsieur Hornblower.

Buckland se forçait à sourire.

— ... Nous aurons bientôt deux nouveaux lieutenants, dit-il. Vous cesserez ainsi d'être le moins ancien !

— Je ne le regretterai pas, Monsieur.

Ces hommes qui avaient passé ensemble par tant d'événements s'emparaient avidement de choses banales pour alimenter la conversation, de peur que des sujets plus graves ne fussent fâcheusement soulevés.

— Il est temps pour nous de descendre, dit Buckland.

Le capitaine Cogshill était un hôte aimable et plein de

courtoisie. La grande cabine était toute fleurie. Pendant l'enquête, on avait dû cacher les fleurs dans la chambre à coucher pour ne rien enlever à la solennité des débats. Les fenêtres étaient ouvertes; une manche à air laissait entrer le peu de vent qui circulait.

— Ce que vous avez devant vous, c'est une salade de cancres, monsieur Hornblower. Des cancres de cocotier, c'est-à-dire nourris de noix de coco! Il y en a qui préfèrent cela à du cochon de lait. Vous voudrez bien la faire passer à ceux qui en voudraient goûter?

Le steward apporta ensuite un imposant rôti fumant, qu'il posa sur la table.

— Une selle d'agneau, et fraîche! dit le capitaine. Mais le mouton réussit assez mal dans ces îles, et je crains que ce rôti-ci ne soit pas excellent. Peut-être voudrez-vous néanmoins y goûter? Monsieur Buckland voudra-t-il se charger de le découper? Vous voyez aussi, Messieurs, qu'il me reste encore quelques pommes de terre. On finit par se lasser des ignames. Monsieur Hornblower, prendrez-vous du vin?

— Avec plaisir, Monsieur.

— Et monsieur Bush? Je bois à votre prompte guérison, monsieur Bush!

Bush vida vivement son verre; il avait soif. Quand il avait quitté l'hôpital, Sankey l'avait averti que l'excès de boissons alcooliques était de nature à provoquer l'inflammation de ses blessures; mais quel plaisir de sentir le vin descendre dans sa gorge et sa bienfaisante chaleur lui ensorceler l'estomac!

Le dîner se déroulait dans une atmosphère agréable.

— Vous autres, Messieurs, qui avez déjà stationné ici, vous devez connaître ceci, dit Cogshill, apercevant le plat fumant que l'on venait de poser sur la table. C'est le cassoulet antillais, le cassoulet au poivre, pas aussi bon, d'ailleurs, que celui de la Trinité. Monsieur Hornblower, voulez-vous en faire l'étrenne?... Entrez!

On venait de frapper à la porte.

Un aspirant se présenta, élégamment vêtu. Son chic le désignait comme un officier de la classe de ceux qui reçoivent de leur famille une allocation confortable, ou possèdent de sérieux moyens personnels. Sans doute un rejeton de la noblesse, faisant son temps dans la marine jusqu'à ce que la faveur et l'intérêt le portassent au sommet de l'échelle.

— Je suis envoyé, Monsieur, par l'amiral.

La chose allait de soi. Ses perceptions agréablement exaltées par le vin, Bush avait vu tout de suite qu'avec des vêtements pareils et une telle allure l'aspirant devait appartenir à l'état-major.

— Quel est votre message ? dit Cogshill.

— Les compliments de l'amiral, Monsieur. Il désire la présence, à bord du vaisseau amiral, de M. Hornblower, dès que cela sera possible.

— Nous ne sommes pas encore au milieu du dîner, fit Cogshill, tourné vers Hornblower.

Mais le souhait d'un amiral qui désire une chose... Tout le monde avait compris : « dès que cela sera possible » voulait dire « immédiatement », que cela fût possible ou non. Il s'agissait vraisemblablement d'une question d'importance.

Hornblower regardait Buckland.

— Il serait préférable que je prenne congé, si vous le permettez, dit-il. Puis-je avoir un canot, Monsieur ?

L'aspirant intervint :

— Je vous demande pardon, dit-il. L'amiral a dit que le canot qui m'a amené pourrait servir à porter M. Hornblower.

— Voilà qui règle tout, dit Cogshill. Allez, Monsieur. Nous vous garderons votre part de ce cassoulet !

— Merci, Monsieur, dit Hornblower, déjà levé.

Dès qu'il fut parti, le capitaine posa la question inévitable :

— Que diable l'amiral veut-il de M. Hornblower ?

Du regard, il faisait le tour de la table. Personne ne répondit. Mais Bush vit l'œil de Cogshill s'attarder sur Buckland, comme si, dans son malheur, Buckland pût être plus clairvoyant que les autres.

— Avec le temps, nous le saurons, finit-il par dire. Le vin est près de vous, monsieur Buckland. Ne le laissez pas surir !

On s'était remis à manger. Le hochepot au poivre brûlait le palais de Bush et lui enflammait l'estomac ; le vin n'en était que mieux accueilli. Quand on enleva le fromage, que la table fut desservie, le steward apporta des fruits et des noix dans des plats d'argent.

— Porto ! annonça Cogshill. Mil sept cent soixante-dix-neuf ! Excellente année ! Quant à cette eau-de-vie, j'en sais peu de chose, comme on peut l'imaginer... par le temps qui court !

L'eau-de-vie ne pouvait venir que de France, et en fraude, c'est-à-dire comme résultat d'un commerce avec l'ennemi.

— ... Mais il y a ici un excellent genièvre hollandais. Je l'ai acheté à une vente après que nous eûmes pris Saint-Eustache[1]. Et voici une autre liqueur, hollandaise aussi. Elle nous vient de Curaçao. Si la saveur de l'orange ne semble pas trop fade à vos palais, il se peut, Messieurs, qu'elle vous plaise. Enfin, voici le schnaps suédois, qui brûle, mais qui est excellent... Ça, ce fut après que nous eûmes pris Saba. Le sage ne mélange pas, dit-on, le grain et le raisin. Mais il paraît que le schnaps n'est pas fait avec du grain, mais avec la pomme de terre ! Le mélange n'est donc pas proscrit ! Que prenez-vous, monsieur Buckland ?

— Pour moi, du schnaps ! dit Buckland, la langue un peu épaisse.

— Et monsieur Bush ?

— Je boirai comme vous, Monsieur.

C'était la façon la plus facile de s'en tirer.

— Eh bien ! alors décidons-nous, Messieurs, pour l'eau-de-vie ! Que Bonaparte s'en aille ! Et ne revienne plus !

Ils burent. Le brandy porta l'estomac de Bush à une température vraiment confortable. Il se sentait heureux, détendu. Après deux autres toasts, il fut mieux portant que jamais depuis que le *Renown* avait quitté Plymouth.

— Entrez ! dit le capitaine.

La porte tourna lentement ; Hornblower parut dans l'encadrement. Bien que la silhouette lui parût aussi trouble que les objets au-dessus de la grille des boulets rouges, Bush vit sur-le-champ que l'ancien air de surmenage et de souci avait reparu. Mais peut-être faisait-il erreur, étant donné que le visage était flou aux contours.

1. Ile du Vent, ainsi que Saba, mentionnée plus bas. *(N.d.T.)*

— Entrez ! Entrez, mon brave ! dit le capitaine. Nous commençons à peine de porter les toasts. Reprenez votre place ! De l'eau-de-vie pour les héros, comme dit Johnson dans sa vieille sagesse. A vous, monsieur Bush !

— Vi... Vic... Victoire dans la guerre ! Et du sang sur la mer ! A la mort des corsaires ! Et des amours à terre ! Hic ! fit Bush, exagérément fier de s'être souvenu de ce toast-là au moment d'en avoir eu besoin.

— Buvez ! Buvez ! monsieur Hornblower, dit le capitaine. Nous avons sur vous de l'avance. La chasse dans les eaux du chassé veut qu'on ne perde pas une heure !

Hornblower porta de nouveau son verre à ses lèvres.

— A vous, monsieur Buckland !

— A la gaieté ! Vive la j... Vive la joie ! dit Buckland, ayant quelque peine à parler.

Son visage avait la couleur d'une tomate mûre ; aux yeux de Bush, échauffé par l'alcool, il semblait éclairer la cabine comme eût fait un soleil couchant. L'effet était bizarre.

— Vous revenez de chez l'amiral, monsieur Hornblower ? dit le capitaine, sa curiosité soudain réveillée.

— Oui, Monsieur.

La brève réponse semblait presque déplacée, au sein de cette atmosphère de plaisir. Bush lui-même, malgré son état, en eut nettement conscience, comme il eut conscience du silence gênant qui suivit.

— Et... tout va bien ? finit par dire le capitaine, l'air de s'excuser de s'occuper des affaires d'autrui, mais poussé à parler, chacun des autres s'appliquant à se taire.

— Oui, Monsieur...

Hornblower tournait et retournait son verre entre des doigts nerveux, des doigts qui semblaient à Bush avoir un pied de long.

— ... Je suis fait... commandant du *Retribution*.

Hornblower avait parlé lentement, mais, dans le silence de la cabine, les mots firent l'effet d'un coup de feu.

— Pas possible ! dit le capitaine. Eh bien, voilà le prochain toast tout trouvé ! Au nouveau commandant ! Un hourra pour lui !

Bush cria gaiement, plus fort que les autres, avala un autre brandy.

— Brave Hornblower! dit-il. Brave vieux Hornblower!

Pour lui, c'étaient là, vraiment, d'excellentes nouvelles. Il se pencha, appliqua deux claques amicales sur l'épaule de son ami. Il riait de toutes ses dents et, pour que Hornblower pût jouir de sa joie, se penchait, presque couché sur la table, afin de bien exhiber son visage.

Soudain, Buckland posa brutalement son verre sur la table.

— Le diable vous emporte! fit-il. Le diable vous porte en enfer!

— Holà! Tout doux! fit Cogshill. Messieurs! Messieurs! Remplissons nos verres! A pleins bords! Monsieur Buckland, nous allons boire à la patrie! A la noble Angleterre, souveraine des mers!

Le toast, autant et plus que la nouvelle rasade, eut raison de la colère de Buckland. Mais, un peu plus tard, son chagrin reprenant le dessus, on vit qu'il pleurait en silence; des larmes lui roulaient sur les joues. Bush était trop heureux pour laisser ce chagrin l'affecter. Toute sa vie, il devait se souvenir de ce repas comme d'un des dîners les plus réussis auxquels il eût assisté, comme aussi du sourire de Hornblower lorsque le dîner fut fini.

— Nous ne pouvons vous renvoyer à l'hôpital, lui dit Hornblower. Il vaut mieux que vous couchiez à bord, ce soir. Permettez-moi de vous conduire.

Conduit par Hornblower, voilà qui était bien, voilà qui était merveilleux! Des deux bras tenant son ami, Bush se mit à marcher; ses genoux étaient lourds. Mais qu'importait que ses pieds traînassent un peu, que ses jambes refusassent parfois d'obéir; avec un tel secours, rien n'était impossible. Hornblower était le type le plus chic que la terre eût jamais porté; Bush tint à célébrer son ami en chantant. Il entonna : *For he is a jolly good fellow!* tout en marchant, en titubant, par les coursives.

Hornblower finit par l'aider à s'étendre sur sa couchette et, debout devant lui, riait de le voir s'accrocher des deux mains au rebord du cadre. Bush ne comprenait pas que le *Renown* pût rouler aussi fort alors que l'on était à l'ancre...

XVII

Ce fut ainsi que Hornblower quitta le *Renown*. La promotion, convoitée par tant d'autres, était pour lui. Il avait de quoi s'occuper : il fallait armer le *Retribution*, le préparer à prendre la mer, réunir l'équipage un peu disparate qui allait y être embarqué. Bush le vit opérer au cours de ces préparatifs ; il eut l'occasion de le féliciter de l'épaulette sur l'épaule gauche qui le désignait comme un de ces commandants chamarrés d'or en l'honneur de qui les seconds maîtres sifflent les hommes de coupée, et qui peuvent espérer être un jour capitaines. Le lieutenant Bush lui donna du « Sir ». Même quand il le dit pour la première fois, le mot ne lui parut pas trop étrange.

Au cours des dernières semaines, Bush avait appris bien des choses sur lesquelles son attention n'avait pas encore été attirée. Presque toute sa vie, il l'avait passée à la mer, au milieu des dangers propres à son état, en proie aux incidents les plus imprévus, que la surprise vînt du vent, du temps, des bas-fonds, des hauts-fonds. Dans les bâtiments de ligne sur lesquels il avait servi, il n'avait connu, pour chaque semaine à la mer, que des minutes de bataille; aussi en était-il venu à considérer la manœuvre comme la vertu première, la seule indispensable à un officier de marine. Résoudre les détails innombrables que comporte le maniement d'un voilier en bois; non seulement la manœuvre sous voiles, mais tous les problèmes, petits mais importants, touchant les cordages, les câbles, les pompes, le porc salé, la carie sèche, le code militaire; rien d'autre jusque-là ne lui avait paru vraiment nécessaire. Il venait d'apprendre que d'autres vertus ne l'étaient pas moins : l'initiative, à la fois hardie et réfléchie, le courage, moral aussi bien que physique, le tact dans les relations avec les supérieurs comme avec les subordonnés, l'ingéniosité dans les conceptions, la promptitude dans l'exécution. Une marine de guerre était faite pour combattre; elle avait besoin de chefs combatifs.

Mais, si la notion de toutes ces choses lui faisait trouver équitable la promotion de Hornblower, il n'en restait pas moins que le fait d'être brusquement replongé dans les détails de l'espèce la moins honorable n'était pas exempt d'ironie. Bush avait maintenant pour mission de faire la guerre aux insectes plutôt qu'aux hommes. Au cours des six jours qu'ils avaient passés à bord du *Renown*, les prisonniers espagnols avaient infesté le bâtiment de tous les parasites. Poux, puces, punaises pullulaient, et, dans un bâtiment en bois, peuplé d'hommes, sous les tropiques, il était nécessaire de faire raser les têtes, de passer la literie à l'étuve, de repeindre les boiseries. Mais le succès ne durait qu'un jour, ou quelques jours; après chaque victoire, la vermine reparaissait. Même les cafards et les rats, qui avaient toujours été là, semblaient se multiplier; on en voyait partout.

Ce ne fut peut-être qu'une fâcheuse coïncidence, mais l'exaspération de Bush se trouva portée à son comble au cours du règlement des parts de prise pour les bateaux capturés à Samana. Cent livres sterling à toucher, deux jours de permission accordés par Cogshill, et Hornblower justement libre, lui aussi, firent de ces journées un moment désastreux pendant lequel Hornblower et Bush dépensèrent tout leur argent dans les plaisirs douteux que Kingston met à la portée des marins. Ce furent deux jours et deux nuits de folie. Après quoi, Bush regagna le *Renown*, vacillant, clopinant, presque trop heureux d'être en mer pour se ressaisir.

Après une première croisière sous le commandement de Cogshill, Hornblower vint faire ses adieux.

— Je pars demain matin, dit-il, avec la brise de terre.

— Quelle destination, Monsieur?

— Angleterre ! dit Hornblower.

L'Angleterre ! Bush ne put se retenir de siffler entre ses dents. Des hommes dans l'escadre n'avaient pas vu l'Angleterre depuis dix ans !

— Je pars, mais je reviendrai, dit Hornblower. Il s'agit d'un convoi pour les Downs[1]. Nous portons des dépêches au Conseil des Travaux. Le temps d'attendre les réponses et nous revenons ! La tournée ordinaire !

Pour une corvette de guerre, c'était, en effet, la tournée ordinaire. Avec ses dix-huit canons, un équipage discipliné, le *Retribution* pouvait affronter et combattre n'importe quel corsaire ; sa vitesse, sa maniabilité lui permettaient de protéger un convoi plus efficacement qu'un bâtiment de ligne, mieux même que les frégates qui escortaient les convois importants.

— Votre brevet, Monsieur, vous sera confirmé là-bas, dit Bush, jetant un coup d'œil à l'épaulette dorée.

— Je l'espère...

La confirmation d'un brevet conféré par le commandant en chef d'une station à l'étranger n'était qu'une formalité.

— ... A moins qu'on ne fasse la paix !

— Aucune chance !

Il était évident, à voir le sourire de Hornblower, qu'il pensait lui aussi que la paix n'était pas prochaine ; les gazettes anglaises avaient beau dire, qui, d'ailleurs, dataient de deux mois et prétendaient que des négociations étaient possibles. Maintenant que Bonaparte, cet ambitieux sans scrupule, disposait du pouvoir suprême, et tandis qu'aucun des points en litige n'était réglé entre les deux pays, comment un combattant pouvait-il croire que des négociations avaient des chances d'aboutir, ne fût-ce qu'à un armistice, pour ne pas parler d'une paix durable ?

— Bonne chance, en tout cas, Monsieur, dit Bush.

Le souhait n'était pas de simple politesse. Ils se serrèrent les mains, prirent congé l'un de l'autre. Un fait en dira long sur les sentiments de Bush à l'égard de Hornblower : le lendemain, dans l'aube grise, il se tira de sa couchette et monta sur le pont pour regarder le *Retribu-*

1. Mouillage à la pointe sud-est de l'Angleterre. *(N.d.T.)*

tion s'en aller vers le large, l'air d'un fantôme sous ses huniers, ses sondeurs à leurs postes. Il le suivait encore du regard quand il doubla la pointe, poussé par la brise de terre. Il le vit enfin disparaître.

L'existence du marin implique des séparations. Entretemps, Bush avait de quoi s'occuper ; et, d'abord, continuer à faire la guerre aux punaises !

Onze semaines plus tard, l'escadre était dans le canal de Mona, luttant contre les alizés. Lambert l'avait fait venir avec un double objectif, cher à tout amiral : exercer ses bâtiments en même temps que faire franchir à un gros convoi l'étape la plus dangereuse du voyage. A l'ouest, les montagnes de Saint-Domingue étaient hors de vue. Mona[1] était là, dominée par un plateau, silhouettée comme un ovale sans relief ; de l'autre côté, par bâbord, c'était Monita, la petite sœur de Mona, ayant avec sa sœur aînée de fortes ressemblances de famille.

La frégate d'observation, en tête de l'escadre, envoya un signal.

— Vous êtes trop lent, monsieur Truscott ! hurla Bush à l'aspirant des signaux. Allons !

La lunette à l'œil, l'aspirant déchiffra :

— Voile en vue au nord-est !

Cela pouvait être n'importe quoi, l'avant-garde d'une escadre française, dispersée depuis Brest, ou quelque navire marchand égaré.

Le signal fut halé bas, presque instantanément remplacé, et Truscott lut :

— Voile amie en vue, au nord-est !

Un grain se mit à tomber, effaçant l'horizon. Devant sa violence, le *Renown* fut forcé de laisser arriver ; la pluie s'abattait sur le pont ; le bâtiment roulait. Puis, tout d'un coup le vent tomba, le soleil reparut ; le grain était passé. Bush s'occupa de regagner son poste, c'est-à-dire de placer le *Renown* exactement à deux encablures du matelot d'avant. Il était le dernier de la ligne de trois, le navire amiral occupant la tête.

La voile signalée était maintenant bien au-dessus de l'horizon. La lunette montra qu'il s'agissait d'une cor-

1. L'île de Mona, entre Haïti et Porto-Rico. *(N.d.T.)*

vette de guerre. Pendant un instant, Bush pensa que ce pouvait être le *Retribution* revenu après deux voyages rapides. Mais un second coup d'œil suffit : ce n'était pas lui. Truscott lut le numéro, parcourut la liste et annonça :

— *Clara*, corvette de guerre, capitaine Ford.

Bush savait que la *Clara*, porteuse de dépêches, était partie pour l'Angleterre trois semaines avant le *Retribution*.

— *Clara*, à l'amiral, déchiffrait Truscott. Avons dépêches.

La corvette approchait rapidement. En haut des drisses du vaisseau amiral, un chapelet de boules noires monta, qui, parvenu à la pomme du mât, se déploya en une série de pavillons.

Et Truscott se mit à lire :

— A tous...

L'émotion de l'aspirant était nettement perceptible. Le message signifiait en effet que le *Renown* allait devoir obéir à des ordres.

— ... En panne !

— Aux bras de huniers ! hurla Bush. Monsieur Abbott ! Mes respects au capitaine. Dites-lui que l'escadre met en panne !

L'escadre vint au vent, s'empanna doucement sur la houle. Bush regardait le canot de la *Clara* venir ; il dansait sur les vagues, faisant route sur l'amiral.

— Gardez les hommes aux bras, monsieur Bush, dit le capitaine Cogshill. Nous allons probablement faire porter de nouveau, dès que les dépêches seront livrées !

Mais Cogshill se trompait. A la lunette, Bush vit l'officier de la *Clara* monter la coupée du vaisseau amiral. Des minutes passèrent, et l'amiral restait en panne ; l'escadre tanguait toujours mollement sur les vagues. Qu'allait-il se passer ?

Un nouveau chapelet de boules noires monta aux drisses de l'amiral. Truscott put lire :

— A tous ! Tous capitaines invités à se rendre à bord de l'amiral !

— Armement de la yole ! rugit Bush.

Il devait s'agir de nouvelles importantes, ou tout au

moins inusitées, pour que l'amiral désirât les communiquer immédiatement, et en personne. Bush arpentait le gaillard avec Buckland ; tous deux étaient nerveux. La flotte française était-elle sortie ? L'alliance du nord était-elle encore en train de flancher ? Le roi était-il de nouveau malade ? Ce pouvait être n'importe quoi. Une seule chose était certaine, c'est que ce n'était pas rien.

Les minutes passaient, s'ajoutaient aux minutes, faisaient des demi-heures. Ce ne pouvait pas être de mauvaises nouvelles ; Lambert n'eût pas perdu un temps précieux à laisser son escadre dériver sans agir. Enfin, le vent porta, par-dessus l'eau bleue, le bruit aigu des sifflets des seconds maîtres de l'amiral. Bush colla sa lunette à l'œil.

— Le premier canot quitte l'amiral, dit-il.

L'une après l'autre, les embarcations décollaient du grand bâtiment. On reconnaissait celle du *Renown*, son capitaine dans la chambre.

Pendant que Cogshill montait la coupée, Buckland se porta à sa rencontre. Cogshill toucha le bord de son chapeau ; il avait l'air ému.

— C'est la paix ! dit-il.

Le vent apportait des hourras partant du vaisseau amiral. L'annonce était donc déjà faite à l'équipage au grand complet ; le bruit de ces clameurs donnait sa réalité à la grande nouvelle.

— La paix, Monsieur ? fit Buckland.

— Oui. Les préliminaires sont signés. Les ambassadeurs se rencontrent en France le mois prochain pour rédiger les conditions. Mais aucun doute, maintenant ! Les hostilités ont pris fin ; elles ont déjà dû cesser dans toutes les parties du monde.

— La paix ! fit Bush, songeur.

Pendant neuf ans, le monde avait vécu convulsé par la guerre ; de Manille jusqu'à Panamá, d'un côté, de l'autre, des navires avaient brûlé ; à l'est, à l'ouest, des hommes avaient versé leur sang. Il n'était pas facile de penser qu'on allait désormais vivre dans un monde où l'on ne se tirerait plus dessus à première vue.

Ce que Cogshill ajouta ensuite mettait le point final à cette idée :

— A l'avenir, les marines des républiques française, batave et italienne seront saluées avec les honneurs dus aux bâtiments étrangers.

Buckland ne put se retenir de siffler entre ses dents. L'Angleterre avait donc officiellement reconnu l'existence des républiques rouges contre lesquelles elle avait si longtemps combattu. Hier, c'était presque une trahison que de prononcer le mot « république ». Aujourd'hui, un capitaine pouvait en user sans frémir dans une déclaration officielle.

— Et nous, Monsieur, qu'allons-nous devenir? demanda Buckland.

— Il faudra attendre encore un peu pour le savoir, dit Cogshill. Il est certain que la marine va être ramenée sur le pied de paix. Autrement dit, neuf bâtiments sur dix seront désarmés!

— Zut! fit Bush.

C'était maintenant le matelot d'avant qui poussait des hourras.

— Appelez les hommes! dit Cogshill. Il faut les informer!

L'équipage du *Renown* fut bien aise d'apprendre la nouvelle. Les hourras qu'il poussa furent aussi nourris que ceux des autres bâtiments. Pour tous ces matelots, la paix signifiait la fin prochaine d'une discipline de fer, la fin d'épreuves indicibles. La paix, c'était la liberté, le licenciement, le retour au foyer. Bush regardait, ému, cette mer de visages levés vers lui, comme en extase, et il se demandait ce que la nouvelle impliquait pour lui-même. Probablement, pour lui aussi, la liberté, le licenciement. Mais, en outre, le début d'une vie avec la demi-solde de lieutenant, une vie qu'il n'avait pas connue encore. Tout jeune, il était entré dans la marine comme aspirant, un aspirant du temps de paix, menant une existence dont il avait peine aujourd'hui à se souvenir. Durant les neuf années de guerre, il n'avait eu que deux congés, deux intermèdes, et de peu de durée. Il n'était pas trop sûr d'envisager avec plaisir ce que l'avenir tenait pour lui en réserve.

Il leva le nez vers le vaisseau amiral, se tourna pour crier à l'aspirant :

— Monsieur Truscott ! Ne voyez-vous pas le signal ? Soyez à votre affaire, sinon ça ira mal pour vous, que ce soit la paix ou la guerre !

Le malheureux Truscott se colla la lunette à l'œil, déchiffra :

— A tous ! En ligne de *file*, bâbord amures !

Bush regarda Cogshill, attendant des ordres. Puis il cria :

— Du monde aux bras ! Brassez le grand hunier ! Plus vite que ça, espèces de marins d'eau douce ! Près et plein, quartier-maître ! Monsieur Cope, avez-vous les yeux en face des trous ? Raidissez-moi, bon Dieu, ce bras au vent ! Doucement ! Tiens bon !

Truscott lisait toujours, tandis que le *Renown* prenait de la vitesse et se plaçait dans le sillage du matelot avant :

— A tous ! Virez de bord par la contremarche !

— Pare à virer vent devant ! hurla Bush.

Il observa le mouvement du matelot avant, évaluant le temps que mettaient les hommes à gagner leur poste :

— Tas d'empotés ! Je vais en foutre quelques-uns dedans avant qu'il soit longtemps !

Le matelot avant avait évolué ; le *Renown* faisait route dans la nappe d'écume que l'autre laissait sur la mer.

— Envoyez ! cria Bush. Aux écoutes de foc ! La barre sous le vent !

Le *Renown* vint lourdement tribord amures. Truscott lut un nouveau signal :

— Cap à l'ouest suroît !

Ouest suroît ? L'amiral voulait donc regagner Port-Royal ? Déjà le premier pas vers la réduction de la flotte ?

Le soleil était chaud, agréable ; bien appuyé au vent, le *Renown* faisait route en grondant dans les flots bleus de la mer des Antilles ; il tenait bien son poste ; aucune nécessité encore de faire faseyer le hunier d'artimon. La vie était belle. Bush ne pouvait se décider à croire qu'elle allait tirer à sa fin.

Il essaya de se représenter ce que pouvait être, en Angleterre, une journée d'hiver, une journée où l'on n'aurait plus rien à faire, plus de navire à manœuvrer !

Demi-solde ! Ses sœurs touchaient maintenant la moitié de sa solde entière. Autrement dit : à l'avenir, il ne resterait rien pour lui. Pas d'argent, et rien à faire ! Une journée, par un grand froid... Non, il n'était pas possible de se représenter cela, ici, en ce moment. Bush préféra penser à autre chose.

XVIII

C'était par un jour d'hiver, à Portsmouth. Il gelait. Un vent d'est pénétrant soufflait par les rues. Bush venait de franchir les grilles de l'arsenal. Par-dessus son cache-nez, il avait relevé le col de sa vareuse, enfoncé ses mains dans ses poches. Il allait à grands pas, tête baissée, contre la bise, les yeux larmoyants et la goutte au nez; mais le vent d'est réussissait à atteindre ses côtes, réveillant la douleur au niveau d'anciennes blessures.

Devant le *Keppel's Head*, Bush passa sans lever le nez. Il eût trouvé là chaleur et compagnie. Les officiers chanceux y dépensaient l'argent de leurs parts de prise; les plus veinards avaient retrouvé des emplois dans la marine du temps de paix; ils devaient s'y conter de bonnes histoires, boire du vin avec des amis. Pas question, pour Bush, de se payer du vin, mais il languissait d'envie de boire un pot de bière. Bien que la tentation fût grande, il se hâta de repousser l'idée : il revenait de chez le payeur général, où il n'avait touché que la moitié d'un mois de solde; cet argent-là devait durer quatre semaines et même davantage; un pot de bière eût été une pure folie.

Bush avait naturellement tenté de se caser comme second dans la marine marchande; mais cette perspective n'avait pas plus de chance que celle de trouver un poste de lieutenant. Ayant débuté comme aspirant, passé toute sa vie d'homme dans le service combattant, Bush ne s'entendait guère en connaissements, en capacités d'arrimage. La marine marchande n'éprouvait d'ailleurs pour l'autre qu'un cordial dédain ; on y disait qu'à bord d'un bâtiment de guerre, ils étaient toujours cent pour une manœuvre qui, à bord d'un marchand, était faite par six. A chaque bâtiment de ligne qui désarmait, un nouveau lot de seconds maîtres, que la presse avait arrachés à la marine marchande, cherchait emploi dans son ancienne profession, aggravant un peu plus, de mois en mois, la concurrence.

Un homme déboucha du coin d'une rue, fonça dans le vent, marchant devant Bush : c'était un officier, et de la marine de guerre. Cette dégaine, ces épaules voûtées, n'était-ce pas... ? Bush ne put s'empêcher de penser à Hornblower, de crier :

— Monsieur ! Eh ! Monsieur !

Et, ma foi, c'était Hornblower ! C'était lui ! Le visage, d'abord irrité, changea dès que le passant eut reconnu Bush.

— Content de vous voir ! dit-il, la main tendue.

— Et moi de vous revoir, Monsieur ! dit Bush.

— Ne m'appelez donc pas « Monsieur » !

— Non, Monsieur. Mais... pourquoi ?...

Hornblower était sans manteau, l'épaule gauche veuve de l'épaulette de commandant qu'il avait portée. C'est là que le regard de Bush s'était posé d'abord. On voyait encore, dans le tissu, les trous d'épingles où l'épaulette avait été fixée.

— Vous pensez à mon épaulette ? Non, je ne suis pas commandant. Ma nomination n'a pas été confirmée.

— Pas possible !

Hornblower était pâle, étrangement pâle ; Bush lui avait connu le teint hâlé ; les joues étaient creuses ; l'expression seule était toujours la même : toujours ce visage fermé, dont Bush se souvenait si bien.

— Si. Les préliminaires de paix ont été signés le jour même où j'ai ramené le *Retribution* à Plymouth !

Infernale malchance ! Des lieutenants attendaient leur vie durant l'heureux concours de circonstances qui leur apporterait la promotion, et le plus grand nombre attendaient en vain. Il était probable que Hornblower attendrait en vain, lui aussi, pendant le reste de sa vie.

— N'avez-vous pas postulé un embarquement ?

— Si. Vous aussi, je suppose?

— Oui.

Inutile d'en dire plus. La marine du temps de paix occupait dix fois moins de lieutenants qu'en temps de guerre; pour trouver un engagement, il fallait de l'ancienneté, beaucoup d'ancienneté; ou bien des amis, des amis puissants.

— J'ai passé à Londres un mois entier, dit Hornblower. Chaque jour, une foule de candidats se pressait aux portes de l'Amirauté et des bureaux de la Marine.

— Je m'en doute.

Le vent tourbillonnait au coin de la rue.

— Bon Dieu, qu'il fait froid! dit Bush, cherchant du regard un moyen de poursuivre la conversation dans un lieu abrité. Entrer au *Keppel's Head*? Il faudrait payer deux pintes de bière; Hornblower eût voulu en payer autant.

— Je vais aux *Long Rooms*, près d'ici, dit Hornblower. Accompagnez-moi! A moins que vous soyez pressé?

— Non, dit Bush, je n'ai rien à faire...

— Alors, venez!

Il y avait quelque chose de rassurant dans la façon dont Hornblower parlait des *Long Rooms*. Bush ne connaissait l'établissement que de nom; il savait que l'endroit était fréquenté surtout par des officiers de la marine et de l'armée de terre, du moins par ceux qui avaient de l'argent. Il avait beaucoup entendu parler des sommes importantes que l'on y gagnait et perdait au jeu, de la qualité des boissons offertes par le propriétaire. Pour parler aussi allégrement des *Long Rooms*, il fallait que Hornblower ne fût pas aussi gêné d'argent que Bush le craignait.

Ils traversèrent la rue. C'était là. Hornblower passa le premier, fit entrer Bush dans une longue salle lambrissée de chêne. Ici la clarté grise de l'hiver était tout égayée par la lumière des bougies. Un grand feu brûlait dans la cheminée. Au centre du local, plusieurs tables à jeu entourées de chaises attendaient des clients; les angles de la pièce étaient meublés de fauteuils confortables.

Un domestique rangeait, en tablier de drap vert; il les

débarrassa de leurs chapeaux, se chargea du manteau de Bush, salua Hornblower d'un : « Bonjour, Monsieur. » Hornblower dit : « Bonjour, Jenkins ! » et alla se planter devant le feu. Il claquait des dents. Bush crut devoir lui dire :

— Drôle de temps, Monsieur, pour être dehors sans manteau !

Hornblower acquiesça d'un « oui » distrait. Était-ce par extravagance ou par étourderie qu'il sortait en veston par le froid qu'il faisait ? Bush se mit à le dévisager avec plus d'attention et il allait se décider à lui poser une question qui pouvait passer pour indiscrète quand, masquée jusque-là par un rideau, une porte s'ouvrit près d'eux. Elle devait donner dans des appartements privés. Un petit homme corpulent entra et fit quelques pas dans la salle. Il était vêtu avec une élégance extrême, sauf qu'il portait les cheveux longs, nattés en arrière et poudrés, à la mode de la génération précédente. Ainsi attifé, il était difficile d'imaginer quel pouvait être son âge. Il dévisagea les deux marins, d'un regard noir et pénétrant.

— Bonjour, marquis ! dit Hornblower. Permettez-moi... Monsieur le marquis de Sainte-Croix !... Le lieutenant Bush !

Le marquis s'inclina, de la façon la plus courtoise. Bush s'efforça de faire comme lui. N'eût été ce salut, Bush n'eût pas remarqué le regard qui l'étudiait. Un lieutenant qui accueille un matelot offrant de faire partie de l'équipage, un fermier qui examine un porc à la foire eussent pu avoir cette expression-là. Le marquis de Sainte-Croix devait évaluer quel enjeu un homme mis comme était Bush pouvait risquer aux cartes. Bush prit sur-le-champ conscience de l'état délabré de son uniforme ; le marquis parut aboutir à une conclusion analogue. Il engagea néanmoins la conversation :

— Quel temps ! fit-il.

— En effet !

— La mer doit être mauvaise, dans la Manche !

— Pour sûr ! dit Bush.

— Et il ne viendra pas de bateaux de l'ouest avec ce vent-là !

— Sûrement non !

L'anglais du marquis était très correct. Il se tourna vers Hornblower :

— Avez-vous vu M. Truelove récemment ?

— Non. Mais j'ai rencontré M. Wilson.

Deux noms bien connus. Truelove et Wilson étaient les plus notoires négociants en prises de guerre ; le quart au moins de la marine s'adressait à eux pour disposer de ce qui avait été capturé en mer.

— J'espère que vous avez eu de la chance en matière de part de prises ? dit le marquis, revenant à Bush.

— Ma foi, non. Pas beaucoup de chance !

Ses cent livres avaient fondu en deux jours de plaisir à Kingston.

— Les sommes qui se manipulent sont énormes, dit le marquis. Rien de moins que fabuleuses. J'ai su qu'à son arrivée à Portsmouth l'équipage du *Caradoc* va se partager soixante-dix mille livres sterling !

— C'est bien possible !

Bush avait entendu parler des captures du bâtiment dans le golfe de Gascogne.

— Mais, avec ce vent-là, reprit Sainte-Croix, les officiers du *Caradoc* ne sont pas près de jouir de leur chance ! A la conclusion de la paix, ils n'ont pas été désarmés ; on les a envoyés à Malte pour aider à la relève de la garnison. Enfin, on les annonce. Ils vont nous arriver d'un jour à l'autre, à ce qu'on dit.

Pour un civil et pour un immigré, le marquis portait un intérêt singulier aux affaires de la marine anglaise. Sa courtoisie, en tout cas, n'était pas contestable. Il en fournit une nouvelle preuve :

— J'espère, monsieur Bush, que vous voudrez bien vous considérer ici comme chez vous. Pour l'instant, vous m'excuserez. J'ai à faire

Il disparut derrière le rideau.

— Drôle de client ! fit Bush.

— Pas si drôle que cela, quand on le connaît ! dit Hornblower.

Le feu l'avait réchauffé ; ses joues avaient pris des couleurs.

— Que faites-vous ici ? demanda Bush, la curiosité finissant par vaincre sa réserve.

— Eh bien, je joue au whist !

— Au whist ?

Tout ce que Bush savait du whist, c'est que c'est un jeu un peu lent, très en faveur auprès des intellectuels. Quand Bush jouait pour de l'argent, il préférait que la part du hasard fût plus grande ; il aimait les récréations qui n'exigeaient pas tant d'efforts de réflexion.

— Beaucoup d'hommes qui appartiennent à la marine viennent ici jouer au whist, dit Hornblower. Je suis toujours content de faire le quatrième.

— On m'avait dit...

Bush avait entendu dire que l'on jouait à d'autres jeux, aux *Long Rooms* ; notamment à des jeux de hasard : au vingt-et-un, et même à la roulette.

— Les gros enjeux, c'est de ce côté-là, dit Hornblower, désignant le rideau. Mais, moi, j'opère ici !

— Vous êtes un sage ! dit Bush.

Mais il devinait qu'on ne lui disait pas tout ; ce qui intriguait surtout sa curiosité, c'était l'intérêt, pour ne pas dire l'affection, qu'il portait à Hornblower. C'est cet intérêt-là qui le poussa à questionner encore :

— Et... vous gagnez ?

— Souvent. Enfin... assez pour vivre !

— Vous touchez votre demi-solde ?

La discrétion et la pudeur de Hornblower cédèrent devant tant d'insistance :

— Eh bien, non, dit-il. Je n'y ai pas droit ! Pas encore !

— Comment cela ?...

La voix de Bush avait monté d'un ton.

— ... Vous êtes pourtant lieutenant !

— Oui. Mais, comme commandant, j'étais temporaire, et j'avais tiré trois mois de pleine solde avant le refus de l'Amirauté de me confirmer dans mon grade !

— Et on vous a mis en retenue de solde ?

— Oui. Jusqu'à ce que j'aie remboursé ce que j'ai touché !

Hornblower souriait, d'un sourire presque naturel.

— ... J'ai déjà tiré deux mois de ce régime. Encore cinq mois et je serai de nouveau demi-solde. Il faut bien s'acquitter !

— Mais c'est fou ! dit Bush.

La demi-solde était un état déjà déplorable, qui imposait des soucis constants, de sordides économies ; mais enfin elle permettait de subsister. Hornblower ne touchait pas un sou ! Bush savait maintenant pourquoi l'ancien commandant du *Retribution* sortait sans manteau. Il fut pris d'une colère soudaine. Un souvenir lui revenait à la mémoire, aussi présent que cet agréable local l'était à son corps ; il revoyait Hornblower enjamber le bordage du *Renown*, le sabre à la main, fonçant dans la bagarre en un moment où il ne pouvait attendre que la victoire ou la mort. Hornblower avait imaginé des plans, travaillé sans se soucier de ses peines, assuré enfin le succès ; il avait maintes fois risqué sa vie. Et c'était cet officier-là qui, aujourd'hui, claquait des dents, se chauffait grâce à la charité d'un tenancier de tripot, d'un mangeur de grenouilles attifé en maître à danser !

— C'est un scandale ! dit-il. Un vrai scandale !

Il voulait intervenir, offrir son argent, décidé, si Hornblower acceptait, à se priver sur la nourriture, à laisser ses sœurs dans la gêne. Mais Hornblower ne voulut rien entendre.

— Non, dit-il. Je vous remercie. Vous savez bien que ce n'est pas possible. Mais je ne cesserai jamais de vous avoir de la reconnaissance. Merci aussi pour autre chose : en parlant comme vous venez de le faire, vous avez embelli l'idée que je me faisais de l'humanité.

Bush insista, tenta de le faire revenir sur son refus. En vain. Peut-être fut-ce l'air déçu de Bush qui poussa Hornblower à s'expliquer davantage :

— Les choses ne sont pas aussi graves qu'il semble, dit-il. Je reçois ici un salaire, une attribution régulière que me verse notre ami le marquis.

— J'ignorais cela.

— Une demi-guinée par semaine ! Dix shillings et six pence tous les samedis matin, qu'il pleuve, qu'il vente !

La demi-solde de Bush équivalait à plus du double de cette somme.

— Que devez-vous faire pour cela ?

— Jouer au whist ! dit Hornblower. Pas autre chose ! De midi à deux heures du matin, je joue avec tous ceux qui ont besoin d'un quatrième !

— Je vois.

— Dans sa grande générosité, le marquis n'exige de moi ni argent, ni participation aux frais. Pas de cotisation, pas de frais de table ! Et je garde ce que je gagne au jeu !

— Et... ce que vous perdez?

Hornblower leva les épaules :

— Naturellement, dit-il, je perds ce que je perds. Mais c'est moins souvent qu'on ne pourrait croire. La raison en est simple. Les joueurs qui trouvent difficilement des partenaires sont ceux à qui les autres battent froid, parce qu'ils ne jouent pas très bien. Il est même bizarre que cela ne les empêche pas de jouer ! Lorsque le major Jones, l'amiral Smith et M. Robinson cherchent un quatrième, et que tous les autres joueurs font semblant d'être très occupés, le marquis jette un de ces regards qu'une femme jette à son mari quand il parle trop haut à table. Je me lève, j'offre d'être le quatrième. Ils paraissent flattés de jouer avec moi ! C'est drôle ! Car, bien souvent, cela leur coûte de l'argent !

— Je comprends.

Ce que Bush comprenait surtout, c'était que ce même Hornblower était celui qu'il avait vu, debout près du fourneau du fort Samana, dirigeant un feu de boulets rouges sur des corsaires espagnols.

— Naturellement, poursuivait Hornblower, la vie n'est pas faite uniquement pour boire et s'amuser ! (Maintenant que la digue était ouverte, il parlait d'abondance ; il se laissait aller.) Il est certain qu'au bout de quelques heures, jouer avec de mauvais joueurs est assommant. Si je vais un jour en enfer, mon châtiment sera de jouer sans cesse avec des partenaires qui ne retiennent pas ce que j'ai écarté ! Toutefois, il m'arrive aussi de jouer un robre ou deux avec de bons joueurs. Il y a des moments où j'aimerais mieux perdre avec de bons joueurs que gagner avec des mauvais !

— Voilà justement la question, dit Bush, revenant à sa préoccupation. Quand vous perdez, comment vous en sortez-vous ?

L'expérience de Bush aux jeux de hasard avait surtout consisté à perdre de l'argent. Il se rappelait les moments critiques par lesquels il avait passé après avoir perdu.

— Je m'arrange ! dit Hornblower.

Il toucha du bout des doigts sa poche intérieure :

— ... Je garde ici dix livres sterling, que j'appelle mon corps de réserve ! Avec cela, je puis supporter quelques revers. Si cette réserve-là venait à s'épuiser, je devrais, pour la reconstituer, faire des sacrifices.

Bush se disait : « Je les connais, ces sacrifices ! Ils consistent à sauter des repas ! »

Il avait l'air si désolé que Hornblower fut entraîné à le consoler davantage.

— Plus que cinq mois, dit-il, et je serai de nouveau demi-solde ! Avant cela, qui sait ? Un capitaine aura peut-être l'idée de me remettre à flot !

— Bien sûr ! Bien sûr !

Ce n'était vrai que dans la mesure où les événements prendraient un tour exceptionnel. Des navires étaient quelquefois réarmés ; un capitaine pouvait avoir besoin d'un lieutenant et inviter un Hornblower à remplir l'emploi. Mais, le plus souvent, ce capitaine était sollicité par des amis, eux-mêmes en quête d'un poste ; l'Amirauté était assiégée par des lieutenants de grande ancienneté, ou bien nantis d'amis puissants ; et le capitaine était susceptible de se laisser toucher par des recommandations venant de très haut.

La porte s'ouvrit. Un groupe d'hommes entra. Hornblower se tourna vers Bush et sourit :

— Il est grand temps que des clients arrivent ! dit-il. Restez ! je vous présente à mes amis !

Il y avait de tout : vestes rouges de l'armée, vareuses bleues de la marine, complets vert bouteille ou tabac de civils. Les présentations faites, Bush et Hornblower firent place, devant le feu, aux nouveaux venus, qui écartaient les basques de leurs vêtements pour mieux se chauffer. Les propos sur le froid, les formules de politesse durèrent peu. L'un des clients risqua :

— Whist ?

— Pas pour moi ! Pas pour nous ! dit celui qui semblait le chef des vestes rouges. Le 29e de ligne a à faire ailleurs ! Nous avons rendez-vous avec notre ami le marquis, dans la salle voisine ! Rendez-vous permanent ! Venez, major, voyons si nous aurons, cette fois, la main heureuse !

— Dans ce cas, voudriez-vous faire le quatrième, monsieur Hornblower? dit celui qui avait parlé le premier. Votre ami, M. Bush, joue peut-être aussi?

— Je ne joue pas au whist! dit Bush.

— Avec plaisir, dit Hornblower. Monsieur Bush voudra bien m'excuser. Il trouvera, là-bas, sur la table, un numéro récent de la *Naval Chronicle*. A la dernière page, monsieur Bush, vous verrez une lettre qui sûrement vous intéressera! Et aussi un article que vous pourriez bien trouver digne de votre attention!

Bush devina ce que devait être la lettre avant même d'avoir ouvert le journal. Mais, ayant fini par trouver l'endroit, il éprouva, à voir son nom imprimé noir sur blanc, le même sentiment de surprise amusée qu'il avait eu la toute première fois. La lettre se terminait ainsi : *J'ai l'honneur d'être...*, etc. Et c'était signé : *Wm Bush*.

Par ce temps de paix, la *Naval Chronicle* avait sans doute de la peine à trouver de quoi remplir ses colonnes. Elle faisait place à la réimpression de dépêches dans le genre de celle-ci : « Copie d'une lettre du Vice-amiral Sir Richard Lambert à Evan Nepean, Esq., secrétaire des Lords de l'Amirauté. »

Ce n'était que la lettre de Lambert, accompagnant les rapports sur Saint-Domingue. Venait ensuite le premier des rapports; et c'est avec une contraction de l'estomac que Bush se rappelait avoir aidé Buckland à l'écrire, alors que le *Renown* faisait route à l'ouest, le long des côtes de Saint-Domingue, la veille du jour où l'émeute avait éclaté parmi les prisonniers. C'était le rapport de Buckland sur les combats de Samana. Aux yeux de Bush, le passage le plus important était dans la phrase qui se terminait ainsi : « ... de la façon la plus élégante, sous les ordres du lieutenant William Bush, l'officier le plus ancien en grade, dont le rapport est joint à la présente ».

Puis venait son propre travail rédactionnel, annexé par Buckland au sien propre :

« A bord du *Renown*, bâtiment de Sa Majesté britannique, au large de Saint-Domingue, 9 janvier 1802.

« Monsieur,

« J'ai l'honneur de vous informer... »

Bush revivait ces journées de l'année précédente en relisant les mots élaborés avec tant de peine, encore qu'avant de les écrire, soucieux de ne pas dérailler, il se fût reporté à des rapports rédigés par d'autres que lui :

« ... Je ne puis mettre le point final de ce rapport sans signaler l'héroïque conduite et les utiles suggestions de mon second, le lieutenant Horatio Hornblower. C'est à lui, en grande partie, qu'est dû le succès de l'expédition... »

C'était ce Hornblower-là qui était en train de jouer aux cartes pour de l'argent avec un capitaine de vaisseau et deux fournisseurs de la marine !

Le regard de Bush finit par tomber sur la rubrique intitulée « Lettre de Plymouth », qui rendait compte, jour par jour, des mouvements du port au cours du dernier mois.

« L'ordre de désarmer a touché aujourd'hui les bâtiments dont les noms suivent... »

Et encore :

« Entrés, venant de Gibraltar, la *Diana*, 44, et le *Tamas*, 38, pour être désarmés dès qu'ils auront mouillé dans le port...

« Ont pris la mer : le *César*, 80, destination Portsmouth, pour être désarmé. »

Et puis un autre article, non moins significatif (ce n'était même pas assez dire) :

« Hier a eu lieu une vente importante d'approvisionnements débarqués de différents bâtiments de guerre. »

La marine de guerre perdait tous les jours un peu plus d'importance. A chaque bâtiment de ligne désarmé, un autre lot de lieutenants se mettait en quête d'un emploi. Autre article :

« Cet après-midi, une barque de pêche a empanné et chaviré ; l'accident a coûté la vie à deux braves pêcheurs chargés de famille. »

Voilà ce qu'on lisait aujourd'hui dans la *Naval Chronicle*, dont les colonnes avaient un jour publié le récit des batailles du Nil et de Camperdown ! On y parlait d'accidents survenus à de braves pêcheurs ! Bush était trop occupé par ses propres soucis pour accorder beaucoup de sympathie à de braves pêcheurs chargés de famille.

Pour finir, il tomba sur une autre noyade. Un nom, ou mieux, un assemblage de deux noms arrêta son attention ; et, à mesure qu'il lisait, son cœur battit plus vite :

« Hier soir, le canot du cotre *Rapid*, de Sa Majesté, service de la douane, rentrait par temps de brume après avoir été porter un message à terre. Drossé par le jusant contre l'assière d'un bateau marchand, au mouillage devant Fisher's Nose, le cotre a chaviré. Deux matelots et un aspirant du nom de Henry Wellard se sont noyés. M. Wellard était un jeune marin appelé à un bel avenir ; il venait d'être nommé sur le *Rapid*, après avoir servi comme volontaire sur le *Renown* de Sa Majesté britannique. »

Bush relut deux fois le passage et se mit à rêver. Ce fait divers était pour lui si important, si chargé de sens, qu'il lut tout le reste de la *Naval Chronicle* sans en saisir un traître mot. Il fut tout surpris de s'apercevoir qu'il était grand temps de prendre congé s'il voulait attraper la voiture qui le ramènerait à Chichester.

Les clients arrivaient maintenant nombreux dans les *Rooms* ; à chaque instant, la porte s'ouvrait pour en laisser entrer de nouveaux. Plusieurs étaient des officiers de marine que Bush connaissait et qu'il saluait d'un signe de tête. Tous se dirigeaient aussitôt vers la cheminée ; tous avaient besoin de se réchauffer avant de se mettre à jouer.

Hornblower se leva; le robre devait avoir pris fin; Bush profita de l'occasion pour lui faire comprendre par signes qu'il désirait s'en aller. Hornblower vint à lui. Ils se quittèrent à regret.

— Quand nous reverrons-nous? demanda Hornblower.

— Je viens tous les mois toucher ma demi-solde. D'ordinaire, je passe la nuit à Portsmouth, à cause de la carriole du messager. Nous pourrions peut-être dîner ensemble?

— Vous pourrez toujours me trouver ici. Avez-vous une maison où vous avez pour habitude de descendre?

— Je descends... où cela m'est le plus commode!

Tous deux savaient que cela voulait dire : « Je loge où le prix est peu élevé! »

— Moi, je couche dans Highbury Street, dit Hornblower. Je vais vous donner mon adresse.

Il se tourna vers un bureau placé dans un coin, écrivit quelques mots sur un bout de papier qu'il tendit à Bush.

— Voulez-vous, la prochaine fois que vous viendrez, partager ma chambre? Ma logeuse est un peu avare. Il est certain qu'elle voudra vous faire payer pour votre lit. Mais, même à ce prix-là...

— Vous voulez dire que ça me fera une économie? dit Bush, mettant le papier dans sa poche.

Il sourit, comme pour atténuer le côté trop sentimental de ce qui allait suivre :

— ... Et puis, dit-il, nous pourrons nous revoir!

— Par saint Georges, tant mieux! dit Hornblower.

Paroles qui n'étaient pas à la hauteur de ce qu'il eût souhaité dire.

Jenkins s'était approché, apportant le manteau de Bush; il voulut aider le client à l'endosser. Il y avait, dans l'attitude de Jenkins, on ne sait quoi qui faisait comprendre que les clients des *Long Rooms*, quand on les aidait à mettre leur manteau, marquaient leur gratitude en offrant un pourboire. Bush décida d'abord qu'il préférait brûler pour toujours en enfer que de se départir d'un shilling; puis il se ravisa. Hornblower se croirait peut-être obligé de donner lui-même le pourboire. Il se fouilla, tendit la pièce de monnaie.

Jenkins s'étant éloigné, Bush s'attarda encore, se demandant comment formuler ce qu'il voulait dire à Hornblower. Il trouva enfin :

— Pas de chance, le jeune Wellard ! dit-il.

— Non.

— Pensez-vous, reprit Bush, fonçant aveuglément dans la question qui l'occupait, pensez-vous qu'il était pour quelque chose dans l'accident dont Sawyer a été victime ?

— J'en sais trop peu là-dessus pour émettre une opinion, répondit Hornblower.

Bush voulut insister :

— Pourtant..., dit-il.

Mais, dans le regard de Hornblower, il vit bien qu'il perdrait son temps à questionner davantage.

Le marquis, d'ailleurs, rentrait dans la salle et regardait autour de lui, comme pour une inspection discrète. Bush le vit repérer ceux qui ne jouaient pas, s'apercevoir que Hornblower bavardait avec Bush non loin de la porte, regarder avec insistance dans cette direction. Il prit peur, se sentit soudain mal à l'aise.

— Au revoir ! fit-il.

La bise de nordet l'accueillit dans la rue. Mais, après tout, le vent n'était pas plus cruel que bien d'autres rigueurs que réserve la vie.

XIX

Une femme de petite taille ouvrit, l'air bourru, après que Bush eut frappé; elle eut un air plus rébarbatif encore quand il eut demandé à voir le lieutenant Hornblower. Elle finit par répondre : « C'est tout en haut ! », laissant Bush trouver seul son chemin.

Hornblower était là. Aucun doute possible quant au plaisir qu'il avait à revoir son visiteur. Son visage s'éclaira d'un beau sourire et il fit entrer Bush sans lui lâcher la main.

C'était un grenier, plutôt qu'une chambre; la pente du plafond était même assez raide. Un lit, une table de nuit, une chaise de bois, rien d'autre que le regard pût découvrir.

— Comment allez-vous? dit Bush, s'asseyant sur la chaise, Hornblower ayant pris place sur le lit.

— Somme toute, assez bien!

Hornblower n'avait-il pas hésité un peu avant de répondre? Le silence avait toutefois été court :

— Et vous?

— Comme ci, comme ça!

Ils parlèrent d'abord de choses indifférentes, Hornblower posant des questions sur Chichester, où Bush vivait avec ses sœurs. Puis, profitant d'un silence :

— Il va falloir nous occuper d'un lit pour ce soir! Je vais aller voir Mme Mason.

— Je vous accompagne, dit Bush.

Mme Mason se mouvait dans un univers d'où toute générosité était évidemment absente; elle pesa longuement la question avant de donner son accord.

— Ce sera un shilling pour le lit ! dit-elle. Au prix où est le savon, on ne peut pas laver des draps pour moins que ça !

— Bon ! Bon ! dit Bush.

Mme Mason tendait la main, sans plus attendre.

Bush y mit le shilling demandé. On ne pouvait douter de la volonté de l'hôtesse d'être payée d'avance par un ami de M. Hornblower, quel qu'il fût. Hornblower avait d'ailleurs déjà mis la main dans sa poche ; Bush l'avait devancé à temps.

— Et, naturellement, ne vous amusez pas à bavarder jusqu'aux petites heures ! dit l'aimable logeuse. Il ne faut pas déranger mes autres messieurs. Et puis, éteignez la lumière ! Pas besoin de lumière pour bavarder ! N'allez pas non plus me brûler du suif pour le shilling que vous m'avez donné !

— Bien sûr ! fit Hornblower.

Ces conditions étant posées, Mme Mason appela : « Maria ! Maria ! » Une jeune femme parut dans l'escalier du sous-sol. Une jeune femme ou, plus exactement, une femme encore assez jeune. C'était Mlle Mason.

Maria prêta docilement l'oreille aux instructions que lui donnait sa mère :

— Oui, maman. Oui, maman.

— Vous monterez un lit pliant dans la chambre de M. Hornblower.

— Oui, maman.

— Alors, Maria ? dit Hornblower. On ne va donc pas à l'école ?

— Non, Monsieur.

Un sourire éclairait le jeune visage et l'embellissait. Maria était visiblement heureuse que quelqu'un lui adressât gentiment la parole.

— Ce sont les « Noix de Galle[1] ». Non ? Pas encore l'anniversaire du roi ? Alors pourquoi ce congé ?

— Parce que j'ai les oreillons ! Toutes les ont, sauf Johnnie Bristow !

1. Le 29 mai, jour anniversaire de la restauration de Charles II, on arbore des noix de galle ou des feuilles de chêne pour rappeler qu'en 1651 le roi se cacha dans un chêne pour échapper à ceux qui le poursuivaient. *(N.d.T.)*

— Rien d'étonnant ! dit Hornblower. Cela concorde avec tout ce que l'on sait d'elle !

Maria sourit encore, flattée non seulement de ce que Hornblower voulût bien plaisanter avec elle, mais de ce qu'il se souvînt de ce qu'elle lui avait dit de son école.

Remontés au grenier, Hornblower et Bush reprirent leur conversation, cette fois, sur le plan sérieux. La situation de l'Europe les préoccupait tous les deux.

— Ce Bonaparte ! disait Bush. C'est bien plus qu'un ambitieux ! C'est un agité ! C'est un fou !

— Exactement le mot qui convient !

— Il n'est donc pas encore satisfait ? En 96, quand j'étais sur le vieux *Superb*, en Méditerranée (c'est lorsque j'eus mon brevet de lieutenant), Bonaparte n'était que général. La première fois que j'ai entendu prononcer son nom, c'est quand nous faisions le blocus de Toulon. Après ça, n'est-il pas allé en Égypte ? Le voilà maintenant... quoi donc ? Premier consul ? Est-ce comme ça que l'on dit ?

— Oui. Mais maintenant, il s'appelle Napoléon. Ce n'est plus Bonaparte ! Napoléon, premier consul ! Premier consul à vie !

— Napoléon ? Drôle de nom ! Ce n'est pas ce nom-là que j'aurais choisi, à sa place !

— Lieutenant Napoléon Bush ! dit Hornblower. En effet, vous avez raison. Cela sonnerait mal !

Ils rirent.

— ... Le *Morning Chronicle* dit qu'il va faire mieux, reprit Hornblower. Il paraît qu'il va se nommer lui-même empereur !

— Empereur !

Bush lui-même était capable d'imaginer à quoi entraînerait le choix d'un tel titre, quelles revendications à une domination universelle.

— Il faut croire qu'il est fou, dit-il.

— S'il est fou, dit Hornblower, c'est le fou le plus dangereux de l'Europe !

— Je ne me fie pas à lui dans l'affaire de Malte. Je ne me fierais à lui pour rien, dit Bush, avec une certaine emphase. Retenez ce que je vous dis : nous finirons par être obligés de nous battre de nouveau contre lui. Il lui faut une bonne leçon, une leçon qu'il n'oubliera plus! Tôt ou tard, on en viendra là! Les choses ne peuvent durer comme elles vont!

— Je crois que vous avez raison! dit Hornblower. Et le plus tôt sera le mieux!

— Et alors..., fit Bush.

Bush n'avait jamais pu penser en même temps qu'il parlait. A plus forte raison, quand il était envahi par des pensées tumultueuses. La guerre avec la France? Elle entraînerait la résurrection de la marine de guerre. La menace d'une invasion, la nécessité de protéger les convois entraîneraient le réarmement de tout ce qui pourrait naviguer, porter un canon. Pour Bush, ce serait la fin de la demi-solde, la chance de fouler de nouveau le pont d'un navire, de manœuvrer un bâtiment sous voiles; ce seraient aussi de nouvelles épreuves, de nouveaux dangers, la vie monotone du bord, la coexistence de tous les événements du temps de guerre. Tout cela défilait à une telle allure, en un flot si pressé, si continu, que c'était comme un tourbillon; le meilleur et le pire tournaient en rond dans sa tête à la poursuite l'un de l'autre, accrochant tour à tour l'attention dont Bush était capable.

— La guerre est une chose ignoble, fit solennellement Hornblower. Rappelez-vous tout ce que vous avez déjà vu!

— Oui, la guerre..., fit Bush.

Inutile d'entrer dans les détails. N'empêche que la réflexion était inattendue. Mais déjà Hornblower recommençait à sourire. Cela détendit un peu l'atmosphère.

— Que Bonaparte se donne de l'empereur si ça lui chante! dit-il. Pour l'instant, il s'agit d'aller gagner ma demi-guinée aux *Long Rooms*!

Bush allait profiter de l'occasion pour demander si Hornblower était content, s'il avait gagné. Un vacarme, sur le palier, l'interrompit. On frappa à la porte, Hornblower alla ouvrir.

— C'est votre lit! dit-il.

Maria entra, traînant le meuble, souriante :

— Je le mets ici? dit-elle. Ou bien là?

Du regard, Hornblower consultait Bush.

— Peu importe ! dit Bush.

— Alors, je vais le mettre là, contre le mur !

— Laissez-moi vous aider ! dit Hornblower.

— Oh non, Monsieur. Merci. Je puis faire seule !

Il était visible que la présence de Hornblower troublait Maria. Il est vrai, d'ailleurs, qu'elle était robuste et n'avait nul besoin d'être aidée. Pour dissimuler sa confusion, elle se mit à bourrer à grands coups de poing la literie, à fourrer les oreillers dans les taies.

— Je parie, Maria, que vous les avez déjà eus, les oreillons, dit Hornblower.

— Oh ! oui, Monsieur. Je les ai eus, enfant, des deux côtés.

Le propos et sans doute aussi l'exercice avaient amené un peu de couleur à ses joues. Avec des gestes brusques, mais adroits, elle étendit les draps sur le lit. Puis elle parut réfléchir, comme si la question de Hornblower avait fait naître en elle une idée :

— N'ayez crainte ! dit-elle. Je ne suis pas contagieuse, même si vous ne les avez pas encore eus !

— Je ne pensais pas à cela, dit Hornblower.

Maria étendit l'autre drap, avec une précision presque mathématique.

— Monsieur..., dit-elle.

Elle parut hésiter, plia les couvertures avant de relever la tête, et enfin ajouta :

— Est-ce que vous sortez, tout de suite ?

— Je devrais même être parti ! Pourquoi ?

— Je voudrais emporter votre vêtement. Je vous le mouillerais et le rafraîchirais un peu !

— Pourquoi vous donner cette peine ?

— Ce n'est pas une peine, Monsieur. Au contraire ! Il a besoin d'être brossé !

— Il est usé d'avoir été porté ! dit Hornblower, regardant sa vareuse. On n'a pas encore trouvé de remède à la vieillesse !

— J'ai de l'ammoniaque en bas. Je vais le rajeunir ! Vous verrez !

Comme à contrecœur, Hornblower se mit à déboutonner sa vareuse.

— Je n'en ai que pour un instant ! dit Maria, tendant les mains vers les derniers boutons.

Mais Hornblower l'avait devancée ; il enlevait son vêtement. Maria le prit et se mit à examiner la chemise :

— Vous avez réparé cela vous-même ! dit-elle, montrant une reprise d'un grand geste accusateur.

— Ma foi oui.

Elle étudiait de tout près la réparation.

— Je vous aurais fait cela, moi, si vous me l'aviez demandé ! dit-elle.

— Et probablement beaucoup mieux !

— Ce n'est pas cela que je voulais dire. Ce n'est pas à vous à réparer vos chemises !

— Celles de qui donc, Maria, devrais-je réparer ?

Maria se mit à rire :

— Vous avez la langue trop bien pendue ! dit-elle. Bavardez avec le lieutenant pendant que je repasse. Je reviens !

Elle se précipita dehors. On l'entendit dégringoler l'escalier. Hornblower regardait Bush d'un air accablé.

— C'est un bien étrange plaisir, dit-il, que de voir un être humain se soucier de savoir si l'on est mort ou si l'on est vivant ! Pourquoi une telle pensée nous procure-t-elle du plaisir ? Belle question à débattre pour un esprit philosophique !

— En effet, dit Bush.

Bush, lui, avait des sœurs ; elles s'occupaient de lui chaque fois qu'elles en avaient l'occasion ; ces attentions lui semblaient naturelles. Il entendit l'église sonner la demi-heure ; cela lui rappela les affaires de la journée.

— Vous allez aux *Long Rooms* ?

— Oui. Et vous à l'arsenal, n'est-ce pas ? Pour la visite au payeur général ?

— Oui.

— Nous pouvons faire route ensemble jusqu'aux *Rooms*, si cela vous convient. Dès que la petite m'aura rendu ma vareuse...

— Je pensais justement à elle, dit Bush.

La « petite » vint bientôt frapper à la porte.

— C'est fait ! dit-elle (elle tendait le vêtement). Vous allez voir qu'il est tout rajeuni !

Mais elle n'était plus la même; elle paraissait craintive, comme coupable.

Hornblower s'aperçut de ce changement :

— Qu'avez-vous, Maria?

— Moi? Rien, Monsieur. Rien du tout!

Maintenant sur la défensive, elle se hâta de changer de sujet et, se tournant vers Hornblower :

— Mettez vite votre vareuse! dit-elle. Vous allez être en retard!

Ce fut seulement dans Highbury Street que Bush se décida à poser la question qui lui trottait en tête. Hornblower avait-il eu de la chance au jeu, ces derniers jours? Hornblower le dévisagea, l'air un peu gêné.

— Pas autant que j'aurais voulu! dit-il.

— Malchance?

— Assez. Oui. Mes adversaires avaient toujours des as tout prêts à étouffer mes rois, tout prêts au régicide, en somme! Leurs rois, à eux, sortaient, mes as déjà tombés, de sorte qu'ils échappaient chaque fois au danger et faisaient la levée. Mais, à la longue, voyez-vous, les chances finissent par s'équilibrer. C'est mathématique! N'empêche que les périodes de déséquilibre sont gênantes.

— Oui! dit Bush.

Il n'était pas trop sûr, pourtant, d'y voir très clair. Ce dont il était certain, c'était que Hornblower avait dû perdre de l'argent; et il connaissait assez son ami pour savoir que, lorsqu'il prenait cet air dégagé, il était plus inquiet qu'il ne voulait le laisser paraître.

Ils arrivèrent aux *Long Rooms*, firent halte devant la porte.

— Viendrez-vous me chercher, après l'arsenal? demanda Hornblower. Il y a, dans Broad Street, un petit restaurant où le « prix fixe » est seulement de quatre pence. Six avec le pudding! Voulez-vous l'essayer?

— D'accord! Merci! A tout à l'heure! Et... bonne chance!

Il se tut un instant, avant d'ajouter :

— Soyez prudent!

— Je le serai! dit Hornblower, disparaissant par la porte du club.

La température était en contraste frappant avec celle du dernier séjour à Portsmouth. Au lieu de la gelée et du vent d'est, l'odeur du printemps flottait partout dans l'air. Comme Bush descendait la rampe pavée, l'entrée du port s'offrait à lui ; à sa gauche, les flots boueux scintillaient dans la haute lumière ; une corvette franc-tillac sortait avec le jusant ; la brise légère lui donnait tout juste assez d'erre pour gouverner. Peut-être portait-elle des dépêches pour Halifax, ou l'argent destiné à la garnison de Gibraltar ; ou bien encore du renfort pour les cotres de la douane, qui éprouvaient tant de difficultés à lutter contre la fraude du temps de paix. Quoi que ce fût, la corvette avait à bord des officiers qui avaient de la chance, un poste, trois années d'emploi devant eux, un pont sous leurs pieds, un carré où prendre leurs repas ! Heureux hommes ! A la grille, Bush rendit son salut au planton, entra dans la cour de l'arsenal.

Il était tard, l'après-midi, quand il refit le chemin qui menait aux *Long Rooms*. Assis à une table avec des joueurs, Hornblower leva le nez pour lui sourire, à la lumière des chandelles. Bush trouva le dernier numéro de la *Naval Chronicle* et s'installa. Non loin de lui, un groupe d'officiers de marine et de l'armée de terre parlaient à mi-voix ; ils disaient la difficulté de vivre dans le même univers auprès d'un Bonaparte. Bush surprit les mots de Malte, de Gênes, de Saint-Domingue. Il fut question des Miquelets, ces partisans que les Français opposaient aux guérilleros espagnols :

— Retenez ce que je vous dis, clamait l'un d'eux, tapant du poing dans sa main grande ouverte, nous serons bientôt de nouveau en guerre !

Des murmures approuvaient le propos.

— Ce sera cette fois la lutte à mort ! dit un autre. Si jamais il nous pousse à bout, nous n'aurons de repos que lorsque monsieur Napoléon Bonaparte aura été pendu haut et court !

Les autres lui donnaient raison, poussant des rugissements de bêtes sauvages. A la table de Hornblower, l'un des joueurs se tourna pour leur dire :

— Ne pourriez-vous, Messieurs, aller poursuivre

votre discussion un peu plus loin ? Ce coin est réservé au jeu de whist, le jeu le plus scientifique, le plus difficile !

Le propos avait été tenu sur un ton plaisant ; mais il était clair que celui qui avait parlé s'attendait qu'on lui obéît sur-le-champ.

— Très bien, Milord ! fit un lieutenant de marine.

Milord ? Bush leva la tête, regarda le joueur. Il le reconnut sur-le-champ, bien qu'il y eût six ans qu'il ne l'eût pas vu : c'était l'amiral Parry, qui avait été fait lord après Camperdown. Il était aujourd'hui commissaire de la Marine, donc un de ceux qui peuvent nommer un officier, ou le casser. La couronne de boucles blanches qui encadrait la place chauve au sommet de son crâne, ses joues luisantes, la modération de son langage s'accordaient mal avec le sobriquet de « Vieux dur à cuire » qui lui avait été donné par les matelots, pendant la guerre américaine. Décidément, Hornblower fréquentait la haute société. Bush regarda Parry tendre sa longue main, couper les cartes pour Hornblower dont c'était le tour de donner. A la couleur de son visage, il était évident que, tout comme Hornblower, Parry n'avait pas navigué depuis longtemps.

Le jeu se poursuivit, dans un silence pétrifiant. Les cartes tombaient sur le tapis ; les levées étaient ramassées discrètement, posées devant les joueurs avec un claquement à peine perceptible. La rangée de plis qui s'alignait devant Parry s'allongeait, ondulait, prenait l'aspect d'un reptile qui serpente sur un rocher ; comme un serpent, elle se repliait sur elle-même avant d'onduler de nouveau.

La partie prit fin ; on battit les cartes.

— Petit schelem ! dit Parry, tandis que les joueurs marquaient.

Le silence recommença. Les deux mots avaient sonné, clairs et brefs, dans la salle, comme les coups de la cloche du quart de minuit. Hornblower coupa et donna les cartes dans le même silence impressionnant. Bush ne comprenait pas qu'un jeu comme le whist pût fasciner à ce point des joueurs. Il préférait ceux où l'on peut rugir quand on perd, exulter bruyamment quand on gagne ; même il eût préféré un jeu où le simple fait de retourner une carte, et non cinquante-deux, décidât qui avait gagné ou perdu. Il devait se tromper ; le whist créait une fascination incontestable, comme eût pu faire un vrai poison, l'opium par exemple. Mais non. Ce jeu silencieux ressemblait plutôt à un assaut, un assaut à l'épée, entre duellistes muets, par opposition au fracas d'une bataille au couteau. Il n'était pas moins implacable. Le coup d'une lame courte à travers le poumon tuait plus sûrement que le coup tranchant d'un long coutelas.

— Ce robre n'a pas duré bien longtemps ! dit Parry.

— En effet, Milord, dit Hornblower.

Le silence était maintenant rompu. Les cartes s'étalaient sur la table, en désordre.

Observant la scène avec l'attention que donne l'inquiétude et la sympathie, Bush vit Hornblower mettre la main à la poche intérieure de sa vareuse, la poche où était sa réserve suprême, en tirer un paquet plié de billets d'une livre. Ayant payé sa dette, il rangea ce qui restait : un billet !

— Vous avez eu trop de malchance ! dit Parry, empochant ses gains. Sur les deux fois où vous avez donné, la carte que vous avez retournée a été votre seul atout. Je ne me rappelle pas avoir jamais vu chez le donneur un singleton à l'atout deux fois de suite !

— Quand on joue aux cartes longtemps, Milord, dit Hornblower, il faut s'attendre à toutes les distributions imaginables.

Il parlait avec une politesse si empreinte d'indifférence que Bush put croire, un instant, que ses pertes n'étaient pas sérieuses ; il dut faire effort pour se souvenir du geste de Hornblower et du billet unique.

— N'empêche qu'une telle malchance est rare ! dit Parry. Vous jouez pourtant de façon remarquable, monsieur... monsieur... Excusez-moi. Votre nom, lorsqu'on m'a présenté à vous, m'a échappé.

— Hornblower.

— Ah oui, c'est vrai ! Je ne sais pourquoi, ce nom me semble familier.

Le cœur battant, Bush regardait son ami. Jamais instant n'avait été plus favorable pour rappeler à un lord commissaire que la promotion comme commandant n'avait pas été confirmée. Hornblower allait-il le dire ?

— Quand j'étais aspirant, Milord, j'ai été malade à Spithead, alors que le *Justinien* était à l'ancre. L'histoire sera probablement venue jusqu'à vous !

— Non, répondit Parry. Ce n'est pas de cela que je me souviens. Ce doit être autre chose. Peu importe ! Nous avons été distraits de ce que je voulais vous dire. J'allais vous exprimer mon regret de ne pouvoir vous offrir tout de suite votre revanche. Je le regrette d'autant plus que je serais heureux d'avoir l'occasion d'étudier de plus près un jeu comme le vôtre.

— Vous êtes trop bon, Milord, dit Hornblower.

Bush se tortillait sur sa chaise ; il n'avait cessé de s'y tortiller depuis que Hornblower avait laissé échapper l'occasion en or. Le dernier propos avait une saveur si piquante que Bush craignait qu'il ne parût ironique à l'amiral. Parry, heureusement, ne connaissait pas Hornblower aussi bien que Bush.

— Oui, dit Parry, je dîne ce soir avec Lambert.

La coïncidence, cette fois, était si brûlante que Hornblower lui-même eut un sursaut qui lui rendit le sens de la réalité :

— Vous parlez, Milord, de l'amiral Lambert ?

— Oui. Vous le connaissez ?

— J'ai eu l'honneur de servir sous ses ordres à la Jamaïque. Et voici justement M. Bush, qui commandait les troupes d'assaut du *Renown*, celles qui ont contraint Saint-Domingue à capituler !

— Heureux de vous connaître, monsieur Bush ! dit Parry.

Il était évident que le plaisir de l'amiral n'excédait pas certaines limites. Il était plausible de supposer qu'un commissaire éprouvait un peu d'embarras à se trouver devant un lieutenant sans poste, ayant un tel exploit à son actif. Parry ne perdit pas de temps ; il se tourna vers Hornblower :

— J'avais l'intention, dit-il, d'essayer d'amener l'amiral Lambert à revenir ici avec moi, après le dîner. Ainsi je vous aurais offert votre revanche. Vous trouverions-nous encore ici, si nous revenions ?

— Certes, Milord. Et je serais très honoré, dit Hornblower, s'inclinant et mettant instinctivement la main à sa poche vide.

— Alors, voulez-vous retenir cette demi-promesse? Vous comprenez? Je ne puis m'engager au nom de l'amiral Lambert, mais je ferai tout mon possible pour qu'il vienne!

— Je dîne avec M. Bush, Milord. Mais je serai le dernier à mettre obstacle à notre rencontre!

— Alors, considérons la chose comme entendue, autant qu'il se pourra!

— Oui, Milord.

Parry prit congé, entraîné par son aide de camp, un des quatre joueurs de whist. Il sortit avec toute la dignité que l'on peut attendre d'un lord, d'un amiral, d'un commissaire, laissant Hornblower sourire à Bush.

— Ne pensez-vous pas qu'il est temps, pour nous aussi, dit Hornblower d'aller dîner?

— Je crois que si, dit Bush.

Le petit restaurant dans Broad Street était tenu, il fallait s'y attendre, par un matelot à la jambe de bois. Le tenancier avait, pour l'aider, son fils, un jeune homme qui paraissait connaître son métier, et qui était présent lorsque les deux amis vinrent s'asseoir sur des bancs de bois, les pieds dans le sable, à l'une des tables bien briquées. Ils commandèrent leur dîner.

— Bière? fit le fils du patron.

— Non. Pas de bière! dit Hornblower.

L'air effronté du jeune garçon laissa voir ce qu'il pensait de ces deux gradés qui mangeaient, sans rien boire, le « prix fixe » à quatre pence. Il jeta devant eux les assiettes garnies d'une portion (pas très copieuse) de mouton bouilli, de pommes de terre, de carottes, de navets, d'orge, et d'une louchée de purée de pois, le tout baignant dans une sauce claire.

— Voilà de quoi chasser la faim! dit Hornblower.

Il y avait de quoi apaiser la faim, en effet; il semblait que Hornblower ne l'eût guère apaisée, depuis un certain temps. Il se mit à manger d'abord avec une réserve méthodique; mais, à chaque bouchée, son appétit semblait grandir, sa réserve décroître, de sorte qu'en un temps extraordinairement court son assiette fut vide. Il l'essuya avec son pain jusqu'à ce qu'elle fût complètement nette, puis il mangea le pain saucé. Bush, qui mangeait toujours vite, ne fut que plus surpris, quand, levant les yeux, il vit que Hornblower avait déjà liquidé toute sa ration. Hornblower surprit ce regard et se mit à rire, nerveusement :

— Manger toujours seul fait prendre de mauvaises habitudes, dit-il.

L'explication ne faisait que mieux révéler son embarras. A peine eut-il parlé qu'il s'en rendit compte ; il essaya de s'en tirer en se renversant en arrière, d'un air supérieurement dégagé. Pour montrer à quel point il était à l'aise, il fourra les deux mains dans les poches de sa vareuse. Il pâlit, parut bouleversé, puis consterné. Si brusque fut le changement que Bush put croire à un malaise. Ce ne fut qu'au bout d'un instant qu'il fit le rapprochement entre le geste et la consternation. Un homme qui aurait trouvé un serpent dans son vêtement n'eût pas eu regard plus horrifié.

— Qu'est-ce qui vous arrive ? dit Bush.

Hornblower avait retiré la main de sa poche ; il la tint un instant refermée sur ce qu'il tenait, puis l'ouvrit, lentement, comme un homme soudain menacé dans son avenir. Il s'agissait pourtant de peu de chose. Ce que Hornblower avait trouvé, c'était une pièce d'argent, une pièce d'une demi-couronne.

— Il n'y a pas de quoi s'en faire ! dit Bush, d'ailleurs très intrigué. Si je trouvais une demi-couronne dans ma poche, je ne m'en ferais pas du tout !

Hornblower bégayait :

— Mais... mais... elle n'y était pas ce matin !

Il souriait, mais c'était du sourire amer qui rappelait ceux d'autrefois.

— ... Je sais trop bien ce que j'ai dans mes poches !...

— Je m'en doute ! dit Bush.

Mais, même se rappelant les événements de la matinée et faisant les déductions qui s'imposaient, Bush n'arrivait pas à comprendre pourquoi Hornblower était consterné à ce point.

— ... Vous pensez que cette petite vous a fait ça ?

— Aucun doute ! dit Hornblower. Ce ne peut être qu'elle ! C'est pour cela qu'elle voulait repasser ma vareuse !

— Brave petite ! dit Bush.
— Mais... c'est que... ce n'est pas possible... Je ne peux pas...
— Pourquoi ?
Bush croyait vraiment sa question sans réplique.
— Non, non, dit Hornblower... C'est... c'est... Oh ! je voudrais qu'elle n'ait pas fait ça ! Pauvre, pauvre petite !
— Au diable, la pauvre petite ! fit Bush. Elle n'a fait que vous jouer un bon tour !
Hornblower le dévisagea longtemps sans parler ; puis il eut un geste, de la main et du bras, comme s'il désespérait de jamais amener Bush à comprendre.
— Vous pouvez me regarder, dit Bush, l'air résolu, bien décidé à s'en tenir à sa façon de voir. Il n'y a pas de quoi faire une tête comme si les Français avaient débarqué, parce qu'une fille a fourré de l'argent dans votre poche !
— Mais..., fit Hornblower, ne comprenez-vous pas ?
Il se tut, comme s'il renonçait à s'expliquer davantage, cessa de paraître accablé, reprit brusquement son air d'autrefois, son air inscrutable. C'était comme s'il eût rabattu la visière d'un casque.
— Très bien, fit-il. Nous en prendrons notre parti !
Puis, frappant très fort sur la table :
— Garçon !
— Monsieur ?
— Du vin ! qu'on aille m'en chercher tout de suite ! Une pinte ! Et du bon ! Du porto !
— Bien, Monsieur.
— A quoi, aujourd'hui, le pudding ?
— Aux raisins de Corinthe.
— Vous nous en servirez deux portions ! Et un ravier de confiture, pour manger avec !
— Bien, Monsieur.
— Et, avant le vin, du fromage ! Vous avez du fromage ou devez-vous en envoyer chercher ?
— Il y en a, Monsieur !
— Alors, mettez-le sur la table !
— Bien, Monsieur.
« Voilà à quoi on peut s'attendre, avec ce Hornblo-

wer ! se disait Bush, un peu plus tard. Il commande des tas de choses, puis il laisse là son pudding, ne mange qu'une bouchée de fromage, à peine de quoi se rincer le palais ! »

Mais Hornblower leva son verre; Bush l'imita :

— Je bois, dit Hornblower, à la santé d'une femme charmante !

Ils burent. Bush fut tout intrigué de voir son ami lui faire un clin d'œil. Il était un peu las de ces changements d'humeur incompréhensibles. Il décida de changer de sujet; même il tira un peu d'orgueil de l'adresse avec laquelle il crut réussir :

— A une soirée de chance au jeu ! dit-il, levant son verre de porto.

— Toast opportun ! dit Hornblower.

— Vous avez le moyen de jouer, naturellement ?

— Naturellement !

— Même de quoi supporter un autre coup de malchance ?

— J'ai le moyen de perdre un robre.

— Hum !

— Mais, d'autre part, si j'ai la chance de gagner le premier, je pourrai perdre les deux suivants. Si je gagnais les deux premiers, je pourrais perdre les trois suivants. Ainsi de suite.

— Ah ?

A la réflexion, les perspectives ne semblaient pas tellement favorables. Pourtant, l'œil de Hornblower brillait dans un visage qui restait très secret; la chose avait de quoi troubler l'esprit d'un ami. Bush se tortilla sur sa chaise, changea de nouveau de sujet :

— On réarme le *Hastings*, dit-il. Est-ce que vous l'avez entendu dire ?

— Oui. Armement de temps de paix : trois lieutenants ! Choisis depuis deux mois !

— C'est ce que je craignais !

— Bah ! notre tour viendra ! dit Hornblower. Vous verrez, notre tour viendra ! Je bois à notre chance !

Bush reposa son verre :

— Pensez-vous, dit-il, que Parry amènera Lambert aux *Long Rooms* ?

— Aucun doute ! fit Hornblower.

C'était son tour de se tortiller sur sa chaise.

— ... Il faut que je retourne là-bas. Parry pourrait presser Lambert, abréger le dîner...

— Je crois que c'est ce qu'il fera ! dit Bush, se préparant à se lever.

— Aucune nécessité pour vous de m'accompagner, si ça vous embête ! dit Hornblower. Rester assis à ne rien faire pourrait vous ennuyer.

— Pour rien au monde, répondit Bush, je ne voudrais manquer ce qui va se passer !

XX

Les *Long Rooms* étaient pleins de la foule de tous les soirs. On jouait gros jeu à toutes les tables de la première salle ; une rumeur venait par instants, de la salle du fond, à travers la porte masquée par un rideau ; les jeux, de ce côté, devaient être passionnés. Mais pour Bush, debout, un peu nerveux, près de la cheminée, échangeant parfois quelques mots distraits avec ceux qui entraient ou sortaient, seule offrait de l'intérêt la table éclairée où Hornblower se tenait avec trois joueurs de singulière qualité, Parry, un autre amiral, Lambert, et un colonel d'infanterie corpulent, presque aussi rouge que sa vareuse. Tous deux avaient été amenés par lui.

L'officier d'ordonnance qui avait été le partenaire de Parry avant le dîner était maintenant relégué au rôle de spectateur. Il se tenait près de Bush, commentant la partie presque à haute voix par instants, sans que son voisin y entendît goutte. Le marquis avait paru plusieurs fois, comme pour se rendre compte, et Bush avait vu son regard s'arrêter, satisfait, sur la table en question : il n'avait cure de savoir si d'autres désiraient jouer, et se moquait bien d'un règlement qui au club donnait à tout visiteur le droit d'occuper l'une des tables à la fin d'un robre. Un groupe qui comptait deux officiers généraux et un officier supérieur pouvait faire ici ce qui lui plaisait !

Au grand soulagement de Bush, Hornblower gagna la première partie ; mais, n'ayant pu suivre suffisamment les détails du jeu et des points, Bush n'en fut tout à fait certain qu'au moment où les cartes furent ramassées et les enjeux réglés. Il vit alors Hornblower fourrer quelques billets dans sa poche intérieure.

— N'est-il pas vrai, dit l'amiral Parry, qu'il serait bien agréable de retrouver notre ancienne monnaie? L'Angleterre devrait renoncer à ces billets malpropres, revenir aux bonnes vieilles guinées en or!

— En effet! dit le colonel.

— Les requins de la côte, dit Lambert, vont à la rencontre des navires qui regagnent le pays, et ils offrent vingt-trois shillings six pence pour une guinée. C'est dire qu'on peut être certain qu'elle vaut davantage!

Parry tira de sa poche quelque chose qu'il posa sur la table.

— Bonaparte a rétabli la monnaie française, dit-il. Voici ce qu'on appelle là-bas un napoléon, maintenant qu'il est premier consul à vie. Jusqu'ici on disait : une pièce de vingt francs, un louis d'or.

— Napoléon, premier consul! fit le colonel, déchiffrant la légende.

Puis, regardant le revers, il lut :

— République française.

— Le mot « république » n'est là, naturellement, qu'à la faveur d'une évidente hypocrisie, dit Parry. Il n'y a jamais eu de pire tyrannie depuis Néron!

— Soyez tranquille, dit Lambert, nous le démasquerons!

— Ainsi soit-il! fit Parry, remettant la pièce dans sa poche. Mais nous oublions, messieurs, l'objet de la soirée. Je crains même que ce ne soit par ma faute. Coupons! Ah! je joue avec vous, colonel? Voulez-vous vous asseoir en face de moi? Monsieur Hornblower, j'ai oublié de vous remercier d'avoir été un si excellent partenaire!

— Vous êtes trop bon, Milord, dit Hornblower, prenant la chaise à la droite de l'amiral.

Le robre suivant débuta et, jusqu'à la fin, se déroula dans le plus grand silence.

— Je suis content, monsieur Hornblower, de voir que les cartes ont décidé de vous être plus favorables, dit Parry, bien que nos honneurs aient un peu réduit votre gain. Je vous dois quinze shillings, je crois?

— Merci, dit Hornblower.

Il prit l'argent, et Bush se rappela qu'il lui avait dit : « J'ai le moyen de perdre trois robres, pourvu que je gagne les deux premiers. »

— Bien minces, ces enjeux, Milord, voilà mon avis! dit le colonel. Faut-il absolument jouer si peu de chose?

— A ces messieurs de décider, dit Parry. Personnellement, je n'ai pas d'objection. Une demi-couronne, au lieu d'un shilling? Qu'en pense M. Hornblower?

Plein d'une nouvelle inquiétude, Bush se tourna pour dévisager son ami.

— Ce sera comme vous voudrez, Milord, dit Hornblower avec une indifférence parfaite.

— Et Sir Richard?

— M'est égal! fit Lambert.

— Eh bien, disons : une demi-couronne la levée! dit Parry. Garçon, donnez-nous d'autres cartes, je vous prie.

Bush se hâta de refaire le calcul des pertes que Hornblower pouvait supporter. Les enjeux presque triplés, il serait grave, maintenant, qu'il perdît un seul robre.

— Vous et moi de nouveau ensemble, monsieur Hornblower? dit Parry, regardant la coupe. Mais peut-être tenez-vous à garder votre place?

— Cela m'est égal, Milord.

— Pas à moi! dit Parry. Je ne suis pas assez vieux pour refuser de changer de place à l'injonction des cartes. Nos philosophes n'ont pas encore décidé s'il s'agit là d'une simple superstition!

Il se leva, changea de chaise pour se trouver en face de Hornblower. Le jeu reprit. De plus en plus inquiet, Bush observait la façon dont chaque côté prenait l'avantage à son tour. Ensuite, par trois fois, il vit Hornblower étaler devant lui la majeure partie des levées. Durant les deux donnes qui suivirent, il perdit le contrôle des points, mais fut bien soulagé, le robre ayant pris fin, de ne voir que deux levées devant le colonel.

— Excellent! dit Parry. Encore un bon robre, monsieur Hornblower! Je suis content que vous ayez pris mon valet de cœur avec votre atout. La décision a dû vous coûter; mais c'était, indiscutablement, la bonne formule !

— Cela m'a privé, moi, d'avoir la main ! dit Lambert. J'en aurais fait un excellent usage ! Nos opposants sont formidables, colonel !

— Oui, dit le colonel, évidemment de moins bonne humeur. Par deux fois, je n'ai eu ni as, ni roi. De quoi aider l'opposition à être « formidable » ! Monsieur Hornblower, pouvez-vous me faire de la monnaie ?

Parmi les billets que le colonel tendait à Hornblower, il y en avait un de cinq livres que Bush vit disparaître dans la poche de la réserve. On coupa de nouveau.

— Colonel, dit Parry, cette fois, vous avez M. Hornblower pour partenaire !

Le jeu ayant repris, Bush s'avisa que son voisin l'officier d'ordonnance observait les joueurs avec un intérêt accru.

Les dernières cartes s'abattirent :

— A un poil près, bon Dieu ! fit l'officier.

— Rasé de tout près, mon cher partenaire ! dit le colonel. (Sa bonne humeur était revenue.) J'espérais bien que vous aviez la dame, mais, naturellement, je n'en étais pas sûr !

— La chance était avec nous, monsieur ! dit Hornblower.

L'officier d'ordonnance regardait Bush, de l'air de dire qu'à son avis le colonel n'aurait pas dû douter, avec cette distribution, que la dame fût chez Hornblower. Bush se dit que Hornblower en était bien conscient (il n'y avait qu'à entendre le ton qu'il avait pris), mais qu'il avait été assez malin pour n'en rien dire.

— Je perds un robre à cinq livres dix, et j'en gagne un à quinze shillings ! dit le colonel, encaissant son gain des mains de Lambert. Qui désire augmenter encore les enjeux ?

Il faut dire, à l'honneur des deux amiraux, que tous deux se tournèrent vers Hornblower avant de répondre.

— Comme ces messieurs voudront ! dit Hornblower.

— Dans ce cas, je suis favorable, dit Parry.

— Alors, cinq shillings la levée ! dit le colonel. Ainsi, le jeu en vaut la peine !

— Jouer vaut toujours la peine ! protesta Parry.

— Naturellement, Milord, dit le colonel, mais sans suggérer que l'on pourrait revenir aux enjeux précédents.

La partie devenait sérieuse. D'après ce que Bush était capable d'imaginer, un robre vraiment malchanceux pouvait coûter vingt livres sterling à Hornblower, qui ne pouvait guère en avoir plus dans sa poche. Il fut bien soulagé de voir Hornblower et Lambert gagner aisément le robre suivant.

— Voilà une soirée bien agréable ! dit Lambert.

Il sourit, regardant la poignée de billets que le colonel venait de lui verser avant d'ajouter :

— ... Et ce n'est pas du tout aux gains d'argent que je pense !

— Propos instructif autant qu'amusant ! fit Parry, en train de payer Hornblower.

Le jeu reprit, dans un silence que rompaient seulement de brefs propos entre deux robres. Heureusement (puisqu'il pouvait maintenant se le permettre), Hornblower ne perdit qu'un sobre, d'ailleurs peu important, et, tout de suite après, en gagna un autre, meilleur. Ses gains montaient toujours, avec rarement un recul. Il se faisait tard et Bush étais las ; mais les joueurs ne laissaient nullement paraître la fatigue. L'aide de camp montrait cette patience illimitée qu'il avait dû acquérir au cours de ses fonctions présentes. Il était d'autant plus philosophe, plus fataliste qu'il ne pouvait rien pour hâter le moment où l'amiral déciderait d'aller se coucher. Les joueurs des autres tables se levaient, les uns après les autres.

Un peu plus tard encore, la porte masquée s'ouvrit, et les clients de l'arrière-local émergèrent, les uns bruyants, d'autres silencieux. Le marquis parut à son tour, calme et muet, vint observer les derniers robres avec un intérêt discret, s'occupa de faire moucher les chandelles, d'en faire apporter de nouvelles, ou encore des cartes neuves chaque fois que les joueurs en réclamaient. Ce fut Parry qui, le premier, regarda la pendule.

— Trois heures et demie ! dit-il. Peut-être ces messieurs...

— Trop tard pour aller se coucher, Milord ! dit le

colonel. Sir Richard et moi devons nous lever tôt ! Vous savez pourquoi !...

— Mes ordres sont donnés, dit Lambert.

— Les miens aussi ! dit le colonel.

Bien qu'un peu ahuri, après tant d'heures nocturnes passées dans une atmosphère étouffante, Bush crut voir que Parry jetait à ceux qui venaient de parler un coup d'œil qui ressemblait à un reproche. Quels étaient donc ces ordres que Lambert et le colonel avaient pu donner ? Pourquoi Parry désirait-il qu'il n'en fût pas fait mention à voix haute ? Il crut observer une certaine hâte à changer de sujet, quand Parry déclara :

— Alors, très bien, encore un robre, si monsieur Hornblower n'y voit pas d'objection ?

— Aucune, Milord.

Hornblower restait imperturbable. S'il avait remarqué les propos que l'on venait d'échanger, il n'en fit rien paraître. A en juger par son impassibilité même, il devait être fatigué. Bush savait que Hornblower faisait autant d'efforts pour cacher ses faiblesses que d'autres pour cacher leur naissance honteuse.

Hornblower eut le colonel pour partenaire. Impossible de ne pas remarquer que ce dernier robre se jouait dans une atmosphère de rivalité plus ardente encore que ceux qui l'avaient précédé ; entre deux donnes, pas un mot n'était dit. Les points furent comptés, puis marqués ; les plis ramassés ; l'autre paquet de cartes fut produit, coupé dans un silence de mort. Chaque partie était chaudement disputée. Presque dans chaque cas, un seul pli séparait les vaincus des vainqueurs, et le robre se prolongeait avec une lenteur qui finissait par paraître pénible. Une partie prit fin dans un climat de tension extrême. L'officier d'ordonnance et le marquis avaient eux-mêmes compté les points. Quand Lambert fit le dernier pli, on entendit nettement pousser des soupirs. Le colonel était si ému qu'il finit par rompre le silence.

— A une encolure, bon Dieu ! fit-il. La prochaine donne va tout décider !

Le silence qui accueillit sa réflexion parut le décourager. Parry se borna à prendre les cartes à la droite du colonel et les passa à Hornblower, pour faire couper. Il donna, retourna le roi de carreau. Le colonel joua le premier. Les levées succédaient aux levées. A un moment donné, n'ayant perdu qu'un seul pli, Lambert et Parry ramassaient presque tout. Six levées s'étalaient devant Parry, une seule devant Hornblower. La réflexion du colonel : « à une encolure » restait présente aux oreilles de Bush. Un pli de plus, sur les six derniers plis à faire, donnerait le robre aux deux amiraux. Cinq à une, c'était grande chance contre faible chance et Bush se résignait mal à ce que son ami perdît le dernier robre.

Le colonel fit une levée. Le jeu restait très animé. Hornblower fit le pli suivant (il y avait encore de l'espoir), jeta l'as de carreau, et, avant que les autres eussent le temps de suivre, étala ses trois dernières cartes, réclamant le reste pour lui. La dame et le valet de carreau voisinaient sur la table.

— Robre ! cria le colonel. Nous gagnons, monsieur mon partenaire ! Mais j'ai eu chaud ! J'ai cru que tout était perdu !

Parry regardait son roi sur le tapis, faisant la moue.

— J'accorde que vous aviez à jouer votre as, monsieur Hornblower, dit-il, mais je serais curieux de savoir pourquoi vous étiez si sûr que mon roi n'était pas gardé ! Il restait deux autres carreaux. Serait-ce trop vous demander que de nous révéler votre secret ?

Hornblower leva les sourcils, un peu surpris par la question, quand la réponse lui paraissait tellement évidente.

— J'avais repéré le roi chez vous, Milord, dit-il, mais c'était le reste de votre main qui était significatif. J'étais certain aussi que vous aviez trois trèfles. Avec seulement quatre carreaux en main, le roi ne pouvait donc pas être gardé !

— Explication parfaite ! dit Parry, et qui renforce ma conviction que vous êtes un excellent joueur de whist !

— Merci, Milord.

Le sourire un peu railleur de Parry était empreint de beaucoup d'amitié. Si le comportement antérieur de Hornblower n'avait pas déjà gagné le respect de Parry, ce dernier coup emportait le suprême hommage.

— Je me souviendrai de votre nom, monsieur Hornblower, dit-il. Sir Richard m'a rappelé pourquoi il m'avait paru familier. Il est regrettable que la politique d'économies imposée au cabinet par l'Amirauté ait abouti à ce que votre promotion comme commandant n'ait pas été confirmée.

— Je croyais être le seul à le regretter, Milord.

Le propos fit frémir Bush. Le moment de se faire valoir aux yeux des autorités était trop propice pour se permettre de les offenser en affichant de l'amertume. Cette rencontre avec Parry était un coup de chance. N'importe quel demi-solde eût donné deux doigts de sa main pour une telle occasion. Mais Bush ne fut pas longtemps alarmé. Au sourire d'une insouciance contagieuse de Hornblower, Parry répondit par un autre sourire. Peut-être l'accent d'amertume avait-il échappé à l'amiral, à moins qu'il n'eût existé que dans l'imagination de Bush.

— J'oubliais que je vous dois encore trente-cinq shillings, dit Parry dans un sursaut de confusion. Excusez-moi. Voici ! Je crois que cela règle ma dette en argent. Je ne vous reste débiteur que d'une précieuse expérience.

C'était beaucoup d'argent que Hornblower glissait dans sa réserve.

— J'espère que vous veillez à bien vous garder des bandits, en rentrant chez vous ! dit Parry.

— Monsieur Bush m'accompagnera, Milord. Il faudrait qu'un bandit fût bien téméraire pour oser se mesurer avec lui !

Le colonel intervint :

— Aucun besoin, ce soir, de se soucier des voleurs ! dit-il. Non. Ce soir, pas de voleurs dans les rues !

Il affichait un sourire informé, auquel les autres parurent riposter par un air de désapprobation évidente. Aucun doute : le colonel venait de commettre une indiscrétion. Mais la désapprobation s'évanouit dès que le colonel eut levé le doigt pour montrer la pendule.

— Nos ordres entrent en vigueur à quatre heures, Milord ! dit Lambert.

— Et il est quatre heures et demie ! Alors, parfait !

L'officier d'ordonnance s'était faufilé dehors dès la dernière carte tombée. Il reparut pour dire :

— Votre voiture est à la porte, Milord !

— Merci ! Messieurs, je vous souhaite le bonsoir !

Tous se dirigèrent vers la sortie. Une voiture était devant les *Long Rooms*. Les deux amiraux, le colonel et l'officier y montèrent. Hornblower et Bush les regardèrent s'éloigner.

— Qu'est-ce que ces ordres-là qui entrent en vigueur à quatre heures ? demanda Bush.

Les premières lueurs de l'aube se levaient par-dessus les toits.

— Dieu seul le sait ! dit Hornblower.

Ils prirent le chemin de Highbury Street.

— Combien avez-vous gagné ?

— Plus de quarante livres. Environ quarante-cinq, je crois !

— Du bon travail de nuit !

— Oui. Avec le temps, les chances s'équilibrent toujours !

Le ton restait indifférent. Hornblower fit encore quelques pas avant d'éclater soudain en propos dont la vigueur contrastait avec sa toute récente nonchalance :

— Pour tout au monde, dit-il, j'aurais voulu que cela me fût arrivé il y a huit jours ! Et même hier, à la rigueur !

— De quoi voulez-vous parler ?

— De cette fille, donc ! De cette pauvre fille !

— Non, fit Bush.

Il avait oublié la demi-couronne glissée dans la poche de la vareuse et il était tout étonné que Hornblower ne l'eût pas oubliée, lui aussi.

— ... Pourquoi vous faire du souci pour elle ?

— Je ne sais pas !

Hornblower fit encore quelques pas :

— ... Mais le fait est que je...

Bush n'eut pas le temps de réfléchir à l'étrange aveu. Un grand bruit venait de se faire entendre. Tout ému, il saisit Hornblower par le coude :

— Écoutez ! dit-il. Écoutez !

Devant eux, dans la rue déserte, des pas lourds martelaient le pavé en cadence. Le bruit s'étant rapproché, ils virent des taches blanches, des baudriers blancs, des reflets sur des boutons de cuivre. Pas d'erreur ! C'étaient des soldats; une patrouille militaire venait vers eux, mousquets sur l'épaule, conduite par un sergent, dont les chevrons, la demi-pique disaient le grade.

— Que diable..., fit Bush.

Le sergent se tourna vers ses hommes :

— Halte!

Puis, aux deux lieutenants intrigués :

— Puis-je vous demander, messieurs, qui vous êtes?

— Officiers de marine! dit Bush.

La lanterne que portait le sergent n'était vraiment pas bien nécessaire.

— Merci, Monsieur, dit le sergent, au garde-à-vous.

— Que faites-vous, dit Bush, avec cette patrouille?

— J'ai mes ordres, Monsieur. Je m'excuse! Par file à gauche! Pas accéléré! Marche!

Les soldats s'éloignèrent, la main du sergent collée à sa demi-pique pour saluer les officiers.

— Qu'est-ce que tout cela signifie? dit Bush. Bonaparte n'a pu débarquer par surprise. Si c'était le cas, on entendrait toutes les cloches sonner à la volée! La presse est-elle encore en train d'opérer? Ce n'est pas possible!

— Regardez, là! dit Hornblower.

Un groupe de matelots avançait, au pas; mais ceux-là n'avaient ni la veste rouge, ni la raideur militaire des soldats. Ils portaient des chemises à carreaux, des pantalons bleus; un aspirant marchait à leur tête, des taches blanches au collet de sa veste, un poignard au côté.

— Mais c'est la presse! s'exclama Bush. Pas d'erreur! Regardez les gourdins!

Chaque matelot portait, en effet, un gourdin.

— Aspirant! dit Hornblower, sur le ton d'un ordre. Qu'est-ce que c'est que tout ceci?

L'aspirant fit halte à la vue des deux uniformes :

— Monsieur, ce sont les ordres!

Puis, se rendant compte qu'avec le grand jour qui venait il n'y avait plus lieu de garder le secret, surtout à des marins :

— ... C'est la presse! Ordre de ramasser tous les marins que nous pourrons trouver! Des patrouilles sont lâchées sur toutes les routes.

— La presse? Pourquoi?

— Sais pas, Monsieur. Ce sont les ordres !

Cela devait suffire.

— Bien ! Allez !

— La presse ? fit Bush. Sûrement, il se passe quelque chose.

— J'espère que vous avez raison ! dit Hornblower.

Ils venaient de tourner dans Highbury Street, pour gagner la maison de Mme Mason.

— En voici les premiers effets ! dit Hornblower.

Arrêtés sur le seuil, ils virent défiler une centaine de civils, qu'escortaient vingt matelots armés de bâtons, commandés par un aspirant. Quelques-uns des hommes raflés par la presse étaient muets, l'air égaré ; d'autres bavardaient à haute voix ; tous avaient au moins une main dans la poche du pantalon ; ceux qui ne gesticulaient pas y avaient fourré les deux mains.

Le bruit commençait à alerter les habitants de la rue.

— Comme autrefois ! dit Bush avec un sourire. On leur a coupé leurs ceintures !

Leur ceinture coupée, les hommes étaient forcés de garder au moins une main dans la poche, faute de quoi leur pantalon serait tombé. Handicapé de cette façon, nul ne pouvait songer à s'enfuir.

— Un joli lot de premier choix pour la marine ! fit Bush, les considérant d'un œil professionnel.

— N'empêche, dit Hornblower. Ce n'est pas de chance !

— Pas de chance ? fit Bush.

Un bœuf était-il malheureux d'être changé en viande ? La guinée de changer de mains ? C'était la vie ! Pour des matelots de la marine marchande, entrer au service du roi était chose aussi naturelle que pour les cheveux de grisonner quand on vieillit. Le seul moyen de s'assurer de leur personne était de surprendre ces hommes-là pendant la nuit, de les tirer du lit, ou d'aller les cueillir au bistrot ou bien au bordel, de les faire passer, en une seconde, de l'état d'homme libre, gagnant son pain à son gré, à celui de matelot raflé par la presse, à qui il est interdit de faire un pas à terre sans risquer d'être fouetté devant toute la flotte. Bush ne pouvait pas plus éprouver de la sympathie pour ces gens-là qu'il n'en pouvait avoir pour le fait que le jour succède à la nuit.

Hornblower considérait le détachement, les recrues.

— C'est peut-être la guerre ! dit-il lentement.

— La guerre ?

— Nous le saurons quand le courrier viendra ! Je parie que Parry aurait pu nous le dire, hier soir...

— Mais... la guerre..., fit Bush.

Le cortège avançait toujours, se dirigeant vers l'arsenal. Le bruit s'apaisait peu à peu. Hornblower se tourna vers la porte de la maison, tira de sa poche une grosse clef.

A peine entrés, ils tombèrent sur Maria. Un chandelier à la main, la bougie éteinte, elle se tenait au pied de l'escalier, un manteau sur son vêtement de nuit. Elle avait dû se coiffer en hâte de son bonnet, car des papillotes dépassaient.

— Dieu merci ! Vous êtes sain et sauf ! dit-elle.

— Voyons ! Voyons ! dit Hornblower. Que pensiez-vous donc qu'il aurait pu nous arriver ?

— Tout ce bruit dans la rue ! reprit Maria. J'ai regardé. J'ai vu. Ce n'était pas le détachement de la presse ?

— C'était cela, tout justement ! dit Bush.

— C'est donc que c'est la guerre ?

— Ça se pourrait !

— Oh !

Le visage de Maria trahit une grande détresse.

— ... Oh !

Elle cherchait à lire dans les yeux des deux officiers.

— Pas besoin de vous en faire, mademoiselle ! dit Bush. Il se passera du temps avant que Bonaparte amène ses fonds plats à Spithead !

— Oh ! ce n'est pas ça que je crains !

Elle ne regardait que Hornblower. Elle avait déjà oublié l'existence de Bush.

— Et... vous allez partir ? souffla-t-elle.

— Si on m'appelle, Maria, faudra que je fasse mon devoir !

Une figure sinistre surgit de l'escalier de pierre qui menait au sous-sol. C'était Mme Mason, tête nue, et, elle aussi, en papillotes.

— Faites pas tant de bruit ! dit-elle. Vous allez réveiller mes autres messieurs !

— Mère, dit Maria, on croit qu'il va y avoir la guerre !

— ... Pas une mauvaise chose, si ça force les gens à payer leurs dettes !

— Mais... je vais vous régler, madame, fit vivement Hornblower. A combien s'élève mon compte ?

Maria voulut s'interposer :

— Je vous en prie ! Je vous en prie ! dit-elle.

— Vous, mademoiselle, fermez-là ! lui lança Mme Mason. C'est votre faute si j'ai laissé filer ce jeune faquin sans qu'il m'ait payé !

— Mère !

— Avec ses airs de grand seigneur, il disait : « Je vous paierai ! Je vous paierai, madame ! » Et ça n'a même pas une chemise ! Son coffre serait chez le prêteur, si je ne l'avais pas caché.

— Madame, j'ai dit que je vous paierai, et je ferai comme j'ai dit !

Hornblower parlait avec une grande dignité.

— Eh bien, voyons ! Montrez-nous sa couleur, à votre galette ! ricanait Mme Mason. C'est vingt-sept shillings et six pence que vous me devez !

Hornblower tira de sa poche une poignée de pièces d'argent. Comme cela ne suffisait pas, il dut encore aller chercher un billet dans sa poche, révélant qu'il en avait beaucoup d'autres. Mme Mason fit : « Oh ! », examina l'argent qu'on lui versait comme s'il provenait d'un tour de magie. Des émotions contradictoires se heurtaient en elle et la déconcertaient.

— Je vous dois peut-être aussi une semaine de préavis ! dit Hornblower.

Maria voulut intervenir :

— Oh non ! dit-elle. Non. Pas ça !

— La chambre là-haut n'est-elle pas très agréable ? dit Mme Mason. Vous n'allez pas me quitter pour un mot en l'air...

— Ne partez pas, monsieur Hornblower ! dit Maria. Ne nous quittez pas, c'est moi qui vous en prie !

Si jamais homme s'était senti mal à l'aise, c'était Hornblower. Après l'avoir dévisagé, Bush eut bien de la peine à se retenir de sourire. Celui qui gardait son sang-froid quand il jouait gros jeu, avec des amiraux pour partenaires, l'homme qui avait eu l'idée de tirer la bordée pour désenvaser le *Renown* était là sans défense parce qu'il était aux prises avec deux jupons. Hornblower trouvait qu'il serait élégant de sa part, après avoir réglé sa note, d'y ajouter un préavis, et puis de tourner les talons et de s'éloigner pour ne plus revenir. D'autre part, ces gens lui avaient fait crédit; ce serait mal le reconnaître que de partir au moment où il avait de quoi les payer. Mais demeurer dans une maison qui savait tous les secrets de sa misère n'était pas moins gênant. Bush lui-même sentait que Hornblower, plein de dignité, et qui toujours avait eu honte d'un mouvement d'humanité, ne pourrait jamais être à l'aise chez des gens à qui il avait dû de l'argent. Aimer quelqu'un n'empêchait pas de se moquer de lui ; les faiblesses de Hornblower ne nuisaient en rien à l'admiration, au respect qu'il avait pour lui.

— Quand ces messieurs ont-ils soupé? demanda Mme Mason.

Hornblower jeta un coup d'œil à Bush :

— Je ne pense pas que nous ayons soupé, dit-il.

— Vous devez avoir faim, si vous ne vous êtes pas couchés ! Laissez-moi vous préparer un gentil petit déjeuner. Deux belles côtelettes pour chacun ! Hein ? Qu'est-ce que vous en dites ?

— Par saint Georges ! fit Hornblower.

— Montez ! dit Mme Mason. Je vais dire à la petite bonne de vous porter de l'eau chaude, pour vous raser. Vous en avez besoin ! Le déjeuner sera prêt lorsque vous descendrez. Maria, allons ! Dépêche-toi ! Allume le feu !

Une fois dans le grenier, Hornblower dit à Bush :

— Ce lit pour lequel vous avez payé un shilling, dit-il, est resté vierge ! Et vous n'avez pas fermé l'œil de la nuit, à cause de moi ! Excusez-moi !

— Ce n'est pas la première nuit que je passe sans dormir ! dit Bush.

Il n'avait pas dormi la nuit de l'attaque sur Samana; cent autres fois, par gros temps, il était resté sur le pont pendant vingt-quatre heures consécutives. Après un mois d'existence avec ses sœurs dans le pavillon de Chichester, n'ayant rien eu à faire qu'à désherber le jardin, à tâcher de dormir douze heures d'affilée, les émotions par lesquelles il venait de passer lui avaient été plutôt agréables. Il s'assit sur le lit de fer tandis que Hornblower arpentait le plancher.

— Si c'est la guerre, dit Hornblower, vous connaîtrez bien d'autres nuits blanches !

Bush haussa les épaules.

On frappa à la porte. C'était la petite bonne. Elle portait un pot d'eau chaude dans chaque main. Sa robe déchirée était bien trop grande pour elle ; elle devait en avoir hérité de Mme Mason, ou de Maria ; ses cheveux étaient en désordre. Elle aussi paraissait ne pouvoir détacher de Hornblower deux yeux trop grands pour son visage maigre ; elle le regardait aller et venir par la mansarde ; jamais elle ne regardait Bush. Il était évident que Hornblower était tout autant le prince charmant de cette enfant trouvée, de cette enfant de quatorze ans, qu'il était le héros de Maria Mason.

— Merci, Suzie.

L'enfant sortit après une révérence comique et un dernier coup d'œil sur Hornblower, en train de désigner le lavabo, l'eau chaude.

— Non. Vous d'abord ! dit Bush.

Hornblower enleva vareuse et chemise, se mit à se raser, à se raser de près. On entendait sa lame racler le poil rude, dans le silence. Ayant achevé sa toilette, il versa l'eau sale dans le seau, céda la place à Bush.

— Profitez de l'aubaine ! dit-il. Une pinte d'eau froide, deux fois par semaine, c'est tout ce que vous aurez pour vous raser, demain, si vos désirs se réalisent !

— Qu'importe ! dit Bush.

Il se rasa, repassa son rasoir avec soin, le remit dans sa trousse. Les cicatrices luisaient, pâles, quand il bougeait, sur ses flancs nus. S'étant rhabillé, il attendit.

— Venez ! dit Hornblower. Vous avez entendu ? Deux belles côtelettes. Venez !

Plusieurs couverts étaient mis dans la salle à manger, qui ouvrait sur le vestibule ; mais ils furent seuls ; ce ne devait pas être l'heure des autres pensionnaires.

— Encore une minute, Monsieur ! dit Suzie, sur le seuil.

Elle reparut bientôt, portant un grand plateau ; Hornblower voulut se lever pour l'aider ; mais elle l'arrêta, poussant un « Oh ! » scandalisé, réussit à poser ce qu'elle portait sur la desserte.

— Je puis servir, Monsieur.

Elle glissait entre les tables, aussi vive que les mousses avec leurs pinces quand on halait le câble pour déséchouer le *Renown* à Saint-Domingue. Elle apportait du café, du pain grillé, du beurre, de la confiture, du sucre et du lait, des assiettes chaudes, un huilier, et, enfin, un grand plat qu'elle posa devant Hornblower ; elle en souleva le couvercle, découvrant une généreuse ration de belles côtelettes dont l'odeur délectable se répandit en un instant dans la pièce entière.

— Oh ! Oh ! fit Hornblower, prenant son couvert et se préparant à servir. Et vous, Suzie, avez-vous déjeuné ?

— Moi, Monsieur ? Non, Monsieur. Pas encore !

Hornblower se tourna vers elle, son regard allant des côtelettes à Suzie, et de Suzie aux côtelettes. Puis, posant la cuiller, il fouilla dans sa poche :

— N'y a-t-il pas moyen, dit-il, que vous mangiez, vous aussi, une côtelette ?

— Moi, Monsieur ? Non ! Pas moi, Monsieur !

— Eh bien, Suzie, voici une demi-couronne !

— Une demi-couronne, Monsieur ?

C'était plus que le salaire d'une journée d'ouvrier.

— Oui. Mais je veux, Suzie, que vous me promettiez quelque chose.

— Moi, Monsieur ?

L'embarras de l'enfant était extrême ; ne sachant que faire de ses mains, elle les joignit derrière son dos.

— Je vous dis de prendre ceci ! Et de me promettre que, la première fois, la toute première fois que vous sortirez, vous vous achèterez quelque chose de bon ! Pour remplir ce petit ventre-là ! N'importe quoi ! Des crépinettes, de la purée de pois, des pieds de porc, quelque chose que vous aimez ! Promettez-moi que vous irez !

— Mais, Monsieur, je...

Une demi-couronne, la perspective de manger à sa faim, ces choses-là ne pouvaient être vraies !

— Allons, prenez! dit Hornblower avec un geste d'impatience.

— Merci, Monsieur.

— Et n'oubliez pas! J'ai votre promesse!

— Oui, Monsieur. Merci bien, Monsieur. Merci beaucoup, Monsieur.

— Cachez ça et filez!

Suzie s'enfuit; Hornblower servit les côtelettes.

— Ah! je vais maintenant pouvoir manger sans remords, dit-il, soulagé.

— Je pense bien! fit Bush.

Il se beurra un toast, se servit amplement de moutarde. Manger de la moutarde avec du mouton le désignait pour le marin qu'il était; il en prenait sans y penser, sans réfléchir. D'ailleurs, devant pareille nourriture, réfléchir était superflu.

Les deux amis dévoraient en silence. Ce fut seulement quand Hornblower se remit à parler que Bush se rendit compte que ce silence était gros d'indignation, de rancœur :

— Une demi-couronne! grommelait Hornblower, cela peut signifier bien des choses, pour bien des gens! Hier...

Il se tut. La politesse engageait Bush à meubler le silence :

— Oui, vous avez raison.

Ayant levé les yeux, il comprit que ce n'était pas parce qu'il n'avait plus rien à dire que Hornblower s'était interrompu. Maria Mason venait d'apparaître, dans l'encadrement de la porte, avec ses gants, son châle, son chapeau, prête à sortir, probablement (l'école où elle enseignait étant fermée), pour faire son marché de bonne heure.

— Je... je viens voir, dit-elle, si vous ne manquez de rien.

Avait-elle entendu les derniers mots de Hornblower? Son hésitation semblait l'indiquer, mais ce n'était pas sûr.

— Merci, Maria. Tout est très bon!

Hornblower et Bush avaient fait mine de se lever.

— Je vous en prie! dit Maria, très vite et d'un air de reproche.

Ses yeux n'étaient-ils pas mouillés?

On frappa à la porte de la maison. L'atmosphère s'en trouva détendue. Maria courut ouvrir. On entendit une voix d'homme, puis Maria reparut, flanquée d'un caporal d'infanterie de marine, une sorte de géant, dressé derrière elle comme une tour.

— Lieutenant Hornblower?

— C'est moi!

— Monsieur, c'est de la part de l'amiral!

Le caporal tendait une lettre et un journal plié. Il y eut un peu d'affolement; on cherchait un crayon avec quoi signer le reçu. Puis le caporal prit congé, après avoir fait claquer les talons.

Hornblower était resté debout, la lettre d'une main, le journal de l'autre.

— Ouvrez, s'il vous plaît! Ouvrez! dit Maria.

Hornblower arracha le pain à cacheter, déplia un feuillet et se mit à lire. Il lut, relut, hochant la tête comme si le document ne faisait que confirmer une pensée déjà familière.

— Vous voyez, dit-il, que jouer au whist est parfois utile, et même avantageux, de plus d'une façon!

Il tendait la lettre à Bush, avec un sourire un peu contraint. Et Bush lut, pour lui seul :

« Monsieur,

« C'est avec plaisir que je saisis cette occasion de vous informer, avant toute notification officielle, que votre promotion de commandant se trouve maintenant confirmée. Vous allez être nommé incessamment au commandement d'une corvette de guerre. Veuillez croire... »

— Bravo! dit Bush. Bravo, Monsieur! Mes sincères félicitations. Ce sera la seconde fois! Vous avez là ce que vous méritez! Cela aussi, je vous l'ai déjà dit!

— Merci, dit Hornblower. Mais... lisez plus loin!

Le paragraphe suivant disait :

« La malle-poste m'apporte à l'instant les journaux de Londres. Cela me permet de vous faire parvenir l'information relative au changement de la situation, sans être plus prolixe. La lecture de l'exemplaire ci-annexé du *Sun* vous révélera les raisons pour lesquelles le secret militaire devait être respecté, au cours de notre très agréable soirée. Voilà qui me dispense aussi de m'excuser de ne pas vous avoir renseigné plus tôt.

« Je suis votre obéissant serviteur.

« Signé : PARRY. »

MESSAGE DE SA MAJESTÉ

Chambre des Communes, 8 mars 1803

Le Chancelier de l'Échiquier a fait applaudir le message suivant de Sa Majesté :

« Sa Majesté estime nécessaire d'informer la Chambre des Communes qu'en présence des importants préparatifs militaires qui sont en cours dans plusieurs ports de France et de Hollande elle a jugé opportun de prendre les mesures supplémentaires de précaution qu'impose la nécessité d'assurer la sécurité de ses dominions.

« GEORGE R. »

Bush n'avait pas besoin d'en lire davantage. La flotte des bâtiments à fond plat de Bonaparte et son armée d'invasion rassemblée en divers points des côtes de la Manche déclenchaient la riposte appropriée et nécessaire. Les mesures prises par la presse, la nuit précédente, conçues et exécutées dans un secret que Bush ne pouvait qu'approuver (il avait mené lui-même trop de détachements chargés de la presse pour ne pas savoir combien les matelots se faisaient rares dès la première allusion à des rafles prochaines), fourniraient les équipages nécessaires aux bâtiments chargés d'assurer la sécurité du pays. De nombreux navires étaient désarmés dans tous les ports anglais; les officiers ne manquaient pas; Bush le savait, combien d'officiers étaient disponibles! Sa flotte réarmée reprenant la mer, l'Angleterre pouvait se moquer des préparatifs d'une attaque traîtresse.

— Pour une fois, on a fait ce qu'il faut! dit Bush, tapant sur le journal.

— Qu'est-ce qu'on a fait, Monsieur? dit Maria.

Elle était là, muette, observant les deux hommes, son

regard allant de l'un à l'autre, cherchant à imaginer ce qu'ils pensaient. Bush se souvint qu'elle avait paru sursauter quand il avait félicité Hornblower.

— C'est la guerre pour la semaine prochaine ! dit Hornblower. Jamais Bonaparte n'encaissera la riposte anglaise !

— Oh ! fit Maria. Et... vous... Est-ce que vous... ?

— Je viens d'être promu, dit Hornblower. Je reçois le commandement d'une corvette !

Maria poussa un nouveau cri. Pendant quelques secondes, elle réussit, au prix d'un grand effort, à se maîtriser. Soudain, se détournant, baissant plus fort la tête, elle s'effondra, se cacha le visage dans ses deux mains gantées ; on ne vit plus d'elle que ses épaules et le châle qui les enveloppait secoués de sanglots.

— Je vous en prie, Maria, fit doucement Hornblower. Ne pleurez pas !

Elle se tourna vers lui, découvrit son visage en larmes, mal encadré, car son chapeau avait glissé. Entre deux sanglots, elle répétait :

— Je ne vous verrai plus ! J'étais si... si heureuse... Avec les oreillons à l'école, je pouvais faire votre lit... votre chambre ! Et voilà ce qui arrive...

— Mais, Maria, dit Hornblower, les bras levés, dans un grand geste d'impuissance, ne faut-il pas que je fasse mon devoir ?

— Je voudrais être morte ! Oh ! je voudrais mourir !

Des larmes roulaient sur ses joues, tombaient sur son châle. Le regard fixe était désespéré, la bouche déformée.

Bush ne pouvait supporter ce spectacle. Il aimait les femmes, mais quand elles étaient jolies et effrontées. Ce qu'il voyait là le choquait, l'irritait d'une manière intolérable ; si invraisemblable que cela pût se concevoir, la scène dérangeait peut-être son sens esthétique. Ou peut-être était-il agacé de voir un être humain perdre le contrôle sur soi. A supporter un instant de plus les grandes eaux de Maria Mason, il risquait une attaque d'apoplexie.

— Allons-nous-en ! dit-il à Hornblower. Allons-nous-en !

Hornblower parut tout étonné. L'idée d'échapper par la fuite à une situation dont sa nature lui disait qu'il était un peu responsable ne lui était même pas venue. Bush savait ce qui allait arriver : Maria allait se ressaisir ; il fallait faire vite. Les femmes qui, un jour, désirent mourir étaient parfois, le lendemain, alertes comme sauterelles ; il suffisait qu'un autre cavalier leur pinçât le menton. Pour Maria, Bush ne voyait pas bien pourquoi Hornblower et lui-même se feraient du souci. Maria n'avait à s'en prendre qu'à elle-même de ce qui lui arrivait.

Elle continuait à gémir, parut chanceler, s'appuya des deux mains sur la table, où le café refroidissait, où ce qui restait des côtelettes se figeait dans la graisse. Puis, relevant la tête, de nouveau elle se mit à pleurer.

— Pour l'amour de Dieu ! fit Bush, cachant mal maintenant son dégoût.

Et, se tournant vers Hornblower :

— Venez ! dit-il. Allons-nous-en ! Je vous en prie !

Lui-même sortit de la salle, mais, à peine dans l'escalier, vit que Hornblower ne l'avait pas suivi. Il comprit qu'il ne viendrait pas, mais renonça à rebrousser chemin pour aller le chercher. Non qu'il fût homme à abandonner un camarade en danger : il eût pris gaiement place dans le canot qu'on affale pour sauver des gens en péril ; aux prises avec un ennemi sauvage, il se fût tenu auprès de Hornblower, se fût laissé hacher en pièces avec lui ; mais il ne rebrousserait pas chemin. Si Hornblower était sur le point de faire une bêtise, il sentait bien qu'il ne réussirait pas à l'en dissuader. Pour apaiser sa conscience, il se dit que Hornblower ne ferait peut-être pas la bêtise.

Remonté au grenier, il s'occupa d'emballer sa chemise de nuit, ses objets de toilette. Un examen méticuleux qu'il fit de son rasoir, de son peigne et de ses brosses, et l'effort pour s'assurer qu'il n'oubliait rien calmèrent ses nerfs irrités. L'espoir d'un nouveau poste, une activité qui ne pouvait tarder lui apparaissaient dans leur agréable certitude, dissipaient peu à peu son malaise. Même il se prit à fredonner une chanson. La sagesse commandait de faire sans tarder une nouvelle démarche à l'arsenal. Et pourquoi ne pas entrer boire un verre au *Keppel's Head*, y parler des récentes nouvelles? L'un et l'autre étaient souhaitables et l'aideraient peut-être à s'assurer pour bientôt un emploi.

Son chapeau à la main, son paquet sous le bras, il jeta un dernier regard circulaire et s'en alla. Il fredonnait en fermant la porte du grenier. Dans l'escalier, sur le point d'atteindre le vestibule, il demeura un instant un pied en l'air, non point se demandant s'il entrerait dans la salle à manger, mais ce qu'il dirait en entrant.

Maria avait séché ses larmes et souriait, son chapeau mis tout de travers. Hornblower souriait aussi, sans doute soulagé de voir que Maria ne pleurait plus. Quand Bush entra, il se tourna vers lui, surpris de le voir déjà prêt à partir.

— Je m'en vais, Monsieur! lui dit Bush. Je viens vous remercier de m'avoir hébergé!

— Mais... vous n'avez nul besoin de partir tout de suite!

Ils avaient vécu ensemble tant de choses, su tant de choses l'un de l'autre; pourtant Bush avait dit : « Monsieur. » La guerre allait recommencer, Hornblower serait son supérieur. Il exposa ce qu'il avait encore à faire avant de regagner Chichester; la voiture du messager n'attendait pas. Hornblower approuvait, hochait la tête.

— Oui, dit-il. Allez rassembler vos effets, vous en aurez bientôt besoin!

Bush s'éclaircit la voix pour formuler les dernières paroles; il eût voulu y mettre quelque solennité.

— Je ne vous ai pas félicité, Monsieur, comme j'aurais dû. J'aurais voulu vous dire que je ne pense pas que l'Amirauté eût pu faire un meilleur choix, dans toute la liste des lieutenants!

— Trop aimable! dit Hornblower.

— J'en suis certaine, moi aussi, dit Maria. Monsieur Bush a raison.

Elle levait sur Hornblower deux grands yeux où passait toute son adoration; Hornblower la dévisageait avec une tendresse infinie. A travers l'adoration transparaissait déjà l'instinct de la propriété; la tendresse n'était pas tout à fait exempte de désir.

[illegible] avait [illegible] ses [illegible] et [illegible] son chapeau [illegible] Hornblower [illegible] aussi sans [illegible] de [illegible] Madame [illegible] plus. Quand Bush [illegible] d'avoir déjà [illegible] à [illegible].

— [illegible] vous n'avez pas besoin de [illegible] de [illegible]!

— [illegible] dit Hornblower.

TABLE

Achevé d'imprimer en août 1993
sur les presses de l'Imprimerie Bussière
à Saint-Amand (Cher)

PRESSES POCKET - 12, avenue d'Italie - 75627 Paris Cedex 13
Tél. : 44-16-05-00

— N° d'imp. : 1722. —
Dépôt légal : septembre 1993.

Imprimé en France